I0635023

Contraste insuffisant

NF Z 43-120-14

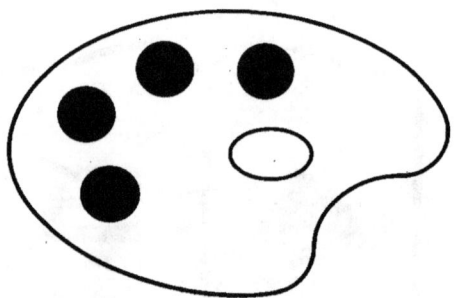

Original en couleur
NF Z 43-120-8

Mme COLOMB

POUR LA PATRIE

HACHETTE et Cie

Mᵐᵉ COLOMB

Prix 4.50

POUR LA PATRIE

HACHETTE ᴇᴛ Cⁱᵉ

POUR LA PATRIE !

1712-05. — Coulommiers. Imp. PAUL BRODARD. — 1-06.

BIBLIOTHÈQUE DES ÉCOLES ET DES FAMILLES

Mme J. COLOMB

POUR LA PATRIE!

OUVRAGE ILLUSTRÉ

DE 12 PLANCHES EN COULEURS TIRÉES HORS TEXTE

et de 16 dessins en noir par ÉDOUARD ZIER

TROISIÈME ÉDITION

PARIS

LIBRAIRIE HACHETTE ET Cie

79, BOULEVARD SAINT-GERMAIN, 79

1906

Droits de traduction et de reproduction réservés

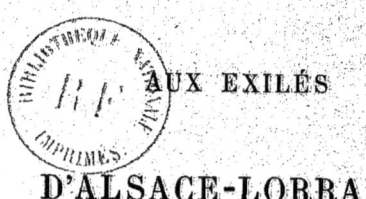

AUX EXILÉS

D'ALSACE-LORRAINE

POUR LA PATRIE !

I

LA FÊTE DE L'OISON BRIDÉ

Il y avait ce jour-là grande affluence de monde dans les rues de la bonne
ville de Rouen. Non que ce fût un jour férié ; mais le peuple en tout
temps et en tout pays a toujours aimé les spectacles, surtout ceux qui ne
coûtent rien : or c'était un spectacle aussi gratuit que réjouissant, de voir
les moines de Saint-Ouen apporter en grande cérémonie leur redevance an-
nuelle à la Ville. Aussi, depuis les alentours de l'abbaye jusqu'à ceux de la
Maison de Ville, la foule se pressait, bariolée et compacte, débouchant des
rues et ruelles, se pressant, s'interrogeant, s'inquiétant d'arriver tard ou se
dépitant d'attendre, abandonnant son travail et son ménage, supportant le
cuisant soleil de juin dans les rues étouffantes, le tout pour voir un oison
bridé !

Oui, c'était un oison bridé, la redevance de l'abbaye de Saint-Ouen. Tous
les ans, il était apporté et reçu avec la même pompe et la même solennité,
et la cérémonie attirait la même foule. Pourtant, cette année, la foule était
plus grande encore que de coutume ; la population de Rouen s'était tant accrue,
depuis que le roi d'Angleterre, deux ans auparavant, s'était emparé d'Harfleur et en avait chassé la population française ! Il voulait, disait-on, faire
d'Harfleur un second Calais ; et il avait appelé de l'autre côté de la mer toute
une horde d'Anglais faméliques, empressés à venir s'établir dans les biens
des exilés. Pour ceux-ci, pauvres gens ! ils étaient partis, emportant chacun
cinq sous et un vêtement, que leur accordait la générosité du vainqueur, et
ils étaient allés où Dieu avait voulu. Bon nombre étaient arrivés à Lille-

bonne, ne sachant que devenir. De là le maréchal Boucicaut les avait fait conduire par eau jusqu'à Rouen, où ils vivaient comme ils pouvaient. Mais ce n'est pas une raison, parce qu'on est malheureux, pour ne pas profiter des divertissements qu'on peut rencontrer ; aussi les exilés d'Harfleur se montraient-ils tout aussi empressés que les Rouennais à voir le cortège de l'Oison bridé.

Tout le long de la *rue aux Juifs* — on la nommait ainsi en souvenir des temps jadis, car elle ne logeait plus que des chrétiens — des têtes curieuses se montraient à toutes les fenêtres des maisons, guettant l'arrivée du cortège. Et comme le cortège tardait à venir, et qu'il faut bien tuer le temps, on liait conversation à travers la rue. Elle n'était pas large, du reste, à la hauteur des étages supérieurs ; comme chaque étage surplombait au-dessus du précédent, les habitants du dernier auraient presque pu donner la main à leurs voisins d'en face.

A la fenêtre principale d'une belle maison en bois sculpté, une jeune femme était assise, un enfant sur ses genoux, un autre debout près d'elle. Celui-ci, un garçon de cinq ou six ans, déjà vif et avisé, paraissait prendre un grand intérêt à ce qui se passait en bas; il tirait sans cesse la jeune femme par sa manche, afin d'attirer son attention, et lui faisait cent questions sur ce qu'il voyait. L'autre enfant, une petite fille d'environ deux ans, n'était pas encore capable de ressentir de la curiosité ; mais la vue de tout ce monde en mouvement l'égayait sans doute, car elle poussait des cris de joie, et riait aux éclats en battant des mains, toutes les fois que le petit garçon lui disait , « Vois donc, Gilette, comme c'est joli ! vois le beau seigneur ! vois la belle dame qui passe ! »

Mais l'approbation bruyante de la petite ne suffisait pas à l'enfant, et il se remettait à questionner la jeune femme : « Tante Michelle, ce moine qui vient là-bas, c'est un cordelier, n'est-ce pas? Tante Michelle, à qui est ce valet qui mène des chiens? Regardez-le donc! il a une drôle de bête brodée dans le dos. »

Dame Michelle regarda, et se mit à rire.

« Il est au seigneur de Bacqueville, dit-elle à l'enfant, et ce sont les armes de son maître qu'il porte sur son pourpoint. Guillaume! ajouta-t-elle en s'adressant à quelqu'un qui était resté au fond de la chambre, viens donc un peu à la fenêtre avec moi! Si tu savais comme Éloy est amusant! il remarque tout, et il dit des choses si drôles! Et puis le cortège ne va pas tarder à venir. »

Maître Guillaume Deshayes, bourgeois notable de la bonne ville de Rouen, de la corporation des grands drapiers, se leva à l'appel de sa femme, quitta le fauteuil où il songeait d'un air soucieux, et s'approcha de la fenêtre.

Michelle lui sourit doucement, et le petit Éloy courut le prendre par la main en criant d'une voix joyeuse : « Oncle Deshayes! mon oncle! venez donc voir! »

Maître Guillaume Deshayes s'assit à côté de Michelle. Elle le regardait à la dérobée; elle voyait bien qu'il était préoccupé; elle connaissait cela, il avait tant de souci des affaires de la ville, qui ne marchaient pas trop bien, il fallait en convenir ; et Michelle cherchait à en distraire son mari, pensant que ce ne serait pas le tourment qu'il se donnerait qui les remettrait en bon état.

« Voilà papa! cria tout à coup le petit Éloy d'une voix joyeuse; voilà papa et Simone! ils avaient bien dit qu'ils viendraient me chercher.

— Il faut qu'ils se hâtent, reprit Michelle, s'ils veulent monter avant l'arrivée du cortège. Ah! ils ont du monde avec eux; vois donc, Guillaume!

— Oui, répondit maître Deshayes, ce sont ces pauvres gens d'Harfleur que le roy Henry a jetés hors de leur cité.... De braves gens, le mari et la femme ; je les ai déjà rencontrés avec maître Alain Blanchart. Il faut les faire monter aussi. Éloy, va leur dire de venir. »

Le petit garçon obéit bien vite, tout fier de faire une commission, et joyeux de descendre dans la rue. Il se faufila au travers des groupes, et eut bientôt fait de rejoindre son père et sa sœur. En écoutant son message, la jolie Simone leva la tête pour sourire à Michelle, restée à sa fenêtre, et les deux femmes échangèrent un salut amical. Puis Simone entraîna son père et ses amis vers le logis de maître Deshayes : il fallait se hâter, car on entendait déjà du côté de Saint-Ouen une rumeur qui semblait annoncer l'approche du cortège. Michelle Deshayes vint au-devant de ses hôtes; elle eut pour les exilés d'Harfleur des paroles de respectueuse compassion qui les émurent.

« Que Dieu bénisse vous et votre maison, et vous conserve votre enfant! » lui dit la pauvre femme, qui regardait la petite Gilette avec des yeux pleins de larmes.

« Vous avez perdu le vôtre? dit timidement Michelle.

— J'en avais deux,... le roi d'Angleterre me les a tués. Ses pierriers lançaient des pierres grosses comme des meules de moulin, qui écrasaient les maisons,... il n'en a pas fallu une si grosse pour tuer mes pauvres petits.... Ils jouaient dans la cour ; moi, j'étais sortie pour aller porter le dîner de leur père, qui était de garde aux remparts. Quand je suis rentrée, ils ne sont pas accourus au-devant de moi; je les ai appelés, ils n'ont pas répondu; je les ai cherchés, et je les ai trouvés tous les deux étendus, tout sanglants,... ils étaient morts! »

Michelle ne répondit rien, mais elle devint toute pâle et serra sa petite fille contre elle.

« Nous étions heureux et riches, reprit l'homme à son tour ; nous avions

une maison, des meubles, du linge de Flandre, de la vaisselle d'argent : le
roi Henry a donné tout cela à un de ses soudards d'Angleterre. Il est généreux, le roi Henry! et il se donne des airs de se conduire selon la justice,
encore! Il paraît que nous n'avions aucun droit sur nos biens; nous nous
étions écartés de l'obéissance de notre seigneur pour servir le roi de France,
qui détenait injustement son héritage : voilà ce qu'il a osé nous faire dire! Il
offrait son pardon à ceux qui jureraient fidélité; et il en a trouvé qui ont
accepté son pardon! Honte sur eux! Robert Lépautre n'est pas de ceux-là,
ni sa femme Magdeleine non plus! »

Il se fit un silence plein d'angoisse, comme si le fantôme de la guerre fût
apparu dans la salle paisible de maître Deshayes. Le petit Éloy regardait
Robert Lépautre d'un air craintif : est-ce qu'il était méchant, cet homme-là,
qui parlait si fort? Il se rapprocha de Magdeleine. Elle avait l'air si triste et
si doux, et elle avait perdu ses enfants! Éloy, dans son bon cœur, pensa
qu'il fallait la distraire pour la consoler, et il vint la prendre par la
main.

« Venez à la fenêtre avec moi, lui dit-il, cela vous amusera. Vous n'avez
jamais vu l'oison bridé? Moi, je l'ai déjà vu, c'est très drôle. Oncle Deshayes,
pourquoi est-ce que les moines portent tous les ans un oison bridé à la Maison de Ville ? »

Guillaume Deshayes se rapprocha de la fenêtre pour répondre à l'enfant,
et ses hôtes le suivirent. Mais ils avaient beau se laisser distraire de leurs
pensées par le spectacle de la rue, le sujet qui les préoccupait revenait sans
cesse dans leurs discours.

« Quelle sottise que ces redevances! dit maître Alain Blanchart. Avec cette
cérémonie, les moines se croient quittes envers la ville : on ne peut tirer
d'eux un sou pour nos remparts. Le roi d'Angleterre paraîtrait demain devant Rouen, qu'il pourrait y entrer sans coup férir.

— L'abbé a promis quatre cents écus », répliqua maître Deshayes d'un ton
embarrassé.

Maître Deshayes était un homme prudent, il n'aimait pas qu'on médît des
puissances.

« Il les a promis parce que le commissaire du roi l'a exigé, reprit Alain ;
mais on sait qu'il n'y va pas de bonne volonté. Oh, ces moines ! si tout le
monde était comme eux, les ennemis n'auraient qu'à arriver, personne ne dé-
fendrait les villes. Ceux-ci refusaient leurs charrettes pour porter la pierre,
refusaient leurs vassaux pour travailler aux remparts ; ils refusent tout ce
qu'ils ne sont pas forcés de donner. Ce n'est pas comme le clergé de nos
églises : il donne de bon cœur, et pourtant les paroisses ne sont pas riches
comme les abbayes....

— Laurent, mon ami Laurent! cria Éloy en battant des mains. Simone, vois-tu Laurent Toustain en bas qui nous sourit? »

Maître Guillaume avança la tête et vit un jeune homme de bonne mine, portant le costume des arbalétriers de la Ville, qui s'était arrêté en face de la fenêtre. Et, en se retournant vers Alain Blanchart, il le vit qui riait. Simone avait rougi.

« Si vous voulez bien, compère, dit maître Alain à Guillaume Deshayes, permettez-moi de l'inviter à monter : je serai bien aise de vous le présenter.

— Faites à votre convenance, maître Alain.... Eh! le gaillard n'attendait qu'un signal, à ce qu'il paraît : le voilà déjà à la porte. Un beau garçon, ma foi, avec un air de franchise et de gaieté qui fait plaisir à voir! »

Guillaume n'avait pas fini de parler, que le jeune homme faisait son entrée dans la salle. Alain le prit par la main et le présenta à Guillaume et à dame Michelle : « Laurent Toustain, le plus brave des arbalétriers et le futur mari de Simone.»

Les femmes sont toujours contentes de voir un mariage. Dame Michelle, rayonnante, embrassa et complimenta sa cousine Simone, car les deux bourgeois n'étaient que cousins, bien qu'Éloy appelât maître Deshayes son oncle. Maître Deshayes complimenta également la jeune fille, tout en faisant ses réserves. Elle était vraiment bien jeune; il n'aurait jamais cru que maître Alain voulût la marier si tôt.

« Elle n'a que seize ans, c'est vrai, répondit Alain Blanchart; mais, dans les temps où nous vivons, il n'est jamais trop tôt pour mettre une femme sous la protection d'un brave cœur. Simone n'a que moi : je peux lui manquer, et alors que deviendrait-elle?

— Ne me manquez pas, père! murmura tendrement Simone en attirant Alain vers elle; j'ai besoin de vous deux!

— Nous ne vous manquerons ni l'un ni l'autre, Simone, s'écria Laurent. Cessons les mauvais pronostics et regardons les passants. Dame Michelle, quel est donc ce vieux prêtre qui vient de saluer maître Deshayes?

— C'est messire Pierre Lenoël, un saint homme s'il en fut, un ami d'un savant de Paris, maître Eustache de Pavilli. Il paraît que vous êtes à votre aise, puisque vous ne le connaissez pas : tous les pauvres le connaissent. Ah! voyez les gens du bailli qui font faire place,... tenez, là-bas, voilà le bailli qui vient. Comme il a grand air! Il salue à droite et à gauche, il sourit; jamais on n'a vu un seigneur aussi gracieux.

— Oui, très gracieux auprès des dames, interrompit Alain Blanchart; mais pour gouverner une ville, il faudrait un autre homme que messire Raoul de Gaucourt!

— Vous ne l'aimez pas, maître Alain, reprit Guillaume; il n'a pourtant jamais de paroles rudes pour personne, et il reçoit bien tous ceux qui vont le trouver.

— Oh! pour de belles paroles, il sait en dire, c'est sûr; mais c'est tout ce qu'il donne.... Le voilà passé.... Tenez, voici venir là-bas quelqu'un qui l'aime encore moins que moi, maître Gillot-Leclerc.

— Gillot-Leclerc, le petit drapier? Ce n'est pas un homme de grande importance.

— Il ne tient pas grand état dans la ville, c'est vrai; mais il est remuant, et le bailli pourrait avoir à compter avec lui, en cas de sédition dans la rue.

— Tante Michelle, cria le petit Éloy, voyez donc la belle dame qui nous fait signe, avec ses enfants qui sont de petits seigneurs.

— C'est la dame de la Roche-Guyon, une noble et digne dame. Son fils aîné, monseigneur Jacques, est tout son portrait; il soutiendra l'honneur de la famille; il vaudra son père, monseigneur Guy de la Roche-Guyon, que les Anglais ont tué, il y a deux ans, à la bataille d'Azincourt. Regardez-les, dame Magdeleine, ils ont un hôtel à Rouen, mais ils n'y viennent pas souvent; la dame élève ses enfants dans leur castel de la Roche-Guyon qui est loin d'ici, du côté de Paris. Il paraît que c'est un des plus forts châteaux qui se puissent voir.... Éloy, ne te penche pas, tu tomberais dans la rue.... Ah! attention, voilà le cortège! »

II

LES LETTRES DU DUC DE BOURGOGNE

C'ÉTAIT très beau! dit Éloy retrouvant la parole, lorsque le cortège eut disparu au bout de la rue aux Juifs. Et les exilés d'Harfleur répétèrent que « c'était très beau ». Ils n'avaient point à Harfleur de céré-monie de ce genre; Harfleur n'était pas une grande ville comme Rouen, et ne possédait pas de monastère qui lui dût des redevances féodales. A Rouen, non seulement les moines, mais les grandes familles du pays, qui possédaient des hôtels dans la ville, avaient leur tribut à supporter une fois l'an. Et Michelle se plut à raconter à Magdeleine et à son mari les beaux spectacles que ces vieux usages procuraient aux habitants de Rouen. C'était le seigneur de Bacqueville qui offrait un bouquet de roses rouges au capitaine du château; ou le sire de Donquerre qui lui présentait un fer de lance; ou le comte d'Har-court qui apportait une fleur de lis à la Ville le jour de la fête de saint Jean. Que la redevance fût payée au roi ou à la commune, l'appareil était tou-jours le même · les grandes familles étalaient ce jour-là tout ce qu'elles avaient de richesses, et tous leurs vassaux et serviteurs, jusqu'au moindre valet, parcouraient Rouen avec des habits tout luisants d'or. Il n'y avait sûrement pas de ville qui possédât autant de noblesse et d'aussi riches hôtels que la bonne ville de Rouen.

Ici maître Guillaume Deshayes hocha la tête d'une façon équivoque. Approuvait-il les paroles de sa femme? était-il fier d'être bourgeois d'une ville qui possédait une si riche noblesse logée dans de si beaux hôtels? ou aurait-il souhaité qu'il y en eût moins? Il n'était pas facile de le deviner. Maître Alain haussa les épaules sans rien dire; mais Laurent Toustain — la jeu-nesse est impétueuse — ne put s'empêcher de murmurer à demi-voix :

« Oui, il n'en manque pas chez nous, de ces repaires d'Armagnacs!

— Armagnacs! répliqua vivement dame Michelle; pourquoi voulez-vous qu'ils soient tous Armagnacs? La dame de la Roche-Guyon, par exemple....

— Je ne parle pas de celle-là ni de sa famille, dame Michelle; ce sont de vrais seigneurs normands, qui aiment leur pays et agissent selon la justice; il y en a bien quelques autres encore, mais le plus grand nombre ne songent qu'à nous pressurer pour s'enrichir. Quand on ne travaille pas, il faut vivre aux dépens d'autrui!

— Travailler! dit Deshayes d'un ton bas qui montrait la plus profonde stupéfaction. Travailler, les barons de Normandie! Jeune homme, vous n'y songez pas! »

Laurent se mit à rire.

« Le fait est qu'ils n'en seraient pas capables; mettez que j'ai voulu plaisanter et n'en parlons plus. Mais qu'au moins ils fassent bien leur métier, qui est de défendre le pays contre les Anglais, et il me semble qu'ils ne s'y entendent guère.

— Comme la jeunesse est présomptueuse! Maître Blanchart, entendez-vous votre gendre?

— Oui, je l'entends; il dit ce que les autres pensent; l'âge ne lui a pas encore appris la prudence. Je ne veux pas médire de notre noblesse de Normandie, ni même de la noblesse de France : elle est brave et ne regarde pas à se faire tuer. Mais il ne manque pas non plus de braves parmi ceux qui n'ont pas de sang noble dans les veines, et les bourgeois des bonnes villes de Flandre l'ont bien fait voir. Ces nobles perdent des batailles par outrecuidance; ils s'exposent follement, ils se font battre, et qui est-ce qui paye leur rançon quand ils sont pris? Vous le savez aussi bien que moi!

— Nous le savons tous, reprit tristement Robert Lépautre. Il n'y a pas si longtemps, à Azincourt, ils se sont fait hacher après avoir refusé l'aide des gens des communes. On dit qu'ils se sont bien battus, et, de fait, il n'en est guère revenu; mais de quoi leur mort nous sert-elle? Ils auraient mieux fait de se comporter plus sagement et de ne pas perdre la bataille; il n'y aurait pas à cette heure tant de braves gens sans feu ni lieu! »

Pendant que les hommes devisaient des affaires du temps, dame Michelle avait appelé ses servantes, et la lourde table à pieds tournés s'était couverte de boissons et de friandises diverses, chefs-d'œuvre de la jeune femme qui s'enorgueillissait de ses talents de ménagère. Ses boissons exquises et ses légères pâtisseries firent un instant diversion aux soucis de tous, et on se mit à causer gaiement de la cérémonie du jour, des usages rouennais, des anciennes coutumes normandes, et aussi du mariage prochain de Simone, et des fêtes que donnerait à cette occasion maître Alain Blanchart. Ce n'était pas qu'il fût bien riche, mais il était membre de la corporation des arbalétriers : les arbalétriers ne pouvaient manquer de lui faire honneur en venant au mariage de sa fille, dans leur grand équipement, escortés par leurs valets; et puis il était connu et estimé dans toute la ville, et les plus riches bourgeois tenaient à honneur d'être ses amis. Laurent Toustain, de son côté, était bien apparenté : la noce serait certainement une belle noce.

Cependant Magdeleine Lépautre s'était peu à peu écartée de la compagnie et s'était rapprochée de la fenêtre; elle regardait vaguement dans la rue redevenue silencieuse, et songeait, le cœur serré, à son propre mariage, à son bonheur passé, à ses enfants perdus. Elle enviait Simone,... mais pourquoi l'envier? N'avait-elle pas été, elle aussi, une fiancée heureuse et confiante? Que serait l'avenir pour celle-ci? Magdeleine frissonna et pria Dieu dans son cœur d'épargner à la jeune fille les maux qu'elle avait soufferts.

Tout à coup il lui sembla qu'une grande rumeur s'élevait au loin, comme d'une foule qui se hâte et qui crie. Elle prêta l'oreille : oui, elle entendait bien, dans les rues environnantes, des pas et des voix. Le bruit s'approchait; un homme parut à l'extrémité de la rue aux Juifs, puis deux, puis trois, puis quatre; ils couraient, et bientôt ils furent suivis par une foule agitée, qui parlait et gesticulait, tout en émoi. Magdeleine appela ses hôtes.

« Voyez donc, maître Deshayes, tout ce monde! Que se passe-t-il? Est-ce le cortège qui va revenir par ici? »

Maître Deshayes se pencha, regarda, écouta; les autres hommes l'avaient suivi. Il était difficile de distinguer des paroles dans le murmure confus de tant de voix; mais Laurent, apercevant dans la foule un bourgeois de ses amis, l'interpella de la fenêtre.

« Hé! maître Richard Mites, arrêtez un peu, s'il vous plaît! Où va-t-on? De quoi s'agit-il?

— Aux Halles, — lettre du duc de Bourgogne, répondit laconiquement l'autre sans s'arrêter ni se retourner.

— Il faut aller voir, dit Alain Blanchart.

— Allez, répondit Michelle; je garde vos enfants et dame Magdeleine. Revenez vite, et surtout n'entraînez pas mon mari dans quelque sédition. »

Alain Blanchart sourit; maître Deshayes était connu pour l'homme le plus pacifique de la terre, et, s'il descendait dans la rue, cela prouvait bien qu'il ne croyait pas à une bagarre sérieuse.

Les quatre bourgeois marchèrent vite d'abord; mais ils durent ralentir leur pas en approchant des Halles, car la foule y devenait compacte. Ils finirent pourtant par y arriver. Abrités derrière un pilier, ils purent voir et entendre ce qui se passait sur la place.

Là, monté sur un échafaudage de tables et de tréteaux, un homme parlait

au peuple. Il tenait à la main un parchemin, d'où pendait un grand sceau de
cire; et de temps en temps il le montrait, il y lisait quelques mots, puis reprenait son discours, haché continuellement par les interruptions, les remarques,
les applaudissements de la multitude.

« On vous a trompés, bonnes gens de Rouen, disait-il; on vous a dit que
les lettres de monseigneur le duc de Bourgogne étaient supposées, que son
scel était faux et qu'il ne s'occupait que de son duché, et non des affaires du
royaume. On vous a trompés.... Que dites-vous, messire? que le Conseil du
roi à Paris les a déclarées fausses? Si vous saviez ce que c'est que le Conseil
du roi, vous ne diriez pas cela. Le roi notre sire, que Dieu le couvre de sa
miséricorde! est tout dévoyé d'esprit et ne peut aviser au gouvernement de la
France; et son Conseil est tout entier composé d'Armagnacs maudits, qui
sucent le meilleur de votre substance et ne laissent au peuple que les yeux
pour pleurer....

  – Oui, oui! à bas Armagnac! vive Bourgogne!
  — Le noble duc est le père des bonnes villes.
  — Il est l'ami des bourgeois.
  — Il maintiendra nos privilèges!
  — Il ôtera les impôts qui nous écrasent!
  — Vive le duc de Bourgogne! »

Ainsi criaient mille voix passionnées; le peuple s'exaltait peu à peu, et ses
clameurs couvraient la parole des timides, qui rappelaient l'obéissance due
aux officiers du roi.

« Mauvaise affaire, dit tout bas à ses compagnons maître Deshayes
devenu soucieux. Certes, je tiens tout autant qu'un autre aux droits et
franchises de notre ville,... mais j'ai grand'peur que tout cela tourne
mal. »

L'orateur fit un signe de main pour demander du silence, et il reprit :

« Vous ne les avez pas oubliées, mes amis, les ettres du noble duc aux
bonnes villes de France, et à la ville de Rouen en particulier? C'est de sa part
que je viens vous les relire, pour vous répéter ce que vous savez déjà, à savoir
que c'est une honte que la France soit gouvernée par des gens qui n'ont ni
foi ni loi. Car il est écrit : « Tu ne prendras point en vain le nom du Sei-
« gneur ». Et eux, ils se sont parjurés, non pas une fois, mais six, en violant
les traités librement consentis et jurés au nom de la très sainte Trinité et de
tous les saints. Et ils tiennent le royaume dans la plus dure oppression,
extorquant au pauvre peuple son dernier sol et son dernier morceau de pain,
sous prétexte de payer les hommes d'armes qui vont combattre les Anglais.
Croyez-vous que l'Anglais en voie beaucoup de ces hommes d'armes-là, dites,
le croyez-vous? »

Un ricanement plein de colère éclata dans la foule, et mille acclamations tumultueuses répondirent à l'orateur. Il reprit :

« Vous ne le croyez pas; vous avez raison. D'abord, les hommes d'armes ne se battent que pour qui les paye; et nos hauts seigneurs du parti d'Ar-

magnac aiment bien mieux garder l'argent du peuple que d'en payer des hommes d'armes. Ils restent à Paris, où ils passent les jours et les nuits à banqueter et se goberger, à se réjouir de comédie, de musique et de danse, à se parer d'or et de pierreries, à se vêtir de velours et de fourrures, pendant que tout dépérit en France et que le pauvre peuple n'a pas un morceau de pain à se mettre sous la dent, ni un lambeau pour couvrir la nudité de son corps. Et les hommes d'armes vont pillant les campagnes; et quand les pauvres gens, réunis dans les villages pour entendre un mandement du roi, croient qu'ils vont ouïr une bonne nou-

L'orateur tenait à la main un parchemin.

velle, c'est quelque aide ou imposition de plus qu'on leur annonce. Est-ce que les choses peuvent aller longtemps comme cela? Dites, qu'en pensez-vous?

— Non, il faut en finir! Vive Bourgogne!

— A bas les Armagnacs!

— A bas! Ils ne savent seulement pas nous défendre contre les bandes qui courent le pays. »

Alain Blanchart se pencha vers maître Deshayes :

« Cela, c'est vrai, vous ne pourrez pas dire le contraire. Il n'y a pas de jour où l'on n'apprenne quelque pillerie de Jean Raoulet, le capitaine armagnac; il est à la solde des barons pour faire la guerre aux Anglais, et il ne la fait qu'à nos paysans. »

Comme pour donner raison à maître Alain, une grande rumeur se fit entendre. Un homme aux vêtements en lambeaux, aux cheveux hérissés, rouge, haletant, exaspéré, les yeux étincelants, traînant après lui une femme et trois enfants en désordre, cherchait à percer la foule. La femme semblait atterrée, les enfants pleuraient et l'homme criait de toutes ses forces : « Justice! protection! A moi, bourgeois de Rouen! A moi contre les Armagnacs! »

A ce nom, la foule s'ouvrit d'elle-même; un instant après, le malheureux et sa famille se trouvaient hissés, sans savoir comment, auprès de l'orateur bourguignon. « Parlez! parlez! » lui criait-on de tous côtés. Il parla; il raconta que, la veille encore, il était heureux dans sa ferme, avec sa femme et ses enfants; les récoltes s'annonçaient belles, les bestiaux étaient reluisants de santé, et on avait pu mettre de côté l'argent dû au roi et au seigneur. Mais Jean Raoulet était venu avec sa bande de Bretons; ils s'étaient attablés et avaient dévoré en une heure tout ce qu'il y avait de vivres dans la maison; ils avaient pris l'argent, dévasté tout, emporté les vêtements, brisé les meubles; et comme le paysan protestait, ils avaient piétiné ses récoltes et l'avaient chassé, lui et sa famille, après les avoir battus cruellement. Ils avaient marché toute la nuit pour venir demander aide et secours aux bourgeois de Rouen, car personne dans la campagne n'était capable de les défendre.

Des cris de colère s'élevèrent de toute la place. Mais l'envoyé du duc de Bourgogne agita son parchemin déployé : le grand sceau brillait au soleil et ressemblait à une tache de sang. On se tut pour écouter.

« Vous voyez bien, cria l'orateur d'une voix tonnante, vous voyez bien que j'avais raison! Vos seigneurs armagnacs, votre capitaine, votre bailli, ne savent pas plus vous défendre que ceux de Paris : un de ces jours Jean Raoulet ou d'autres de ses pareils viendront jusque dans Rouen piller vos maisons, et ils les laisseront faire. Pourquoi vous défendraient-ils? Ce n'est pas la justice qui les y engagerait; ils se soucient bien de la justice! Car vous ne savez pas, bourgeois de Rouen, tous les crimes des Armagnacs. Il faut qu'ils aient la France sous leurs pieds pour la dévorer à leur aise; et, pour cela, ils profitent du malheureux état de notre seigneur le roi. Mais notre roi avait de nobles fils capables de faire un jour la gloire de la chevalerie. Qu'ont fait les Armagnacs? Ils ont essayé de les pervertir dans la mollesse et les divertissements pour les empêcher de prêter l'oreille au cri du peuple de France; et, quand ils ont vu que malgré eux le premier dauphin, le noble duc de Guyenne, inclinait vers la justice et le bon droit, qu'est-il arrivé, peuple de Rouen? Est-ce par empoisonnement ou par maléfice que le noble dauphin a péri dans la fleur de ses vingt ans? que son frère, le prince Jean, devenu dauphin après lui, l'a suivi dans la mort? Il ne reste plus qu'un fils de France; c'est presque un enfant, et nos ennemis le nourrissent de leurs détestables doctrines. Il faut qu'il soit arraché à leurs perfides conseils; il faut que le noble duc de Bourgogne, qu'on eappell Sans Peur, parce qu'il est le plus vaillant chevalier du royaume de France, soit appelé à gouverner le Conseil de notre roi pour chasser l'Anglais et faire rendre justice aux bonnes villes. Écoutez les intentions et promesses du duc de Bourgogne! »

Et l'orateur reprit la lecture de son parchemin. A chaque nouvelle promesse du duc — et les promesses ne lui coûtaient guère — c'étaient dans la foule de nouvelles acclamations : « Oui! oui! plus de gabelle! plus de quart sur les vins! plus de taxes sur nos marchandises! Vive le duc! vivent nos anciennes libertés! il nous rendra un maire comme nous l'avions autrefois! Vive la Bourgogne! à bas les Armagnacs! »

La foule criait et applaudissait encore, que l'envoyé du duc de Bourgogne, avait déjà disparu, comprenant sans doute qu'on allait passer des paroles à l'action, et ne se souciant pas de servir de chef à cette populace. Mais les chefs ne manquent jamais. Une voix cria : « A bas l'impôt! à bas les collecteurs! » Et la foule, applaudissant, s'ébranla en masse : elle savait désormais ce qu'elle allait faire. En quelques instants, la place des Halles fut presque vide.

« Mauvaise affaire, dit tristement maître Guillaume Deshayes; mauvaise affaire! Vous ne dites rien, maître Alain; est-ce que vous êtes Bourguignon, vous?

— Je ne suis pas Armagnac, toujours!

— Oh! croyez-vous que Bourgogne vaille mieux qu'Armagnac?

— Il n'est pas pire, au moins. Et puis il est seul chef de son parti; les autres sont une troupe de sangsues qui n'en finit plus. Il n'y a peut-être pas de mal à montrer à ces gens-là que les Rouennais ne sont pas d'humeur à se laisser tirer le sang.

— Vous ne vous en mêlerez pas, au moins?

— Moi? pas pour le moment; j'ai mieux à faire. Ne faut-il pas que je marie Simone? Allons la chercher; vous viendrez souper avec nous, et nous fixerons le jour de la noce à la convenance de l'épousée. »

III

UNE NOCE TROUBLÉE.

O_N aurait difficilement trouvé une plus jolie fiancée que Simone, la fille d'Alain Blanchart, et lorsqu'elle parut, donnant la main à son père sur le seuil de sa maison, ce fut dans toute la place de la Calande une clameur d'admiration. Simone rougit de confusion d'être tant admirée, de joie d'être si belle; et ses yeux bleus brillèrent comme deux saphirs au-dessus de ses joues de rose de Bengale. Elle avait revêtu la robe vermeille des épousées du temps, et ses beaux cheveux blonds annelés, pendant sur ses épaules pour la dernière fois, puisque cette mode n'appartenait qu'aux jeunes filles, lui faisaient comme un nimbe d'or : avec son couvre-chef d'un fin tissu blanc elle ressemblait aux images de la Vierge Marie.

Le cortège se mit en marche vers la cathédrale : parents, amis, députations des corporations des grands et des petits métiers, qui tenaient à faire honneur à maître Alain Blanchart; pauvres reconnaissants des aumônes de Simone, qu'elle accompagnait d'une parole de tendresse et de pitié; et aussi quelques exilés d'Harfleur et des autres cités déjà conquises par le roi d'Angleterre, et parmi eux Robert Lépautre et sa femme Magdeleine. Puis un groupe d'enfants, où le petit Éloy, droit et raide dans ses vêtements neufs, marchait gravement, ne quittant pas Simone des yeux, tout fier d'être le frère de la mariée.

Le cortège entra dans la cathédrale.

« Qui est-ce qui va dire la messe de mariage? demanda maître Richard Mites à son ami maître Deshayes. J'ai entendu assurer que ce serait messire Robert Delivet, le chanoine, celui qui tient la place de notre archevêque quand il est absent.

Le cortège se mit en marche.

— Et il l'est toujours : il se plaît mieux à la cour du roi qu'à la tête de son diocèse. Ce ne sera pas le chanoine qui mariera Simone : il est vrai qu'il n'aurait pas refusé de le faire, il est si grand ami de maître Blanchart! Mais voilà le prêtre qui monte à l'autel : le reconnaissez-vous?

— Messire Pierre Lenoël! le prêtre le plus pauvre de notre ville! Je pensais que maître Alain aurait demandé pour le moins le curé de la cathédrale!

— Eh bien, vous vous trompiez : maître Alain a voulu pour sa fille la bénédiction d'un saint, plutôt que celle d'un homme puissant. Pour ce qui est de messire Robert Delivet, il est bien trop occupé en ce moment pour songer à célébrer des mariages. Je sais, moi, qu'il passe son temps à aller du bailli au capitaine du château, et à visiter nos échevins et les chefs des métiers, pour tâcher de maintenir la paix. L'affaire de l'autre jour n'a pas fait bon effet : vous savez, tout ce tapage, le jour de l'Oison bridé?

— Eh bien, quoi? le peuple, tout excité par la lettre du duc de Bourgogne, a pillé quelques collecteurs d'impôts, les a même un peu rossés peut-être! La belle affaire! il en arrive tous les jours de pires, et il n'y a pas de quoi s'en émouvoir, vous le savez bien.

— Oui, oui; mais il paraît que le capitaine n'est pas content, et qu'il a envoyé un message au roi, c'est-à-dire au connétable, puisque le roi n'est plus rien depuis cette malheureuse maladie.

— Il a donc peur de nous, messire Guillaume de Cramenil? Un beau capitaine que nous avons là! Il commandait à Tancarville : l'année passée il a rendu le château sans coup férir, à la première demande des Anglais; il en ferait autant de notre ville, à l'occasion. Espérons qu'ils ne viendront pas nous attaquer pendant qu'il est à votre tête.

— Chut! on ne sait jamais qui vous entend, dans une si nombreuse compagnie.... Regardons plutôt les époux : Simone est-elle jolie! Laurent a-t-il bonne mine! Mais pourquoi regarde-t-il donc de tous les côtés d'un air inquiet? Est-ce qu'il devrait lui manquer quelque chose, un jour comme aujourd'hui?

— Je crois que je sais ce qui lui manque : je ne vois pas son parrain, maître Gillot-Leclerc.

— Ah! il tient peut-être bien compagnie à messire Robert Delivet, mais ce n'est pas pour le même motif : il n'aime pas la paix, lui, et, s'il va de l'un à l'autre, on peut être sûr qu'il ne songe qu'à embrouiller les affaires.

— Il cherche pourtant notre bien, lui aussi.

— Sans doute, sans doute; mais il ne le cherche pas de la bonne manière; voyez-vous, maître Richard, il faut la paix, la paix avant tout, Ces drapiers forains sont vraiment des gens trop remuants, et Gillot-Leclerc, qui est pourtant un honnête homme, on ne peut pas dire le contraire, est le plus remuant de tous. Ils sont toujours à parler de nos anciennes franchises, de la cloche, du droit d'élire un maire…. Nous avions tout cela autrefois : ce sont eux, ou leurs pareils, qui nous l'ont fait perdre avec leurs rébellions…. Pourvu qu'ils n'aillent pas encore nous faire enlever les libertés qui nous restent…. »

Richard Mites haussa les épaules et ne répondit pas; il aurait eu trop à dire.

Il se fit à ce moment un mouvement dans l'église. Au pied de l'autel, le prêtre, qui venait de marier les fiancés, se recueillait pour leur adresser quelques conseils; les assistants se levaient, se rapprochaient un peu et tendaient le cou pour mieux voir et pour mieux entendre, car le prêtre avait près de soixante ans et sa voix ne devait guère résonner sous les hautes ogives de la cathédrale.

Un grand silence se fit, et Pierre Lenoël, relevant sa tête inclinée, commença à parler lentement. Il était de petite taille et d'un extérieur chétif; son front dépouillé n'avait gardé que quelques rares cheveux blancs; les traits de son visage n'avaient rien de remarquable, et pourtant il y avait dans toute sa personne quelque chose qui imposait le respect, même à ceux qui ne connaissaient rien de sa vie toute de dévouement et de charité. Il parla : sa voix était faible, mais si claire et si nette, que pas une de ses paroles ne se perdait; et son accent était si persuasif, si plein d'autorité et de tendresse, qu'à l'entendre tous les cœurs se sentaient convaincus, et que le courage et l'amour du bien se réveillaient dans les âmes les plus engourdies. Il parla aux époux du « joug d'amour et de paix » qu'ils devaient porter ensemble; il les engagea à se soutenir et à s'encourager mutuellement dans la vie, à mettre leurs joies sous la protection de Dieu et à supporter patiemment leurs peines. Car — et il leur demandait pardon de prononcer des paroles menaçantes en un si beau jour — nulle vie n'était exempte de peines, et maintenant surtout on pouvait répéter la parole de l'Écriture : « La vie de l'homme sur la terre est une guerre continuelle, et ses jours passent comme la fleur des champs ».

Un pas pressé, violent, impétueux, retentit tout à coup dans le bas de la nef, et toutes les têtes se retournèrent pour voir quel était l'insolent qui venait ainsi troubler la paisible cérémonie. « Gillot-Leclerc! c'est Gillot-Leclerc! » répétèrent les assistants, en suivant du regard le drapier, qui marcha sans s'arrêter jusqu'au groupe de la noce. Là il tira maître Alain Blanchart par la longue manche de sa houppelande et commença à lui parler avec une grande animation; les nouvelles qu'il apportait, entendues et répétées aussitôt, volèrent de bouche en bouche et eurent bientôt fait le tour de l'église, portant avec elles le trouble, la consternation et la colère.

La nouvelle tenait en peu de mots : le roi, ou plutôt le Conseil du roi, venait d'envoyer à Rouen trois commissaires chargés de pouvoirs extraordinaires. C'était vite dit, mais on savait ce que cela signifiait. De nouvelles taxes, d'abord, comme si on n'en avait pas déjà trop à supporter! comme si le commerce n'était pas déjà assez difficile, en ce temps de guerre, avec les bandes armées qui couraient le pays! Et les libertés et les franchises de Rouen qu'allaient-elles devenir? Si les Armagnacs voulaient trop prendre, n'essayerait-on pas de leur résister? Pour quelques collecteurs battus, à qui on n'avait d'ailleurs pas fait grand mal, le bailli n'avait vraiment pas le droit d'appeler la colère du roi sur toute une ville; et des cris de haine s'élevaient contre Raoul de Gaucourt.

Alain Blanchart, les sourcils froncés, restait immobile et sombre, les yeux baissés; il craignait de rencontrer le regard de Simone, qui, toute tremblante, avait saisi une main de son père et une de son mari, comme si elle eût voulu les retenir. Elle leva timidement les yeux vers le prêtre pour l'implorer. Maître Pierre Lenoël regarda la jeune fille d'un air de tendre pitié; puis, étendant le bras, il fit un signe à la foule et sa voix s'éleva de nouveau.

« Paix, mes frères, paix! s'écria-t-il. Ne troublez pas la majesté du saint lieu par le bruit des querelles humaines. Ne vous disais-je pas que la vie de l'homme sur la terre est une guerre continuelle? Si l'heure des tribulations est arrivée, fortifions nos cœurs contre le mal; ne nous laissons pas entraîner à de mauvaises pensées. La colère et la haine sont de perfides conseillères. Songez que l'Anglais est en France, et que c'est contre lui que nous devons lever nos armes. Soyons respectueux et fidèles envers le roi et rendons-lui ce qui lui appartient. Mais souvenons-nous aussi — et la voix du prêtre prit un accent plus vibrant et plus passionné, — souvenons-nous que nul ne doit laisser dépérir entre ses mains l'héritage de liberté qu'il a reçu de ses pères. Qui n'est pas libre a les mains liées pour le bien comme pour le mal. Dites au roi que pour bien le servir il faut que nous soyons libres, et rappelez-vous que renoncer à nos droits, ce serait déserter nos devoirs! »

« C'est bien dit, murmura Gillot-Leclerc en suivant les époux, qui s'en allaient apposer leur croix au bas de l'acte du mariage; nous attendrons; mais, si ce beau fils de bailli a tramé quelque trahison,.. il n'aura rien perdu pour attendre. »

IV

LE PREMIER SANG

L'HOTEL où demeurait le bailli de la bonne ville de Rouen était situé au cœur de la cité, dans la rue Beauvoisine, près de l'hôpital du roi. C'était une construction moitié militaire, moitié civile, comme toutes les maisons que les nobles possédaient dans les grandes villes. Pendant que les riches bourgeois ornaient de bois sculpté la façade de leurs maisons à étages surplombants et à pignons aigus, les seigneurs élevaient des édifices de pierre, dont les fenêtres hautes et étroites, divisées par des meneaux et défendues par des barreaux de fer, semblaient faites pour laisser passer seulement le canon d'une arquebuse. La porte, basse, en chêne massif, renforcée par d'énormes têtes de clous et des ferrures solides, pouvait soutenir un siège; il aurait fallu un bélier pour l'enfoncer. L'hôtel du bailli, malgré le ton gris de la pierre et son sévère aspect de forteresse, ne manquait pas d'une certaine beauté; le ciseau du sculpteur avait couronné porte et fenêtres d'une dentelle de pierre, et les tourelles légères qui flanquaient les angles donnaient à la construction une grande élégance. A l'intérieur, les vastes cheminées, les bahuts sculptés, les riches tapisseries, les dressoirs chargés de vaisselle d'or et d'argent, témoignaient du luxe de l'époque, luxe si grand qu'on voyait des princes faire broder sur leurs vêtements, en perles et en or fin, les paroles et les notes d'une chanson, ou garnir une houppelande d'une bordure de pièces d'or figurant des trèfles. Il est vrai que, pendant ce temps-là, le peuple mourait de faim, et que les troupes qui auraient dû combattre l'ennemi n'étaient point payées.

Environ quinze jours après le mariage de Simone et l'arrivée des commissaires royaux, il y avait, dans la grande salle basse de l'hôtel du bailli, une conférence entre quatre hauts personnages. C'était d'abord le capitaine du château, messire Guillaume de Cramenil; puis deux des trois commissaires royaux, le sire de Préaulx et le sire de Gaules, et enfin le maître du logis, le sire Raoul de Gaucourt, bailli du roi en la bonne ville de Rouen.

Sur les quatre, trois paraissaient inquiets; seul, Raoul de Gaucourt, un beau seigneur paré, pomponné, vêtu et coiffé à la dernière mode de la cour, chamarré de broderies depuis son chaperon jusqu'à la poulaine de ses souliers, affectait de rire des craintes de ses hôtes et de prêter moins d'attention à leurs discours qu'aux allées et venues de deux beaux lévriers qui erraient dans la salle, s'étirant de temps en temps les quatre pattes ou venant poser sur son genou leur fin museau allongé, comme pour appeler une caresse.

« C'est toujours la même chose, disait le bailli en haussant les épaules. Ils crient, mais ils payent; ils crient cette fois-ci un peu plus fort que les autres, mais ils s'apaiseront, n'en doutez pas. Ils ne sont pas si bêtes que de se lancer dans une aventure telle que celle d'il y a une trentaine d'années : elle leur a coûté bon. Pour le plaisir d'avoir élu un roi, et quel roi! le roi Simon, le plus gras de leurs marchands — je ris quand j'y pense, et je regretterai toute ma vie de n'avoir pas vu cette royauté-là, — pour ce beau plaisir, ils ont perdu leur cloche, leurs armes, sans que cela leur ait rien rapporté, puisque après tout ils ont payé la taxe dont ils ne voulaient pas. Une nouvelle sédition, ils le savent, pourrait bien leur coûter plus cher encore.

— Oui, à moins que la victoire ne leur reste, murmura Guillaume de Cramenil.

— Ce peuple me paraît bien remuant et prompt à la révolte, repartit le sire de Préaulx. Mais monseigneur Bernard d'Armagnac en a fait voir bien d'autres au peuple de Paris, qui ne passe pourtant pas pour un modèle de patience.

— Bien d'autres,... cela vous plaît à dire; nos Normands n'aiment pas qu'on touche à leurs privilèges.

— Pourtant, sire de Cramenil, vous qui êtes un homme de guerre, vous devez comprendre que les ordonnances du roi sont justes. La ville peut être attaquée un jour ou l'autre par les Anglais : il faut bien la mettre en état de défense et brûler dans la campagne les récoltes qui pourraient nourrir l'ennemi, et, comme pour réparer les murs il faut de l'argent, nous ne pouvons pas faire autrement que d'en demander à ceux qui en ont. C'est trop juste, cela!

— Oui, dit Cramenil en ricanant, mais après? Prendre le commandement de la ville, en dépit des franchises de la bourgeoisie; forcer les gens à faire le guet nuit et jour aux portes et aux murailles, croyez-vous que ce soit pour plaire aux Rouennais?

— Je croyais, interrompit le sire de Gaules, qu'ils étaient d'humeur guerrière, vos gens de Rouen?

— Oui, quand ils ont des chefs de leur choix, qui ne les mènent qu'où ils veulent aller; mais quant à vous obéir, à vous qu'ils ne connaissent pas et dont ils se défient!... Prenez garde : il y a plus de Bourguignons que d'Armagnacs en cette cité de Rouen!

— Aussi avons-nous pleins pouvoirs pour les mettre dehors, et nous n'y manquerons pas, dès que nous tiendrons les clefs de leurs portes de ville.

— Mais vous ne les tenez pas, et les bourgeois n'ont guère envie de vous les apporter. Ils sont tous artisans ou marchands, et vous commencez par fixer le prix des denrées, établir des taxes, imposer des corvées! Ce n'est pas le moyen de vous faire obéir.

— Il faudra pourtant qu'ils obéissent : les Parisiens obéissent bien!

— Jusqu'au jour où ils se fâchent, et ce jour-là ils tuent. Si vous m'en croyez, messeigneurs, vous viendrez loger avec moi au château; là vous pourrez vous rire de tous les bourgeois et de tous les vilains de Rouen. »

Les commissaires se regardèrent.

« Il me semble, hasarda le sire de Gaules, qu'avec nos Bretons et nos arbalétriers génois nous trouverons bien moyen d'imposer l'obéissance aux ordres du roi.

— Oui, si vous pouvez les faire entrer en ville, répliqua Guillaume de Cramenil; mais pour cela il faut leur ouvrir, et pour ouvrir les portes, il faut les clefs; et quand vous essayerez de prendre les clefs, vous verrez! Tirez-vous de là; moi, je suis capitaine du château et n'ai pas à me mêler des affaires de la ville. Je retourne au château; venez-vous avec moi? »

Les commissaires se levèrent.

« Vous connaissez la ville mieux que nous, messire, dit le seigneur de Préaulx; nous suivrons vos conseils.

— Moi, je reste; nous restons, n'est-ce pas, Lambin? dit Raoul de Gaucourt en flattant de la main le plus grand de ses lévriers Nous sommes entêtés, nous autres, nous ne cédons pas à la première sommation. »

Guillaume de Cramenil devint pourpre de colère.

« Que voulez-vous dire, messire? cria-t-il en portant la main à la poignée de son épée.

— Oh! rien du tout; je parle à Lambin, qui est un brave chien.

— Parlons de nos affaires, messeigneurs, reprit le sire de Préaulx. Est-ce que, par un stratagème, vous ne pourriez pas introduire les troupes secrètement? Tout le reste irait de soi, une fois que vos bourgeois se sentiraient maintenus. »

Guillaume de Cramenil haussa les épaules.

« Encore si c'étaient des troupes régulières, bien commandées et disciplinées ! Mais des bandes qui vivent de rapine ! Les bourgeois savent cela, et ils n'ont pas envie de recevoir ici vos Génois et vos Bretons, pour qu'ils pillent Rouen comme ils font des campagnes. Je ne vois qu'une chose à faire : se retirer au château et laisser les Rouennais crier, jusqu'à ce qu'on trouve une bonne occasion de les faire taire.

— D'autant plus que le dauphin, que le sire de la Fayette est allé trouver à Angers, ne doit pas être loin d'ici, ajouta le sire de Préaulx. Attendons-le ; les Rouennais n'oseront pas lui refuser l'entrée de sa bonne ville, et une fois qu'il y sera avec son armée, il mettra aux portes et aux murailles telle garnison qu'il voudra. »

Les commissaires prirent congé du bailli, et suivirent Guillaume de Cramenil. Pendant qu'ils traversaient les rues de la ville pour se rendre au château, ils purent entendre sur leur passage des murmures qui ressemblaient fort à des menaces, et plus d'un parmi les pages et les écuyers qui les accompagnaient porta avec impatience la main à la poignée de sa dague. Mais Guillaume de Cramenil les contint ; il était prudent, et pensait qu'il fallait se garder des batailles de rues ; on sait comment elles commencent, mais on ne sait jamais comment elles finiront.

En quinze jours, en effet, les choses avaient fait du chemin. Les premières ordonnances publiées par le bailli, au nom des commissaires du roi, n'avaient pas rencontré de résistance ; chacun sentait la nécessité de mettre la ville en état de repousser l'Anglais, et, bon gré mal gré, on s'employa aux corvées, on paya de sa personne ou de son argent. Les entraves mises au commerce commencèrent à exciter des murmures, et, quand il s'agit de laisser entrer en ville les bandes indisciplinées des Armagnacs, la population se fâcha tout à fait. « Nous sommes bien bons pour nous défendre ! » disaient les Rouennais, surtout les gens des petits métiers, plus Bourguignons que les chefs des corporations opulentes.

Le plus remuant, le plus actif, le plus influent aussi des orateurs populaires, était le drapier forain Gillot-Leclerc. La corporation des drapiers, une des plus importantes de la ville, se divisait en deux : la grande draperie et la draperie foraine. Ceux-ci étaient peu considérés par leurs confrères de la grande draperie, qui, très entichés de leurs privilèges, se réservaient à eux seuls le droit de fabriquer des draps de belle qualité ; de là discorde et haine entre les deux branches de la confrérie. Pourtant, comme tous les drapiers, grands et petits, étaient Bourguignons enragés, Gillot-Leclerc regagnait en importance politique ce qui lui manquait comme importance sociale. Il allait, venait, haranguant les groupes, s'attachant aux bourgeois de marque jusqu'à ce qu'il les eût convaincus, et partout où il avait passé on entendait répéter par des

voix irritées : « C'est vrai, c'est vrai! il a raison! Sous prétexte de défendre la
ville, ils veulent s'en rendre maîtres! Ils disent qu'ils font la guerre aux
Anglais, et c'est à nous qu'ils veulent la faire! » Et pendant que Raoul de
Gaucourt, après le départ des commissaires, réunissait autour de lui, pour
prendre leur avis sur la situation, Alain Blanchart, Richard Mites, Guillaume
Deshayes, le chanoine Robert Delivet et quelques autres bourgeois considé-
rables qui devaient avoir la confiance du peuple, puisqu'ils étaient tous plus
ou moins du parti bourguignon, Gillot-Leclerc, à la tête des gens des petits
métiers, s'en allait forcer les magistrats municipaux de lui remettre les clefs
de la ville.

La nouvelle en fut apportée au bailli par son lieutenant, messire Jean
Légier, et Alain Blanchart, qui observait le sire de Gaucourt, le vit changer
de visage.

« Quel malheur! s'écria Guillaume Deshayes. Ces drapiers nous mettront
dans de fâcheux embarras, si on les laisse faire. Les voilà maîtres de la cité
maintenant! Vous dites, seigneur lieutenant, qu'ils ont pris la garde des
portes?

— Des portes, et des murailles, et ils parlent de venir imposer leurs
volontés à monseigneur le bailli en son hôtel.

— Qu'ils viennent! dit Raoul de Gaucourt en relevant fièrement la tête.
Vous nous quittez, maître Blanchart? Allez-vous rejoindre vos amis les
Bourguignons? On dit que vous êtes au mieux avec ce drapier,... comment
l'appelez-vous?

— C'est de Gillot-Leclerc que vous voulez parler, messire? répliqua Alain.
Il ne mérite pas qu'on parle de lui aussi dédaigneusement; c'est un honnête
homme, quoiqu'il aille un peu trop vite en besogne, et pour garder la ville au
roi les clefs sont peut-être mieux placées entre ses mains qu'entre celles de
tel ou tel seigneur armagnac, toujours prêt à les vendre pour des chevaux de
tournoi, des chiens de chasse ou des habits de cour.

— Vous m'insultez, maître Alain! s'écria Raoul, pâle de colère.

— Je vous réponds, messire Raoul de Gaucourt! Ce n'est pas d'aujourd'hui
que vous me connaissez, et m'est avis qu'à l'heure qu'il est vous auriez
mieux à faire que de jeter l'injure de vos soupçons à la face d'un loyal serviteur du roi!

— Paix, maître Alain! dit le chanoine en s'avançant entre les deux hommes.
Tous, nous avons mieux à faire que de nous livrer à des querelles privées. Ce
serait une honte si le bailli du roi était violenté par les gens de Rouen; et si,
grâce à nos discordes, notre ville était gagnée par l'Anglais, nous n'aurions
pas trop de toute notre vie pour nous en repentir. Voici ce que je propose :
réunissons-nous aux gens des petits métiers pour la défense et le gouverne-

ment de la cité; ils ont confiance en nous et d'ailleurs ils n'oseront pas nous refuser. Moi, au nom du seigneur archevêque du diocèse de Rouen, messire Louis d'Harcourt, actuellement absent, je cours armer les chanoines de la cathédrale et les commettre à la garde des portes; on verra que contre l'ennemi les gens d'Église ne sont pas moins fermes que les bourgeois ou les chevaliers. Vous, maître Richard Mites, qui êtes un homme puissant et considéré, appelez à la Maison de Ville tous les chefs des corporations et avisez avec eux à maintenir l'ordre dans la cité : qu'on mette la milice sur pied pour faire la police des rues. »

En ce moment, un serviteur du bailli entra, hors d'haleine.

« Le dauphin approche, monseigneur! dit-il au bailli; il a passé la nuit à Pont-de-l'Arche avec son armée.... »

Raoul de Gaucourt fit un geste d'impatience.

« Le diable emporte le bavard! » murmura-t-il à l'oreille de son lieutenant.

« Vous le saviez, monseigneur? dit Alain Blanchart au bailli. Pourquoi ne le disiez-vous pas? C'était utile à savoir, pour nous autant que pour vous, ce me semble! Vous avez tort de jouer double jeu : il pourrait bien vous en cuire. »

Il sortit; Robert Delivet et les bourgeois le suivirent, fort mécontents du bailli.

« Pourvu que le dauphin ne tarde guère! dit Raoul de Gaucourt à son lieutenant. S'il peut arriver avant que les bourgeois aient occupé les portes, il entrera et fera entrer les Bretons et les Génois, et alors la partie sera belle. Maître Guillaume Deshayes et ses pareils — il y en a beaucoup — payeront sans souffler mot et courberont l'échine; quant au chanoine, à maître Blanchart et autres Bourguignons,... il y a des cachots dans le château pour les plus méchants, à moins qu'on ne les envoie se faire pendre ailleurs.... Messire Jean, mon ami, envoyez donc à la porte Martinville quelque messager discret, qui puisse nous aviser de l'approche du dauphin.... Ah!... envoyez-en d'autres à la Maison de Ville et au chapitre de la cathédrale, si faire se peut; il ne faut pas que nous soyons les derniers à apprendre ce qui se passe. »

Le lieutenant obéit, et Raoul de Gaucourt resta seul. A présent que le silence régnait dans la grande salle, le bailli entendait mieux le murmure de la rue, qui grandissait d'instant en instant. Il alla regarder à travers les barreaux qui défendaient les étroites fenêtres; une foule compacte entourait son logis, foule malveillante, qui n'aurait pas grand'chose à faire pour devenir hostile; l'hôtel du bailli était bloqué, en attendant qu'il fût assiégé.

« Comme ces vilains deviennent audacieux! » pensa Raoul de Gaucourt. Et il se mit à arpenter de long en large la vaste salle, en sifflotant entre ses dents une chanson qu'il se rappelait avoir composée pour la noble compagnie de chevaliers et de damoiselles qui entourait toujours la reine Isabeau en son hôtel de Saint-Paul. C'était le bon temps, cela! Le connétable aurait bien pu choisir, pour l'envoyer au milieu de ces bourgeois mutins, un baron moins expert en gaie science et moins apprécié des dames que lui, Raoul de Gaucourt. C'est qu'ils n'y allaient pas de main morte, ces bourgeois! surtout la canaille qu'ils traînaient après eux. Un chevalier ne souhaite pas mourir dans son lit, sans doute; mais mieux vaut rendre l'âme en plein soleil, un jour de bataille, dans sa bonne armure et sur son bon destrier, que d'être assommé chez soi par des vilains, comme un bœuf à l'abattoir. Ainsi songeait messire Raoul de Gaucourt.

De temps en temps un serviteur entrait, lui remettait un message; il le lisait en fronçant le sourcil et recommençait sa promenade à travers la salle. Ses lévriers avaient quitté le tapis où ils reposaient et ils suivaient tous ses pas, poussant parfois, du bout de leur museau noir, la main qu'il laissait pendre comme pour quêter une caresse, ou gambadant autour de lui pour l'égayer. Mais il les repoussait. « A bas, Lambin! à bas, Faraud! » Et il retournait écouter les bruits du dehors.

Les nouvelles qu'il recevait n'étaient pas bonnes. Les chanoines et les bourgeois avaient pris la garde des portes, et les échevins, avec les chefs des corporations, siégeaient à la Maison de Ville; cela faisait un pouvoir régulier, sérieux, avec lequel il faudrait compter; c'était tout autre chose que la cohue des gens des petits métiers. A un certain moment le bailli respira : on voyait les enseignes du dauphin flotter sur la forteresse Sainte-Catherine! Il renvoya le messager à la porte Martinville, la plus rapprochée de la forteresse; c'était par là que l'armée du dauphin entrerait. Mais une heure ne s'était pas écoulée que messire Jean Légier revint lui-même tout consterné. Le dauphin avait envoyé l'archevêque de Rouen, Louis d'Harcourt, pour parlementer avec les rebelles. Mais l'archevêque n'était pas connu à Rouen; il vivait à la cour du roi ou du dauphin et ne venait jamais dans son diocèse. Il avait trouvé à la porte Martinville ses propres chanoines armés, faisant le guet, et ses chanoines avaient refusé de le recevoir!

« L'archevêque, ce n'est rien, répliqua le bailli; c'est l'armée du dauphin qu'il nous faudrait. Messire Légier, l'hôtel n'est pas bloqué partout, sans doute, puisque vos messagers nous reviennent. Par où passent-ils?

— Par le puits, monseigneur, qui est mitoyen avec l'hôtel de Bacqueville. Est-ce que vous voulez aller au-devant du dauphin?

— Moi! j'aurais l'air de fuir! Ce n'est pas cela. Vous pouvez bien disposer d'une vingtaine d'hommes résolus?

— Trente, s'il le faut, monseigneur.

— Qu'ils arrivent un par un à la porte Martinville, de façon à s'y trouver réunis à la nuit tombante. Je vais envoyer un messager au dauphin; les chanoines le laisseront passer, n'est-ce pas?

— Je le crois. Ils empêchent d'entrer, mais non de sortir; on ne s'avise jamais de tout.

— Je mande-
rai au dauphin
de faire appro-
cher sa troupe à
la même heure;
les chanoines,
pris par devant
et par derrière,
ne tiendront pas
longtemps. Une
fois le dauphin
maître d'une
porte, le tour est
joué. Je voudrais
voir la mine que
fera ce Bourgui-
gnon de maître
Blanchart! »

Les deux hom-
mes se mirent à
rire. Un instant
après, Jean Lé-
gier quittait fur-
tivement l'hôtel
emportant le
message, signé
et scellé du sceau
de Raoul de Gau-
court, qu'il allait
confier à un ser-
viteur fidèle.

Le messager battit l'air de ses bras.

Cependant chanoines et bourgeois, devenus frères d'armes, faisaient ensemble le guet à la porte Martinville. Plus avisés que ne le croyait le lieu-tenant Jean Légier, ils examinaient aussi minutieusement les sortants que les rentrants, estimant qu'il ne fallait permettre aucune communication avec

l'ennemi, qui était, pour le moment, le dauphin avec son cortège d'Armagnacs. Le messager du bailli, s'arrêtant un peu avant de tenter le passage,
vit fouiller et arrêter des gens inoffensifs qui cherchaient à sortir de la ville.
Il pensa que la surveillance serait peut-être moins étroite à d'autres portes,
qui menaient moins directement au camp du dauphin, et, faisant un détour,
il gagna, au nord de la ville, la porte Saint-Hilaire.

Ce fut pour son malheur et celui de bien d'autres. A la porte Saint-Hilaire
c'était Gillot-Leclerc qui commandait. Mécontent de l'intervention des chanoines et des notables bourgeois, il sentait, disait-il, un vent de trahison et il interrogeait lui-même quiconque cherchait à gagner la campagne.

« Qui es-tu et où vas-tu? demanda-t-il au messager du bailli.

— Je suis un bourgeois d'Harfleur, chassé par les Anglais, répondit celui-ci.
On m'avait dit que ma famille était à Rouen, c'est pour cela que j'y suis
venu; mais je viens d'apprendre qu'elle était à Dieppe et je pars pour l'y
rejoindre. Il faut que je sois ce soir à Darnetal, où j'ai un cousin qui me
prêtera un mulet pour faire le voyage.

— Voyons le bagage que tu as.... Une bourse pleine! tu me parais bien
riche pour un exilé. Quels papiers caches-tu sous ton pourpoint? »

Le messager ne répondit pas. Ces papiers, c'était le message du bailli. Se
sentant perdu si on le découvrait, il prit un parti désespéré : échappant brusquement aux mains qui le palpaient, il s'élança sur la route aussi vite qu'un
chevreuil poursuivi.

« C'est un traître! Arrêtez le traître! » cria Gillot-Leclerc. Et, voyant que
le fugitif avait trop d'avance pour être rejoint, il arracha une arquebuse des
mains d'un soldat, visa, fit feu.... Le messager battit l'air de ses bras et tomba
en avant, la face contre terre.

« Il n'ira pas plus loin! dit le drapier. Courez à présent et sachons ce qu'il
portait. »

Des cris de colère accueillirent chaque phrase du message du bailli.

« Il faut aller l'enfumer en son logis.

— Il faut démolir l'hôtel!

Il faut le prendre d'assaut.

— Il faut pendre le traître!

— Il faut le traîner à la rivière!

— Il faut envoyer sa tête au dauphin!

— Tout cela est trop long, reprit Gillot-Leclerc. Qui vient avec moi?

— Moi! moi! crièrent toutes les voix.

— Nous serons assez de trois : toi, Colin Gaucher; toi, Hugues Alavoine,
et moi. Gardez bien la porte, vous autres. »

L'émeute semblait s'apaiser autour du bailli, depuis que les bourgeois avaient conquis la garde des portes.

Raoul de Gaucourt, seul dans la salle où la nuit se faisait, calculait dans son esprit le temps écoulé depuis le départ de Jean Légier, lorsque des coups violemment frappés ébranlèrent la porte de l'hôtel.

« Déjà! » se dit Raoul de Gaucourt. Et, croyant apprendre le succès de son stratagème, il s'élança vers la porte, où il arriva en même temps que le serviteur qui l'ouvrait. Trois hommes, la tête enveloppée de chaperons rabattus sur leur visage, se dressèrent dans l'ombre devant lui.

« Où est le bailli? dit l'un d'eux. Il faut que nous parlions au bailli; nous avons un prisonnier à lui remettre, à lui seul.

— Fais entrer ces hommes », dit Raoul de Gaucourt.

Il n'avait pas cessé de parler que, reconnu sans doute au son de sa voix, il était saisi, entraîné dehors, percé de coups de poignard, le page n'eut pas le temps de pousser un cri. Les assassins s'enfuirent à toutes jambes, laissant le cadavre étendu dans la rue, pendant que le page, revenu de sa stupeur, appelait trop tard tout l'hôtel au secours de son maître.

V

ACCUSÉ

LA nouvelle du meurtre du bailli vint tomber, comme la foudre, au milieu du Conseil des bourgeois réunis à la Maison de Ville. Vu la gravité des circonstances, ils n'avaient point obéi à la cloche du couvre-feu, et ils étaient convenus de passer la nuit ensemble pour aviser, selon les événements, à ce qu'il y aurait à faire. De temps en temps l'un d'eux allait voir ce qui se passait dans les rues; ce fut ainsi qu'Alain Blanchart apprit le crime, aussitôt suivi d'un autre. Les assassins, ivres du sang répandu, avaient couru chez le lieutenant Jean Légier, l'avaient arraché de sa maison ainsi que son neveu, et les avaient traînés à la Seine. On disait que le dauphin se préparait à entrer de force, et qu'il ferait payer cher à la ville le meurtre du bailli.

« Mauvaise affaire ! dit tristement Guillaume Deshayes. Je voudrais bien être dans ma maison de la rue aux Juifs et n'avoir jamais mis les pieds ici.

— Mais nous y sommes, compère, et il faut aviser, reprit Alain Blanchart avec impatience. Ce que nous avons de mieux à faire, c'est de mettre le guet et les arbalétriers sur pied, de tendre les chaînes et de faire des rondes pour empêcher de nouveaux malheurs. Nous verrons ensuite ! »

Maître Deshayes n'était pas hardi; il avait quarante ans et commençait à prendre du ventre : ce qui augmentait ses tendances pacifiques et sédentaires. Il se sentit pris d'un désir irrésistible de revoir Michelle et de la rassurer sur son sort; se glissant hors de l'assemblée, trop occupée à délibérer pour faire attention à lui, il gagna la rue et se dirigea vers son logis.

Il n'en était pas bien éloigné lorsqu'il entendit des cris du côté de la Seine : « A l'eau ! à l'eau ! » Les voix et les pas s'éloignèrent, allant vers la rivière. « Ils vont noyer quelqu'un ! » pensa en frissonnant le malheureux bourgeois;

et il pressa le pas, marchant dans l'ombre, le long des maisons, pour n'être
pas vu; mais ses jambes flageolaient sous lui, et il n'avançait guère.

Un groupe tumultueux parut au bout de la rue, escortant avec des cris
féroces une tête portée au bout d'une pique. Guillaume Deshayes, à demi
mort de peur, se blottit sous l'auvent d'une boutique et y demeura coi.

Le groupe passa devant lui, et, à la clarté de la torche fumeuse qu'agitait
le premier de la bande, Guillaume reconnut avec horreur la tête d'un riche
orfèvre, qui fournissait de bijoux tous les barons du parti armagnac. Il ne put
retenir un cri d'épouvante.

La bande s'arrêta : le marchand fut saisi, arraché de sa cachette, entouré,
et la pointe d'un poignard, placée sous son menton, le força à relever la tête.
« Qui es-tu? Où vas-tu? Que fais-tu là? Pourquoi te caches-tu? » lui demandaient des voix irritées. « Il n'y a que les traîtres qui se cachent! » dit quelqu'un; et tout aussitôt les autres répondirent : « Mort aux traîtres! mort aux
Armagnacs qui veulent rendre la ville au dauphin! »

Plus mort que vif, maître Deshayes recommandait son âme à Dieu et
voyait passer devant ses yeux, comme une vision d'agonie, la salle paisible
où Michelle l'attendait près du berceau de son enfant, lorsque des pas lourds
se firent entendre avec un bruit de ferraille, et une petite troupe, qui mar
chait en bon ordre, déboucha d'une rue voisine.

« Hé! que se passe-t-il là? cria leur chef. Qui avez-vous arrêté? Avancez
ici; nous faisons patrouille pour la sûreté des rues par l'ordre des échevins et
du Conseil.

— Laurent! Laurent Toustain! s'écria maître Deshayes en reconnaissant
le jeune homme dans le chef de la patrouille des arbalétriers. A moi! à
l'aide !

— Comment, c'est maître Deshayes! dit Laurent. Êtes-vous dévoyés
d'esprit, d'arrêter les honnêtes bourgeois de notre ville, au lieu d'aller
veiller aux portes et aux murailles? Quoi? vous dites qu'il voulait livrer la
ville au dauphin! Maître Guillaume n'a jamais rien livré à personne : c'est
l'ami de maître Alain Blanchart et il est bon Bourguignon. Pas de désordre;
il y a assez de besogne utile à faire cette nuit. Maître Deshayes va vous
conduire; ordre des échevins de tendre les chaînes dans toutes les rues et
d'aller faire le guet sur les murailles.

— Mais... ma femme,... le dauphin,... cette affreuse tête,... on s'en prendra
à moi.... Je suis perdu! balbutia le malheureux Guillaume au comble de la
consternation.

— Du tout, du tout! Allez faire tendre les chaînes, maître Deshayes;
c'est l'ordre du Conseil. Voyez, en voilà qui se sauvent; ce sont les assassins; emmenez le reste des gens, cela les empêchera de penser à mal. En

route, vous autres, et faites-moi bien la police des rues; il faut montrer aux Armagnacs que nous savons nous gouverner nous-mêmes.

— Oui! oui! vive Rouen! vive les arbalétriers!

— Et maître Deshayes! ajouta Laurent Toustain, qui riait sous cape, trouvant drôle de faire acclamer le marchand par les gens qui voulaient l'étrangler tout à l'heure.

— Vive maître Deshayes! cria la foule.

— Nous marchons devant, reprit Toustain; suivez-nous et tendez les chaînes derrière nous à mesure que nous aurons passé. En avant! »

Les arbalétriers se remirent en route, suivis d'aussi près que possible par maître Guillaume Deshayes, qui ne se sentait un peu rassuré que sous leur protection immédiate. Infortuné maître Guillaume! il n'était décidément pas fait pour les guerres civiles. Il reprit pourtant un peu de calme en voyant avec quelle assurance Laurent menait non seulement sa petite troupe, mais encore la tourbe indisciplinée qui les suivait.

Tous ces hommes, armés de haches ou de bâtons, de marteaux ou de pioches, prenaient un air martial et s'efforçaient de marcher en rangs serrés, tout comme s'ils eussent été couverts d'un morion ou d'une armure.

Laurent les promena dans toutes les rues, leur faisant tendre les chaînes et inspecter les auvents des boutiques, pour voir, disait-il, s'ils n'abritaient point quelques coupeurs de bourses, toujours préoccupés de nuire aux honnêtes gens; et il faisait passer ses ordres par maître Guillaume, pour qu'il eût l'air d'être le chef. Quand il les jugea suffisamment las, il les ramena devant l'Hôtel de Ville; là il les autorisa à demeurer sur la place pour garder le Conseil, s'ils n'aimaient mieux s'en aller dormir; on aurait peut-être à besogner contre l'ennemi et il était bon de prendre des forces. La plupart furent de cet avis, et maître Deshayes, tout le premier, s'en fut conter ses aventures à sa femme.

Dame Michelle n'était pas, à beaucoup près, aussi inquiète que nous l'aurions été à sa place. En ce temps-là la vie se passait en batailles, et les femmes, habituées à ces façons d'agir, ne se troublaient pas outre mesure pour quelques horions reçus ou donnés par leurs maris. D'ailleurs, Michelle comptait sur la prudence connue de maître Guillaume.

Mais Simone était moins rassurée. Bien plus cultivée que Michelle, qui n'avait pour horizon que sa maison, sa famille et le commerce de son mari, Simone avait des sujets d'inquiétude auxquels Michelle ne pensait même pas. Élevée par son père, elle avait appris de lui l'histoire de sa ville natale; elle avait pleuré, tout enfant, sur la perte des libertés de Rouen, et elle songeait souvent, avec un sentiment d'humiliation, au temps glorieux où la bourgeoisie — les ancêtres de son père et les siens — était aussi puissante, aussi honorée que les seigneurs. Elle partageait toutes les craintes, toutes les espérances, tous les rêves d'Alain Blanchart; comme lui, elle frissonnait à l'idée que cette belle Normandie, son pays, pourrait cesser d'être française... et elle haïssait l'Anglais de toute la force de l'amour qu'elle portait à la France. Elle avait aimé Laurent Toustain, pour son courage et sa gaieté; près de lui elle se sentait protégée, et sa tendance à voir toutes choses en beau la rendait confiante en l'avenir. Il était si joyeux, si animé, ce Laurent! Il croyait si obstinément au bien, qu'il convertissait à sa foi les esprits les plus moroses. Alain Blanchart lui-même, qui n'avait plus guère d'illusions, ayant vu trop d'hommes, souriait aux paroles dorées de Laurent et entrevoyait un instant dans l'avenir, la France heureuse sous un roi sage, les Anglais repoussés dans leur île, Rouen libre et la Normandie florissante. Aussi avait-il donné avec joie Simone au jeune homme; si la tourmente venait et le déracinait, lui, le vieil arbre, elle aurait toujours pour soutien le jeune tronc robuste.... Mais les mauvais jours étaient venus bien tôt! C'était au pied même de l'autel où le prêtre venait de l'unir à Laurent Toustain, que Simone avait entendu le premier glas de la guerre civile. Et maintenant, mariée depuis moins de trois semaines, elle tremblait à la fois pour son père et pour son mari. Elle avait passé la nuit au chevet de son petit frère endormi, écoutant, le cœur serré, les bruits de la rue, les cris de rage du peuple, le grincement des chaînes qu'on tendait, le pas lourd des rondes qui passaient; elle avait entrevu de sa fenêtre des groupes furieux entraînant des prisonniers, et à chaque fois elle avait tremblé de reconnaître ceux qu'elle aimait; ils étaient du parti de Bourgogne, mais sait-on jamais comment les choses tournent, quand une fois on a commencé à se battre? « Mon Dieu! saint Éloy! bonne sainte Vierge! répétait-elle, protégez notre ville, mon père et Laurent! Gardez-leur la vie sauve dans les dangers où ils s'exposent, car je sais bien qu'ils feront leur devoir! »

Dès que le jour fut venu, elle s'enveloppa d'une mante de couleur sombre, mit un couvre-chef épais qu'elle pouvait ramener sur son visage, et descendit dans la rue. Elle voulait aller à l'Hôtel de Ville; là, sans doute, elle saurait où étaient son père et son mari. A la vue des chaînes tendues, elle perdit d'abord courage; jamais elle n'arriverait! Elle essaya pourtant, en se nommant, de demander le passage. Au nom d'Alain Blanchart, les barrières s'ouvraient, et leurs gardiens, figures sinistres que Simone osait à peine regarder, grimaçaient un sourire, et se rangeaient pour laisser passer la jeune femme. Elle les entendait répéter : « Alain Blanchart, un bon, celui-là! il était avec Gillot-Leclerc! » La jeune femme n'était qu'à demi contente, malgré leur politesse, d'entendre le nom de son père joint à celui de Gillot-Leclerc, qui lui faisait toujours un peu peur

Elle approchait de l'Hôtel de Ville, lorsqu'une femme, qui suppliait vainement les gardiens des chaînes de la laisser passer, poussa un cri en l'apercevant et s'élança vers elle. C'était Magdeleine Lépautre.

« Simone, c'est vous que je cherchais! Votre père! il faut sauver votre père!

— J'allais près de lui, balbutia Simone, qui devint blanche comme un linge. Mais en quel danger est-il donc?

— Vous ne savez rien? Le bailli a été tué cette nuit!

— Le bailli? Par qui, mon Dieu!

— On ne les a pas vus; ils avaient des chaperons sur la figure. Mais on sait que Gillot-Leclerc en était... et on nomme aussi maître Alain Blanchart....

— Mon père! mon père, un meurtrier! Ce n'est pas vrai! Magdeleine, vous ne le croyez pas!

— Non, non, Simone, ce n'est pas vrai! Mais, hier soir, maître Alain est sorti du Conseil pour aller s'informer des nouvelles; il est resté longtemps, et, quand il est revenu, le coup était fait. Voilà ce qui fait dire qu'il en était. J'allais chez vous pour le prévenir; il faut qu'il se cache, qu'il fuie; le dauphin voudra venger le bailli....

— Et il le vengera sur un innocent! Ah! je comprends maintenant pourquoi ces hommes me laissaient passer! pourquoi ils parlaient d'Alain Blanchart et de Gillot-Leclerc! Venez avec moi, Magdeleine : il faut le trouver! »

A la faveur du nom d'Alain Blanchart, les deux femmes purent arriver jusqu'à l'Hôtel de Ville, et Simone se demandait comment elle pourrait pénétrer dans la salle du Conseil, quand elle en vit de loin la porte grande ouverte.

Un flot de peuple se pressait à cette porte, contenu à grand'peine par les arbalétriers. Simone se joignit à la foule et parvint bientôt au premier rang; de là elle pouvait voir les bourgeois et les échevins, qui parlaient avec animation.

Maître Alain Blanchart discutait chaudement avec un groupe de ses confrères; ils n'étaient pas loin de Simone, et, quand les voix s'élevaient, la jeune femme pouvait entendre ce qu'ils disaient et saisir à peu près la suite de leurs discours.

« Le dauphin est très irrité, disait un des échevins; il somme la ville de lui ouvrir ses portes, à lui et à toute sa compagnie.

— Quelle compagnie? demanda maître Alain. Si ce sont les princes et les barons de son armée, à la bonne heure; mais allez-vous aujourd'hui recevoir ces brigands que vous repoussez depuis deux mois? C'est livrer la ville au pillage!

— Mais résister au dauphin!

— Il y a de justes résistances, messire!

— Maître Alain a raison, reprit le chanoine Robert Delivet. M'est avis qu'il faudrait envoyer bien humblement au dauphin une ambassade qui protestera de notre soumission, et qui lui offrira de le recevoir avec tous les honneurs qui lui sont dus, à lui et aux seigneurs qui l'accompagnent, à condition qu'il laissera en dehors de nos murs tous les malandrins étrangers. Je m'offre le premier pour aller parler au dauphin.

— J'irai aussi, dit Alain Blanchart.

— Non, pas vous.... J'irai, dit Richard Mites.

— Et pourquoi pas moi, messire?

— Parce que.... vous ne seriez peut-être pas bien vu de monseigneur le dauphin... à cause des événements de cette nuit.

— Et qu'ai-je à faire plus qu'un autre avec les événements de cette nuit? »

Personne ne répondit et les assistants se regardèrent d'un air embarrassé.

« Maître Richard Mites, vous ne m'avez pas répondu, reprit Alain, ni vous tous,

Les fugitifs arrivèrent sur la rive de la Seine.

compères...: Pourquoi n'irai-je pas avec vous porter au dauphin les excuses et soumissions de la commune de Rouen? Vous, maître Deshayes, qui ne faites qu'arriver, vous me le direz, sans doute! »

Maître Guillaume, pâle comme un trépassé et agité comme la feuille en automne, n'était guère en état de dissimuler; il avait perdu sa présence d'esprit.

« Ah! compère, nous sommes perdus! balbutia-t-il. On vous accuse, on m'accuse,... le bailli....

— Le bailli! s'écria Alain avec indignation. M'accuse-t-on du meurtre du bailli? Mais j'étais ici cette nuit, avec vous!

— Vous êtes sorti pour vous enquérir des nouvelles, dit timidement un bourgeois.

— Et quand vous êtes rentré, le coup était fait, dit un autre.

— C'est vous qui nous l'avez appris, ajouta un troisième.

— Et vous m'accusez, moi, d'être un meurtrier!

— Non, non, maître Alain,... mais cela se dit, il n'est pas facile de détromper les gens.... Et il ne faut pas, vous comprenez, que vous alliez trouver le dauphin. »

Alain Blanchart, atterré, se laissa tomber sur un escabeau, cachant son visage dans ses mains. Après toute une vie d'honneur et de vertu, allait-il donc porter la peine des crimes de cette nuit funeste! Il ne s'aperçut pas de la sortie de l'ambassade qui s'en allait trouver le dauphin; il ne vit pas le flot des curieux qui quittait la salle pour se diriger du côté de la porte Martinville, afin de savoir plus tôt quel accueil le dauphin ferait aux envoyés de la Commune; il sentit à peine les larmes et les baisers de Simone, qui, dès qu'elle avait pu parvenir jusqu'à lui, l'avait entouré de ses bras et qui le comblait de caresses en répétant : « Mon père! mon cher père bien-aimé! ne vous contristez pas! personne ne le croit, personne ne le croira! »

Il revint à lui à la voix de Laurent et releva la tête. Le jeune homme était pâle, mais son air résolu ne l'avait pas quitté.

« Laurent, mon fils, tu n'y crois pas? demanda Alain au jeune homme.

— Non, mon père, répondit Laurent sans hésiter. Mais, dans les jours comme ceux-ci, les innocents payent souvent pour les coupables; je suis venu vous chercher : il faut fuir.

— Fuir, moi! s'écria Alain.

— Pour Simone, pour votre fils, pour votre pays, mon père! Gillot-Leclerc a tué le bailli, il s'en vante; les Armagnacs l'ont arrêté et livré aux gens du roi. Il refuse de nommer ses compagnons, mais vous passiez pour son ami, et on vous accuse; on accuse aussi maître Guillaume Deshayes.

— Moi! s'écria le malheureux Guillaume en levant les bras au ciel. Mais vous savez bien....

— Oui, je sais que vous vous êtes promené toute la nuit — et Laurent ne put s'empêcher de sourire; — mais on vous a vu en assez méchante compagnie, et on n'écoutera pas votre défense. Le plus sûr est de fuir. Robert Lépautre a rencontré ici un de ses amis, marinier d'Harfleur que les Anglais n'ont pas chassé de sa ville; il vous prendra tous les deux dans sa nef et vous conduira à Dieppe, où vous serez en sûreté. Ce ne sera pas pour longtemps; le dauphin ne peut pas rester toute sa vie à Rouen, et, dès qu'il sera parti....

— Vous prendrez bien soin de Michelle et de l'enfant, au moins? et de la maison? et de la boutique?

— Oui, oui, soyez tranquille; mais hâtons-nous. »

Et Laurent Toustain entraîna Guillaume. Maître Alain les suivait, avec Simone pendue à son bras, qui le suppliait de partir. « Fuir comme un coupable, répondait-il; non, je ne peux pas! » Cependant des bruits alarmants circulaient dans la foule; le dauphin était entré dans le château, et on ne savait pas comment les choses allaient tourner pour la ville; le dauphin était si irrité du meurtre du bailli! Il avait donné ordre de rechercher ses meurtriers et de les pendre haut et court, sans leur laisser le temps de dire leur *In manus*. Simone frissonnait et serrait plus fort le bras de son père; maître Deshayes, blême de terreur, croyait déjà sentir la hart autour de son cou.

Ils arrivèrent sur la rive de la Seine, où était amarrée la barque du marinier d'Harfleur. Ils apercevaient au loin les troupes du dauphin, dispersées par batailles dans la campagne, plus pressées aux environs du fort Sainte-Catherine, où flottait la bannière royale. De distance en distance un gibet dressait sur le ciel clair son profil sinistre; car chaque baron, chaque abbé ayant dans Rouen droit de haute et basse justice possédait hors des murs un gibet à l'usage de ses vassaux. Tout à coup un grand mouvement se fit autour de l'un de ces gibets; un homme y fut hissé, accroché, lancé dans le vide. Le corps s'agita un instant, puis resta immobile. Maître Deshayes cacha son visage dans ses mains : il avait reconnu Gillot-Leclerc.

VI

A DIEPPE

Messire Guy le Bouteiller, capitaine du château de Dieppe, où il commandait pour le duc de Bourgogne, songeait, tout seul dans la salle d'honneur, assis près d'une haute fenêtre, d'où sa vue errait sur la mer, mouchetée çà et là de voiles blanches. Il combinait en son esprit les derniers événements, cherchant à en extraire quelque chose de favorable à sa fortune; il était ambitieux, messire Guy le Bouteiller! Soldat d'aventure, de petite noblesse et de richesse plus petite encore, il était parvenu, à force de bravoure et d'adresse, à se faire remarquer par Jean sans Peur et à gagner sa confiance. Capitaine de Dieppe! c'était un beau titre; mais il y en avait de plus beaux encore en France, et messire Guy était de ceux qui estiment n'avoir rien tant qu'ils n'ont pas tout. En temps de guerre et surtout de guerre civile, le monde est aux audacieux; et Guy le Bouteiller se sentait de force à dévorer le monde. Pourquoi s'arrêterait-il en chemin? On avait bien vu, il n'y avait pas si longtemps, l'épée de connétable mise en la main d'un petit gentilhomme venu du fond de la Bretagne; pourquoi Guy le Bouteiller ne ferait il pas ce qu'avait fait Bertrand du Guesclin? Il ne s'agissait que de trouver les occasions de gagner de la gloire.

On heurta à la porte, et presque en même temps un homme entra : un homme de guerre, comme le capitaine du château, mais plus jeune que lui, avec un air de franchise et de vaillance répandu sur toute sa personne.

« C'est vous, mon brave Laghen, dit Guy le Bouteiller. Quelles nouvelles apportez-vous? Le roi d'Angleterre est-il débarqué? Allons-nous bientôt trouver quelques coups d'épée à donner? Les glaives se rouillent ici; ne trouvez-vous pas?

« C'est vous, mon brave Laghen ? » dit Guy-le-Boutellier.

— Le roi d'Angleterre n'est point débarqué, messire, quoique des mariniers assurent qu'ils ont vu de loin une grande flotte en mer; or on sait que le roi de France serait bien empêché de mettre en mer une flotte grande ou petite. Mais c'est tout autre chose; les Rouennais se sont mutinés, ils ont tué leur bailli et....

— Et ils nous appellent, Laghen! s'écria Guy avec impétuosité. Vite, des ordres aux troupes et partons. Ville gagnée! Vive Bourgogne!

— Vous allez trop vite, messire. Le dauphin est devant Rouen, il tient le château et la forteresse de l'est, il a menacé la ville de la prendre par famine, et les bourgeois ont eu peur et se sont soumis. On en a pendu quelques-uns, d'autres se sont enfuis; et il vient d'en arriver deux des plus importants, amenés par un marinier d'Harfleur. J'ai pensé que vous seriez aise de les questionner; ils attendent ici près.

— Bien travaillé, Laghen! Il faut faire honneur à ces bourgeois, les loger ici, les pourvoir de toutes choses et leur montrer une haute estime; ils ont dû laisser des amis là-bas, qui pourront nous être utiles. Introduisez-les sans tarder. »

Nul ne savait être plus séduisant, quand il en sentait le besoin, que messire Guy le Bouteiller. Il s'avança d'un air empressé au-devant des deux Rouennais, les complimenta, les plaignit, leur offrit une large hospitalité au nom de son gracieux maître le duc de Bourgogne. Puis il les interrogea sur l'état des partis à Rouen, sur les intelligences qu'ils pouvaient avoir dans la place; et il leur promit, toujours au nom de son puissant maître, de rétablir la ville dans toutes ses franchises et libertés du temps, aussitôt qu'on aurait pu en chasser les Armagnacs. Tout en parlant, il étudiait avec soin les deux bourgeois; et, tout en ayant l'air de parler également à tous les deux, il s'adressait presque uniquement à Alain Blanchart, le seul qui lui parût homme de résolution et de mérite.

Pendant qu'il leur donnait audience, Laghen d'Arly, qui était allé pourvoir à leur établissement et subsistance, revint plusieurs fois, apportant des nouvelles plus récentes que les leurs. Ils étaient venus par mer, et le vent et la marée les avaient retardés; d'autres Rouennais, fuyant aussi la vengeance du parti armagnac, arrivaient déjà, quoiqu'ils fussent partis longtemps après eux, ayant pris la route de terre, beaucoup plus courte que l'autre. Alain Blanchart et Guillaume Deshayes apprirent ainsi que, depuis leur départ, le dauphin et les Rouennais avaient conclu un arrangement. Cela ne s'était pas fait sans peine; le dauphin, comme un enfant qu'il était, voulait prendre la ville de force avec sa petite armée, qui n'aurait seulement pas suffi à entourer les murailles; et les Rouennais, ou du moins les gens des petits métiers, furieux des pendaisons ordonnées par le dauphin, lui offraient fièrement le combat. Mais des deux côtés on avait réfléchi. Le duc d'Alençon et les autres seigneurs qui entouraient le dauphin avaient réussi à lui faire comprendre qu'il n'avait pas assez de monde pour prendre Rouen et ne pouvait qu'en bloquer les chemins; et les Rouennais, ennuyés de ce blocus et redoutant la famine, s'étaient décidés à mettre bas les armes, d'autant plus qu'ils avaient contre eux, dans leur rébellion, tout ce qui restait dans la ville de noblesse et de haute bourgeoisie. On pouvait être Bourguignon dans l'âme, mais résister au propre fils du roi, c'était une autre affaire. Donc, la ville se soumettait et recevait une garnison de quatre cents hommes d'armes, avec le maréchal de Rieux pour chef. A cette condition, le dauphin éloignait les bandes pillardes des Génois et des Bretons, et laissait aux bourgeois de sa bonne ville de Rouen leurs armes, les chaînes des rues, la police de la ville et les clefs des portes, « attendu la prochaine venue du roi d'Angleterre. ».

« Est-ce que vous croyez que c'est solide, cet arrangement-là? » demanda Guy le Bouteiller aux deux réfugiés. Alain Blanchart secoua la tête.

« Cela ne durera pas, dit-il; personne n'est satisfait.

— Comment personne? s'écria Guillaume Deshayes. Je suis très satisfait, moi! et je ne vois pas ce qui m'empêcherait de retourner en mon logis, près de Michelle et de ma petite Gilette. Elle est très bonne ménagère, Michelle, mais elle n'entend rien au commerce, et mes affaires souffrent quand je n'y suis pas. Non, vous avez beau dire, je ne vois pas de quoi je pourrais n'être pas satisfait....

— Savez-vous lire, messire? interrompit Laghen d'Arly en lui présentant un parchemin. Vous n'aurez peut-être pas lieu d'être satisfait de cet écrit-là. C'est la copie de l'accord fait entre le dauphin et les Rouennais, qu'un messager vient de nous apporter. Vous y verrez votre nom, celui de maître Alain Blanchart et bien d'autres, exceptés du pardon du roi; vous savez ce que cela veut dire. »

Maître Deshayes devint blême : sa satisfaction n'avait pas duré.

Pauvre maître Deshayes! il lui fallut, bon gré mal gré, jouer à Dieppe le rôle de chef de parti, d'un parti rebelle et proscrit, lui qui toute sa vie s'était tenu prudemment à l'écart, évitant de donner un avis tant soit peu compromettant. Il avait beau, pour rester en paix avec sa conscience, ne s'occuper de rien, il savait que son nom était mêlé à toutes les menées qui se tramaient entre les mécontents de Rouen et les réfugiés hébergés et protégés par le capitaine de Dieppe; et il passait sa vie dans des transes continuelles, ballotté qu'il était entre le désir de revoir sa maison de la rue aux Juifs, et la crainte d'y rentrer trop tôt pour sa sûreté personnelle.

Alain Blanchart, lui, bouillait d'impatience. Le roi d'Angleterre avait de nouveau passé la mer avec une grosse armée, et il était débarqué à l'embouchure de la Touques, annonçant l'intention de reconquérir son héritage injustement détenu par les princes de la maison de Valois. Les Rouennais avaient tremblé tout d'abord; il semblait que le roi dût se diriger tout droit vers leur ville, la capitale de la Normandie, une ville si importante et si riche! Mais Henry V avait trompé leurs craintes. Il ne paraissait pas s'occuper de Rouen; il s'en alla assiéger Caen, et, lorsqu'il l'eut prise, il s'y établit avec sa cour, et ce fut de là qu'il envoya ses frères et ses capitaines à la conquête des diverses places de la province. Il ne rencontrait pas grande résistance, sinon des braves gens des villes, qui se faisaient tuer plus volontiers que de « se tourner Anglais »; mais leurs bras ne suffisaient pas, et il aurait fallu que le roi de France envoyât une forte armée au secours de son duché de Normandie. Hélas! le roi de France était fou, son fils était un enfant de quinze ans, et ses parents et sa femme étaient bien trop occupés à se disputer le pouvoir pour songer à arrêter l'ennemi. Les villes et forteresses résistaient donc quelques semaines ou quelques mois, et, à bout de forces, finissaient toujours par se rendre.

Cependant Guy le Bouteiller, à force de s'entretenir avec Alain Blanchart, en était venu à connaître la ville de Rouen comme s'il y fût né, et il avait, en son esprit, conçu un plan hardi. Cette grande ville de Rouen, si riche, serait une belle carte dans le jeu du duc de Bourgogne; et à celui qui la mettrait en ses mains, le duc ne ménagerait pas la reconnaissance. Capitaine du château de Rouen! oui, ce serait le moindre titre que Jean sans Peur pût lui accorder. Quelle gloire ce serait pour Guy le Bouteiller, l'obscur partisan, d'inscrire son nom à la suite des plus grands noms de France!... Il manda maître Alain et conféra longuement avec lui.

Quand ils se séparèrent, maître Alain était radieux; il redressait sa haute taille, il paraissait rajeuni de dix ans. Il eut tôt fait de s'accoutrer en habit de voyage, sans oublier un bon coutelas passé dans la ceinture de sa huque, et, couvrant sa tête d'un chaperon et ses épaules d'un manteau, il alla frapper à la porte de Guillaume Deshayes, car les deux bourgeois occupaient chacun une chambre du même logis.

« Je pars pour Rouen, compère! lui dit-il; avez-vous quelque message à envoyer à dame Michelle? A moins que vous ne référiez venir avec moi? »

Guillaume Deshayes bondit d'effroi.

« Avec vous? tout seul? Et l'ordonnance du dauphin? Mon cher maître Alain, n'y allez pas! Vous vous jetez dans la gueule du loup! »

Alain sourit.

« Je n'ai nulle envie de vous emmener; vous seriez un compagnon trop embarrassant. Vous reviendrez à la suite de messire Guy et des compagnons qu'il nous amènera pour jeter bas les Armagnacs et défendre notre ville contre le roi Henry.

— Certes, je serai bien heureux,... j'ai hâte de voir ma maison et ma femme,... mais je ne suis pas bon à guerroyer, voyez-vous; ce n'est pas ma faute, le bon Dieu ne m'a pas fait pour cela.... Dieu et les saints vous gardent, compère! j'ai le cœur serré de vous voir partir.... Vous allez vous jeter en de périlleuses aventures.... Que n'attendez-vous comme moi pour entrer en nos logis à la suite de messire le capitaine?

— Parce qu'il pourrait bien n'entrer jamais si personne ne le devançait pour lui ouvrir la porte. Dieu vous garde, maître Guillaume! S'il me prête vie, dame Michelle aura bientôt de vos nouvelles. »

VII

VIVE BOURGOGNE

CE fut le jour de Noël que maître Alain Blanchart arriva en vue de sa chère ville natale. Il avait accompli son voyage sans mauvaise aventure, cas rare à cette époque ; maintenant il fallait pénétrer dans la ville, y nouer des intelligences avec le parti bourguignon, et y introduire, quand le moment serait venu, Guy le Bouteiller et ses hommes. Il s'arrêta un instant sur les hauteurs de Sainte-Catherine, se demandant par quelle porte il tenterait d'entrer. Les arbalétriers se réunissaient d'habitude, pour leurs exercices, à la tour Malsifrotte ; Alain n'avait parmi eux que des amis ; il pensa que dans leurs rangs, en changeant de vêtements avec l'un d'eux, il pourrait passer sans être arrêté. Il descendit donc la colline et se disposa à faire un détour, car la tour Malsifrotte était située de l'autre côté de Rouen, juste à l'opposé de l'endroit où il se trouvait. En temps ordinaire, il n'aurait pu longer les murailles de la ville ; du côté de Sainte-Catherine, deux petites rivières, la Robec et l'Aubette, presque toujours débordées, faisaient du terrain un véritable marais, qu'on appelait le Vivier de Martinville. On ne pouvait le traverser que sur une chaussée qui aboutissait à la porte Martinville, et la porte Martinville devait être gardée entre toutes les autres par les hommes d'armes du maréchal de Rieux, le chef armagnac.

Mais il faisait un vrai temps de Noël, triste et brumeux, avec une gelée à pierre fendre, et le Vivier de Martinville était couvert de promeneurs qui s'agitaient dans le brouillard ; la gelée l'avait transformé en un terrain solide, où les jeunes Rouennais s'exerçaient à faire des glissades. Ils paraissaient trouver ce plaisir délicieux ; ils tombaient, se relevaient, riant aux éclats avec des cris de joie ; et peu à peu, gagnés par leur gaieté, les jeunes gens, les jeunes filles et jusqu'à des hommes d'âge, curieux de voir s'ils avaient encore la souplesse de leurs jeunes années, se prenaient par la main et se lançaient dans des glissades hasardeuses. Alain pensa que la glace lui raccourcirait son chemin, et il descendit au milieu de la foule après avoir rabattu son chaperon sur son visage. La mode du temps autorisait cette sorte de coiffure, qu'on appelait un chaperon *embronché*; les seigneurs et les dames portaient souvent de *faux visages*, c'est-à-dire des masques avec chevelure de soie défilée : toutes modes à l'usage de gens qui avaient fréquemment de mauvais coups à faire.

Alain circulait parmi les groupes en faisant de temps à autre une glissade pour se donner l'air d'un promeneur indifférent. Il apercevait çà et là quelques figures de connaissance; mais il fallait pour cela qu'il passât tout près des gens, car à dix pas, avec le brouillard, on ne distinguait pas les visages. Tout à coup une voix d'enfant le fit tressaillir; il s'arrêta.

« Sœur Simone, disait la voix, tu m'avais promis que, si j'étais sage, le petit Jésus me rendrait papa le jour de Noël. Est-ce que je n'ai pas été bien sage?

— Si, mon chéri, tout à fait sage. »

Et la jeune femme se pencha pour embrasser l'enfant.

« Je croyais que papa serait ce matin dans la cheminée; j'avais mis mon soulier tout exprès. Et il n'y était pas! Quand viendra-t-il donc, sœur Simone?

— Chut! murmura la jeune femme en baissant la voix. Le petit Jésus ne l'a pas ramené parce qu'il y a dans la ville des méchants qui lui auraient fait du mal.

— Des Armagnacs, n'est-ce pas? » dit gravement l'enfant.

Simone ne put s'empêcher de rire.

« Et que sais-tu des Armagnacs? reprit-elle. Ce n'est pas l'affaire des petits enfants.

— Je sais très bien, repartit Éloy. Les Armagnacs sont les ennemis des bonnes villes, ils tiennent le roi captif et ils ruinent le peuple. C'est le sire Jacques de Milly qui m'a dit cela; tu sais bien, le fils aîné de la dame de la Roche-Guyon. Lui, il est pour le duc de Bourgogne, parce qu'on l'appelle Jean sans Peur et que c'est un beau nom pour un prince. L'autre jour, je ne t'ai pas dit pourquoi j'avais la joue tout enflée : c'est que nous avions fait une belle bataille contre les neveux du sire d'Harcourt et des enfants de bourgeois qui étaient avec eux : tous Armagnacs. Moi, j'étais avec Jacques de Milly et le petit Philippe, le fils de maître Jean Segneult. Nous avons reçu des horions, mais nous les avons rendus, va! Nous les avons forcés à crier : Vive Bourgogne!

— Éloy, je comprends pourquoi le petit Jésus n'a pas ramené papa; ce n'est pas sage du tout de se battre quand on est petit. Songe donc que tu n'as pas encore sept ans!

— Mais je suis fort! et je veux être brave, comme papa et comme Laurent.... Dis, Simone, si papa revenait, il serait donc obligé de se cacher, puisque aujourd'hui les Armagnacs sont les plus forts?

— Ah, je crois bien! Ne parle pas de cela, mon petit Éloy; si papa revenait, si nous le voyions tout d'un coup devant nous, il ne faudrait pas avoir l'air de le reconnaître. J'espère bien qu'il ne reviendra pas; les Armagnacs le tueraient comme ils ont fait de Gillot-Leclerc et de tant d'autres. Va jouer et ne pense plus à tout cela; tu auras le temps quand tu seras grand. »

Éloy secoua sa tête mutine, il se croyait déjà très grand. Il se remit pourtant à faire des glissades, et Simone, qui avait rencontré dame Michelle, Magdeleine et d'autres bourgeoises de sa connaissance, devisait avec elles tout en le surveillant de loin.

Tout à coup Éloy fit un faux pas et tomba assez rudement sur la glace.

Il n'eut pas beaucoup le temps de s'en apercevoir : en le voyant tomber, un homme s'était élancé, qui le remit sur ses pieds en un clin d'œil, sans lui parler. Mais son regard, qui rencontra celui de l'enfant, exprimait tant d'inquiétude et de tendresse, qu'Éloy en fut frappé. De sa petite main, il écarta vivement le chaperon, entrevit le visage, le reconnut bien cette fois; alors, tout joyeux, mais n'oubliant pas le danger, il murmura tout bas :

« N'ayez pas peur, papa, je n'ai pas de mal.... Oh! je savais bien que j'avais été sage et que le petit Jésus vous ramènerait.... Je ne vous embrasse pas, parce que, si les Armagnacs nous voyaient, ils vous reconnaîtraient et puis vous mettraient à mort.

— Tu es un brave petit homme! Où est Laurent Toustain?

— A la tour Malsifrotte, il est de garde aujourd'hui.

— Eh bien, j'y vais en faisant le tour de la ville. Dis à Simone d'aller le prévenir pour qu'il me fasse entrer; que personne ne t'entende, tu comprends? »

L'enfant fit un signe affirmatif et il se retourna, en boitant, vers sa sœur qui s'approchait.

« Tu es tombé, mon pauvre petit, lui dit-elle. T'es-tu fait mal? A qui parlais-tu là?

— A un homme qui m'a relevé; je lui disais merci. Allons-nous-en, sœur Simone, veux-tu?

— Tu t'es blessé? où as-tu mal? Viens que je te porte, mon pauvre enfant!

— Non, non, je peux marcher, ce n'est presque rien; mais je suis fatigué. Allons à la maison. »

4

Simone, inquiète, prit congé de ses amies; et Éloy, jouant son rôle
d'éclopé, se laissa soutenir par elle et affecta de boiter tant qu'ils furent hors
de la ville. Mais, dès qu'ils eurent franchi la porte et dépassé le groupe
d'hommes d'armes, l'enfant, prenant son pas le plus leste, fit à sa sœur la
commission d'Alain Blanchart. Simone en fut toute saisie, mais elle loua
beaucoup Éloy de sa prudence et se hâta de gagner la tour Malsifrôtte. Les
sentinelles qui gardaient la porte du *Pré de la Bataille*, par où on allait à la
tour, la reconnurent et ne firent pas difficulté de la laisser passer; et deux
heures plus tard maître Alain, revêtu de l'armure complète de son gendre,
rentrait dans Rouen avec la compagnie des arbalétriers, pendant que Laurent
Toustain, affublé des habits de voyage de maître Alain, s'en allait à visage
découvert passer par une autre porte avec Simone et Éloy, comme un bon
bourgeois qui rentre d'une promenade en famille.

A partir de ce jour de Noël, les capitaines armagnacs, à qui le dauphin
avait confié la ville de Rouen, sentirent flotter au-dessus de leur tête un
danger indéfinissable. Ils redoublaient de surveillance; mais ils n'étaient pas
en nombre. Comment empêcher d'ailleurs la compagnie des arbalétriers, en
faisant des rondes dans la campagne pour tenir en respect les bandes de Jean
Raoulet et d'autres brigands, de rencontrer des émissaires de Guy le Bouteiller et de les renseigner sur l'état de la ville? Comment se défier d'un
enfant de sept ans qui s'en allait jouer à la raquette avec d'autres enfants de
son âge? comment imaginer qu'il portait aux parents les messages d'un proscrit rentré en cachette dans son logis, d'où il renouait tous les fils de la trame
bourguignonne?

Il vint un jour pourtant où le bailli, le sire de Gamaches, flairant dans l'air
une conspiration et rendu prudent par le sort de son prédécesseur, appela à son
aide l'amiral de France, Robert de Braquemont, qui accourut avec des troupes.

Son arrivée mit le feu aux poudres. Des troupes! pourquoi des troupes?

La ville n'était-elle pas bien gardée par les bourgeois? la police des rues
n'était-elle pas bien faite? De quoi se plaignait le bailli? que voulait-il faire
de tant d'hommes d'armes? Qu'il les envoyât contre les Anglais; on n'avait
pas besoin d'eux à Rouen! Et quand l'amiral arriva à Rouen avec ses hommes,
il trouva les portes fermées.

Ce jour-là, maître Robert Delivet, chanoine de la cathédrale, réunissait en
son logis plusieurs notables bourgeois de Rouen: maître Jean Segneult,
maître Jean Jourdain, de la compagnie des canonniers de la ville, maître
Richard Mites, Laurent Toustain, et même des chefs de familles nobles ou
anoblies récemment; les seigneurs de Brévans, de Moreuil, de Valmont, y
coudoyaient les Alorge, les Lelieur, les Dubosc. Tous étaient unis dans la
même pensée; la situation était grave et pressante; il fallait aviser.

« Vous savez, disait le sire de Brévans, que l'amiral occupe le fort Sainte-Catherine. Il va sans doute attaquer la porte Martinville, et les troupes du maréchal de Rieux viendront la leur ouvrir. Sommes-nous en force pour leur livrer bataille?

— De la pru-
dence, répliqua
Richard Mites. Il ne
faut combattre qu'à
coup sûr; il ne s'a-
git pas de perdre ce
qui reste à notre
ville de ses ancien-
nes franchises.

— Sans doute,
ajouta Jean Se-
gneult; nous de-
vons, au contraire,
travailler à relever
notre glorieuse
commune. Seule-
ment il faut savoir
de quelles ressour-
ces nous disposons.

— Il faut surtout se
hâter, reprit le sire
de Moreuil. Voyons,
sur quelle partie de
la milice bourgeoise
pouvons-nous bien
compter? La noblesse
de Rouen fournira
son appoint; il n'y
manque pas de sei-
gneurs qui détes-
tent les Armagnacs.

Les échevins s'avancent sur le perron de l'hôtel de ville...

— Je réponds des canonniers! s'écria Jean Jourdain.

— Bon! cela servira s'il nous faut emporter le château de vive force. Messire Delivet, vous êtes sûr des chanoines?

— Des chanoines et de tous les vassaux de l'archevêché, messire. Et les arbalétriers marcheront comme un seul homme.

— Alors mandez leur capitaine et qu'il les réunisse pendant que maître Jourdain assemblera ses canonniers. Il ne faut pas laisser au bailli et au capitaine du château le temps d'introduire en ville les troupes de l'amiral.

— J'attends un message, et, si je suis bien informé, messire, il ne peut tarder à venir. Écoutez, on monte l'escalier.... »

La porte s'ouvrit et un homme parut sur le seuil, rejetant en arrière le chaperon qui lui cachait le visage.

« Alain Blanchart! s'écrièrent tous les assistants.

— Oui, Alain Blanchart qui vous apporte une bonne nouvelle! Guy le Bouteiller, le capitaine bourguignon du château de Dieppe, arrive avec ses hommes bien armés et équipés. Dans quelques moments, il sera à la porte Saint-Hilaire. En marche, et allons le recevoir. La ville est à nous!

— Vive Bourgogne! vive Guy le Bouteiller! vive Alain Blanchart! »

En un instant, Rouen fut sur le pied de guerre. Les bourgeois du parti bourguignon, avertis depuis plusieurs jours de se tenir prêts, sortaient des maisons en équipage de bataille; les arbalétriers se rangeaient en ordre et acclamaient Alain Blanchart; et de tous côtés la milice bourgeoise se dirigeait vers la porte Saint-Hilaire. L'amiral de Braquemont, du haut de sa forteresse, vit Guy le Bouteiller et sa petite armée s'avancer vers la ville et y entrer aux cris de : « Vive Bourgogne! » Il ne put pas même tenter de l'arrêter; le dégel était venu, et le détour qu'il aurait eu à faire pour aller le prendre par derrière, sans embourber ses hommes dans le Vivier de Martinville, lui aurait demandé plus de temps qu'il n'en fallait au capitaine bourguignon pour entrer triomphalement dans la ville. Il assista donc, dépité et furieux, à ce qu'il ne pouvait empêcher. Que pouvait-il faire, quand le capitaine du château, Jean d'Harcourt, avait consenti à capituler et à remettre la place entre les mains de Laghen d'Arly? Il était pourtant brave, messire d'Harcourt; mais il s'attendait si peu à être attaqué! Il n'avait point fait provision de vivres; si bien qu'au bout de cinq jours, n'ayant plus de quoi nourrir ses hommes, il évacua le château et s'en alla retrouver les autres garnisons du parti armagnac, que chassaient en même temps toutes les villes de Normandie.

Ce fut un beau jour pour la vieille cité que celui où les six échevins et les vingt-quatre membres du conseil, relevant la commune de Rouen, proclamèrent, comme au temps de leurs ancêtres, un maire élu par eux. Tous les magistrats municipaux, s'avançant, à la vue du peuple assemblé, sur le perron de la Maison de Ville, présentèrent à la foule l'échevin Jean Segneult, *chargé du gouvernement de la justice et juridiction de la mairie, ville et banlieue de Rouen.* Et Jean Segneult, au nom de la reine, régente du royaume en raison de la maladie du roi, proclama à son tour Guy le Bouteiller capitaine du château, Guillaume de Houdetot bailli, Jean Jourdain chef des canonniers, et Alain Blanchart capitaine des arbalétriers.

Au son joyeux des trompettes, des fifres et des nacaires, aux acclamations du peuple, les nouveaux élus furent installés dans leurs commandements. Partout sur leur passage retentissait le cri de : « Vive Bourgogne! » les bannières flottaient, les femmes et les enfants paraissaient aux fenêtres, parés de leurs plus beaux atours, et écoutaient avec un respect religieux la Rouvel, la grosse cloche du beffroi, muette depuis trente-six ans. Les vieillards ravis relevaient la tête à sa voix vénérée et saluaient cet emblème des libertés de la ville. Partout les passants attachaient sur leur épaule la croix de Saint-André, que la municipalité faisait distribuer à profusion. On eût dit que tout était sauvé, que la paix, la joie, l'abondance et la liberté allaient régner désormais; nul ne semblait songer au lendemain.

Pourtant, lorsque, le soir, Alain Blanchart se retrouva, après le souper, assis dans son grand fauteuil au coin de son feu, avec ses enfants autour de lui, une ombre passa sur son visage et il serra contre son cœur le petit Éloy qui jouait sur ses genoux.

« Qu'avez-vous, père? lui demanda Simone. N'êtes-vous pas heureux? Notre commune est rétablie, nos ennemis sont chassés!

— Oui, les ennemis du dedans, ma fille.... Que Dieu nous aide à présent contre ceux du dehors! Il aurait encore mieux valu rester Armagnacs que de devenir Anglais! »

VIII

AUX ARMES ! VOICI L'ENNEMI

CE fut par un beau jour ensoleillé de la fin de juillet 1418 que ce cri : « Aux armes ! voici l'ennemi ! » retentit sur les remparts de Rouen, aux alentours de la porte Martinville. La nouvelle fut portée — volant comme le vent, ainsi que font les mauvaises nouvelles — à la Maison de Ville, où se trouvaient réunis les échevins, le bailli et les divers chefs de Rouen. C'étaient, avec les capitaines bourguignons et les barons normands de leur parti, Robert Delivet, le chanoine; Jean Segneult, le maire de la ville; Alain Blanchart, Jean Jourdain, Richard Mites, et d'autres notables bourgeois, parmi lesquels se trouvait, à son grand regret, maître Guillaume Deshayes. Le rôle qu'il était sensé avoir joué depuis le meurtre de Raoul de Gaucourt avait fait de lui un des chefs du parti bourguignon. Il avait beau protester; comme rien n'est plus difficile à établir que la vérité historique, il passait pour avoir été pour quelque chose dans les affaires de cette nuit-là : n'était-il pas allé à Dieppe avec maître Alain Blanchart pour s'entendre avec les Bourguignons? n'était-il pas revenu avec eux? Sûrement on l'avait vu, le jour du rétablissement de la commune, entrer dans la ville sur un beau cheval de guerre, en compagnie de messire Guy le Bouteiller, de Laghen d'Arly et des autres capitaines; et depuis ne l'avait-on pas élu membre du conseil des vingt-quatre? Les gens qui savaient lire pouvaient voir son nom au bas de toutes les ordonnances du conseil; et il y en avait eu depuis six mois, de ces ordonnances ! Ordre à tout paroissien, à tout chef de famille, de se pourvoir de dix mois de vivres pour eux et leur maisonnée; ordre à ceux qui ne pourraient le faire de sortir au plus tôt de la cité; ordre de brûler, raser et détruire tous les faubourgs : maisons, jardins, arbres, de peur que l'ennemi n'y trouvât abri et subsistance. Ordre d'apporter les pierres des maisons démolies pour réparer les défenses de la ville; ordre de semer des chausse-trapes dans tous les environs; ordre d'enlever, dépecer ou couler toutes les embarcations qui se trouvaient dans la Seine, tant au-dessus qu'au-dessous de Rouen, de crainte que l'Anglais ne s'en servît. Les patriotes généreux, prêts à sacrifier leur vie et leurs biens pour la défense de leur pays, retenaient avec respect les noms des magistrats qui pourvoyaient ainsi au salut de tous; mais il ne manquait pas non plus de gens à qui leurs intérêts lésés étaient plus chers que leur patrie : ceux-là gémissaient tout bas et maudissaient en eux-mêmes ceux qui leur demandaient de tels sacrifices.

Pauvre Guillaume! il n'avait mérité ni l'admiration des premiers, ni l'animosité des autres, et il aurait bien voulu être ailleurs qu'à Rouen. Mais où aller? Toutes les villes normandes étaient au pouvoir de Henry V, ou y seraient dès qu'il voudrait se donner la peine de les prendre; gagner la Picardie était scabreux, à cause des bandes armées qui couraient la campagne; voyager avec une femme, un enfant et des bagages, c'était s'exposer à être attaqué et pillé. Rouen ne serait peut-être pas pris : on l'avait pourvu de tant de fortes défenses! Il y avait cent gros canons sur les murailles, sans compter les petits canons et les fusils de rempart, qui lançaient des balles de plomb; il y avait sur chaque porte un trébuchet, machine de guerre qui, par ses trois gueules, lançait à la fois trois pierres ou trois traits empennés. La Cinquantaine, ou compagnie des arbalétriers, obéissait comme un seul homme à son capitaine Alain Blanchart; et jamais on n'avait vu troupe de guerre aussi vaillante et bien équipée. Les Rouennais étaient tous braves d'ailleurs; il y avait longtemps qu'il n'existait plus de serfs parmi eux, et ils se piquaient d'être hommes libres et de savoir défendre leurs libertés. Et puis n'avait-on pas la troupe de messire Guy le Bouteiller? n'avait-on pas les six cents hommes d'armes que les Parisiens avaient envoyés au secours de leurs frères les Rouennais? n'avait-on pas les quatre mille hommes d'élite que venait d'envoyer Jean sans Peur? Il s'était bien fait un peu prier, le puissant duc, et il avait d'abord fait la sourde oreille aux supplications des députés de Rouen, qui étaient allés lui remontrer que c'était pour se mettre en son obéissance qu'ils avaient bravé le connétable, le dauphin et le roi lui-même, et qu'ainsi c'était son devoir de les secourir. Mais enfin il avait envoyé quatre mille hommes, commandés par de braves capitaines, et il promettait de nouveaux renforts. Il n'était pas possible que le roi, ou ceux qui gouvernaient pour lui, eussent le cœur de laisser prendre à l'Anglais la perle de la Normandie; Rouen serait secouru, et alors.... Guillaume Deshayes sentait l'ambition lui venir; il cherchait quels honneurs viendraient récompenser les défenseurs de la cité.... La famille Deshayes ne ferait-elle pas bon effet sur

la liste des familles bourgeoises déjà anoblies? Pour toutes ces considérations, Guillaume Deshayes était resté, s'exhortant à faire bon courage. Cela
ne l'empêcha pas de recevoir au cœur un coup qui le fit devenir blême
lorsqu'il entendit retentir dans la rue aux Juifs le cri : « Aux armes! voici
l'ennemi! »

« Entends-tu, Michelle? dit-il à sa femme aussi tremblante que lui. L'ennemi! depuis le temps qu'on en parle, je finissais par espérer qu'il ne viendrait pas!... Allons, il faut que je me rende au conseil.... Donne-moi mon
chaperon, Michelle.... Pourvu que monseigneur le duc de Bourgogne vienne
bientôt faire lever le siège! car nous sommes assiégés, c'est sûr. Quand je
pense que l'enfant que nous attendons naîtra peut-être dans une ville
assiégée!

— Allons, courage, mon pauvre homme, lui dit Michelle en essayant de
lui sourire; ce n'est peut-être pas vrai! »

Cette espérance ranima un peu maître Deshayes, et il marcha aussi vite
qu'il put vers la Maison de Ville, où il se glissa à sa place sans faire de bruit.
Le conseil délibérait.

« Il faudrait savoir d'abord, disait Guy le Bouteiller, si nous avons devant
nous l'armée du roi Henry, ou seulement quelque compagnie détachée.

— J'ai envoyé y voir, interrompit le bailli, et voici mon messager qui
revient. Avancez, sire arbalétrier, et dites-nous ce que vous savez. »

Laurent Toustain, car c'était lui, s'approcha des magistrats et les salua
avec respect.

« Messires, dit-il, ce n'est point le roi d'Angleterre ni son armée; c'est un
oncle du roi, qu'on appelle le duc d'Exeter, avec une nombreuse compagnie
de cavaliers et d'archers. Il s'est arrêté loin de nos murs et il a déployé sa
bannière. Il demande qu'on reçoive son héraut d'armes, qui parlera aux
nobles, clercs, bourgeois et hommes libres de Rouen, de la part du roi
Henry.

— Que vous en semble, messires? » demanda Jean Segneult.

Alain Blanchart haussa les épaules.

« Il me semble, à moi, dit-il, que nous savons assez ce qu'il nous veut, le
roi Henry! Et nous ne voulons pas le lui accorder, n'est-il pas vrai? Son
héraut n'a donc rien à faire en nos murs.

— Mais, répliquèrent à la fois plusieurs barons, les usages sont ainsi.... on
n'a jamais refusé de recevoir un héraut.

— Pour qu'il fasse l'espion, dit Colin Gaucher, homme de caractère
défiant.

— Eh bien, répliqua un autre, il dira en quel bel état de défense nous
sommes.

— Oui, et cela détournera peut-être le roi Henry de nous attaquer! risqua timidement maître Guillaume Deshayes.

— Vous croyez, compère? interrompit ironiquement Guy le Bouteiller. Ce n'est pas bien sûr, mais on peut toujours le recevoir, cela n'engage à rien. »

Depuis la porte Martinville jusqu'à la place de l'Hôtel-de-Ville, la foule curieuse se pressa sur le passage du héraut.

« Place! place! » criait Laurent Toustain, qui marchait en avant du groupe des arbalétriers, au centre duquel il avait placé le héraut.

Celui-ci s'avançait calme sous les regards haineux qui s'attachaient à lui. En pays de chevalerie, il n'aurait eu rien à craindre, car la personne du héraut était réputée sacrée; mais il y avait là bien des manants à qui les usages de la chevalerie étaient inconnus; et Laurent Toustain, qui répondait de lui, hâtait tant qu'il pouvait la marche de la petite troupe.

Des fenêtres, les femmes et les enfants se montraient avec admiration le héraut brillant sous son tabard brodé des léopards d'Angleterre.

Michelle était là avec Simone et Magdeleine, celle-ci plus triste que jamais. Elle avait trouvé dans Rouen un asile et des amis; Dieu l'avait de nouveau bénie et dans quelques mois une maternité nouvelle viendrait adoucir le regret de ses enfants perdus; et maintenant qu'elle aurait pu renaître à l'espoir, voilà que l'affreuse guerre la poursuivait et qu'elle se trouvait encore dans une ville assiégée! Pauvre Magdeleine! elle savait ce que c'était qu'une ville assiégée : les blessés, les morts, les maladies, les privations, la famine! et au bout de tout cela l'exil et la misère.

Michelle n'en voyait pas si long. A force de combattre les frayeurs de son mari, tant par esprit de contradiction que pour relever le courage du pauvre homme, elle avait fini par se persuader que tout irait pour le mieux.

Quant à Simone, plus occupée des destinées de son pays que des siennes propres, elle regardait avec frémissement le premier ennemi qui souillait de ses pas le pavé de la ville, et elle disait à Éloy, tout ensemble inquiet et curieux :

« Regarde, regarde bien ces léopards! ce sont les enseignes du roi anglais, ce sont les ennemis des lis de France! Regarde-les bien pour les reconnaître, et, quand tu seras grand et que tu pourras porter une arme, rappelle-toi que, partout où tu les verras, c'est là qu'il te faudra frapper. »

L'enfant était bien jeune pour la comprendre; mais les choses dont elle parlait n'étaient pas nouvelles pour lui; il y avait déjà longtemps qu'il exerçait ses petits poings contre les Armagnacs de son âge. Les Armagnacs vaincus, on se trouvait en présence de nouveaux ennemis, les Anglais, qui étaient bien pires que les Armagnacs; et la preuve, c'est que le conseil avait très bien accueilli le sire de Préaulx et d'autres gentilshommes armagnacs,

qui étaient venus s'offrir pour aider à la défense de la ville, disant que le
devoir des deux partis était de s'unir contre les Anglais.

Éloy savait tout cela, et il regrettait fort de ne pas pouvoir être grand tout
de suite. Du moins il se promettait de rendre tous les services qu'il pourrait,
et il amassait dans la cour de la maison de son père tout ce qu'il pouvait
trouver de pierres, qu'il comptait porter à son ami Jean Jourdain, le capitaine
des canonniers, qui les mettrait dans ses pierriers pour les lancer contre les
Anglais.

À la Maison de Ville, le héraut fut introduit au milieu d'un imposant
silence.

« Qui êtes-vous et que demandez-vous? lui dit maître Jean Segneult

— Je suis Windsor, héraut d'armes de Sa Grâce, haut et puissant prince
Henry, par la grâce de Dieu roi de France et d'Angleterre. »

Des exclamations indignées partirent de tous les points de la salle et cou-
pèrent la parole au héraut.

« Paix, mes frères, dit le chanoine Robert Delivet en étendant la main pour
commander le silence. Écoutons ce que cet homme a à nous dire.

— Je viens à vous comme compatriote, reprit le héraut lorsque le calme se
fut rétabli. Je suis des vôtres, car mes ancêtres normands accompagnaient le
duc Guillaume lorsqu'il partit de Dives, qui n'est pas bien loin d'ici, pour
s'en aller conquérir l'Angleterre. La Normandie est donc le plus ancien
héritage du roi Henry, et je viens de sa part vous sommer de lui ouvrir les
portes de sa bonne ville de Rouen, et de rentrer dans l'obéissance que vous
lui devez, comme à votre suzerain et droicturier seigneur. Si vous le recevez
comme il convient à des vassaux fidèles, le roi Henry, bénin et miséricordieux, vous pardonnera le crime de traîtrise dont vous vous êtes rendus
coupables en vous soustrayant pendant tant d'années à sa juridiction. Il
confirmera toutes les franchises accordées à vos ancêtres par son aïeul le roi
Louis neuvième, de sainte mémoire, et il vous accordera de nouveaux et pré-
cieux privilèges. Mais sachez bien que si vous persistez dans votre rébellion
contre votre seigneur naturel, il renversera vos murailles par le fer et le feu
et ne laissera pas pierre sur pierre de cette ville révoltée. Choisissez donc,
hommes libres de Rouen, entre la colère et la miséricorde du roi; car il ne
passera pas outre, que Rouen ne soit à lui. »

Le héraut se tut et demeura debout, immobile et hautain, attendant la
réponse des gens de Rouen. Elle ne se fit point attendre. Personne, parmi
ceux qui étaient là, n'eut un instant la pensée de se rendre, pas même
Guillaume Deshayes, qui comptait toujours sur un secours du dehors. Après
avoir pris, pour la forme seulement, l'avis des barons, des échevins et du
conseil, maître Jean Segneult se leva, et s'adressant au héraut :

« Vous pouvez retourner vers ceux qui vous ont envoyé. Tous, tant que nous sommes ici, clercs et barons, bourgeois et manants, nous sommes les fidèles sujets du roi Charles sixième du nom, roi de France par la grâce de Dieu et le droit qu'il tient de ses ancêtres, et nous ne reconnaîtrons jamais un autre seigneur. Quant au roi d'Angleterre, nous n'avons rien à recevoir de lui et nous ne lui donnerons rien, sinon par force. Que Dieu protège le bon droit!

— Que le Dieu tout-puissant change vos cœurs et vous fasse revenir de votre aveuglement avant qu'il soit trop tard! » répondit le héraut.

Et il sortit de l'Hôtel de Ville, accompagné et protégé comme la première fois par Laurent Toustain et ses hommes.

« Voilà une bonne occasion pour essayer la force de nos bras, dit joyeusement Laghen d'Arly à Alain Blanchart. Si nous faisions une petite sortie dès que Windsor aura rejoint son duc? Il a des troupes d'élite, à ce qu'on dit; il y aurait là quelques bons coups à porter et à recevoir.

— Je suis des vôtres, messire; je vais réunir mes arbalétriers, qui sont habitués à combattre en campagne, et nous irons voir de quelle sorte sont les cavaliers et les archers du duc d'Exeter.

— A la bonne heure! J'avais bien jugé, en vous voyant à Dieppe, que vous ne seriez pas un capitaine de parade. C'est tout plaisir que de combattre côte à côte avec de braves gens! En avant contre l'Anglais! Vive la Bourgogne et vive la France! »

IX

PREMIÈRES ARMES

WINDSOR eut bientôt rejoint l'escorte qui l'attendait en dehors de la porte Martinville, et qui avait attiré sur les remparts une grande affluence de curieux, empressés à voir si les chevaliers anglais l'emportaient en force et en richesse sur les barons normands qui fréquentaient habituellement la cité. Oui, c'étaient de beaux hommes, en vérité, que les chevaliers anglais! Pour accompagner le héraut, ils avaient revêtu leurs plus riches armures, et mis sur leurs cuirasses des cottes à larges manches pendantes en étoffes de soie aux brillantes couleurs, rehaussées de broderies d'or et de pierreries qui reluisaient au soleil; des panaches flottants ombrageaient leurs casques, ornés en outre de cercles d'orfèvrerie. Ces seigneurs-là, avec leurs beaux coursiers, seraient de riches captures pour les chevaliers français; telle fut l'opinion des curieux et des curieuses qui se pressaient sur les murailles.

Mais ils n'y restèrent pas longtemps: ordre leur vint bientôt de déguerpir, et de céder la place aux canonniers de maître Jean Jourdain, qui accouraient à leurs pièces. En même temps la Cinquantaine au complet, arbalétriers sur leur cheval de bataille, suivis de leurs valets, arrivait et se rangeait derrière la porte Martinville, en ayant soin de laisser à côté d'eux assez d'espace pour que les chevaliers qu'allait amener Laghen d'Arly pussent marcher de front avec eux à l'attaque de l'armée anglaise. Dans toutes les rues, le pas lourd des chevaux armés en guerre ébranlait le pavé et retentissait comme un tonnerre; et à chaque instant quelque baron venait se joindre aux combattants, aux acclamations du peuple. « Vive le sire de Mareuil! Longue vie au sire de Préaulx! Bacqueville pour toujours! Victoire à Laghen d'Arly! Gloire à Termagon! Honneur au sire de Roches! » Les barons saluaient et venaient se

ranger à la file, côte à côte avec les arbalétriers, en tête desquels se tenait
Alain Blanchart. Laurent Toustain, sa mission terminée, avait rejoint sa compagnie.

« Est-il temps, messire ? » demanda Jean Jourdain au cavalier qu'il voyait en
tête des autres. C'était un Italien, un chef de *condottierri* lombards qu'on appelait le Grand-Jacques : un de ces hommes qui gagnaient loyalement leur vie
en se faisant tuer pour de l'argent En général, ils restaient fidèles au chef
librement choisi par eux, et le Grand-Jacques ne devait pas tromper la confiance des Rouennais.

« Un instant encore, répondit le Grand-Jacques. Il faut attendre que le
héraut ait rejoint les siens.…. Le voilà tout près,… ils viennent au-devant de
lui.… Il s'arrête : il met pied à terre.… Le voilà qui parle à un seigneur à cheval, derrière lequel flotte la bannière d'Angleterre. Vous pouvez tirer, maître
Jourdain !… »

Maître Jean Jourdain leva le bras, cria : « Feu ! » et tous les canons placés
sur les murailles en face des Anglais partirent à la fois. En même temps, en
avant de la porte Martinville, ouverte toute grande, le pont-levis s'abaissa avec
un grand bruit de chaînes, et tous les cavaliers, arbalétriers et barons, s'élancèrent l'arme au poing et coururent sus aux Anglais, en mettant leurs chevaux
au galop. Il y eut un instant de mêlée furieuse ; puis les gardes restés sur les
remparts virent, avec une joie triomphante, la petite armée anglaise se rallier
à sa bannière, serrer ses rangs et se retirer en bon ordre. Les défenseurs de
Rouen les poursuivirent quelque temps ; mais Laghen d'Arly et maître Alain,
qui les commandaient, jugèrent bientôt qu'il était inutile de s'aventurer plus
loin et de s'exposer à tomber dans le gros de l'armée, qui pouvait être plus
près qu'on ne croyait. Ils revinrent donc vers la ville, ramenant quelques
blessés et rapportant un riche butin, car les Anglais n'avaient pas pu dépouiller
et emporter leurs morts. Et ce fut dans Rouen un grand enthousiasme ; toutes
les cloches des églises sonnèrent pour remercier Dieu d'avoir donné à son
peuple la première victoire. Les Rouennais, ce soir-là, s'endormirent dans l'orgueil de leur triomphe.

Le surlendemain, dès l'aube, les sentinelles signalèrent, du côté de la haute
Seine, des nuages de poussière qui semblaient s'approcher. Était-ce déjà l'armée anglaise, divisée en plusieurs batailles ? car ces amas confus qu'on apercevait au loin formaient plusieurs groupes disséminés dans la campagne.
Ordre fut donné aux combattants de se tenir prêts ; et Guy le Bouteiller, commandant du château et de la ville de Rouen, vint lui-même sur le rempart,
avec le maire, le bailli et le capitaine des arbalétriers, pour voir à qui on
avait affaire. Le Grand-Jacques les rejoignit bientôt, ainsi que Robert
Delivet.

« Ce ne sont point des gens de guerre, dit Guy le Bouteiller après avoir regardé longtemps devant lui, une main au-dessus de ses yeux pour les garder du soleil. Ce ne sont point gens de guerre : on verrait briller les casques et les cuirasses, ou tout au moins la pointe des lances.

— A moins que ce ne soient les sauvages Irlandais du roi Henry, répliqua le Grand-Jacques. Je les ai déjà vus en mainte rencontre; ils vont à pied, presque nus, avec un seul pied chaussé; et ils n'ont d'autres armes qu'un petit bouclier, un gros couteau et un javelot assez court. Il y en a parmi eux qui sont montés, mais ils n'ont que de vilains petits chevaux à longue crinière et à poil rude : un vrai guerrier se croirait déshonoré s'il chevauchait pareille monture.

— Ils ne doivent pas être bien redoutables, alors? dit Jean Segneult.

— Non, en bataille rangée : avec dix de ses arbalétriers, maître Blanchart les mettrait tous en fuite. Mais il faut les voir dans les campagnes! Ils dévastent, ils pillent, ils enlèvent les petits enfants pour en avoir rançon ; ils prennent les vaches et montent dessus avec leur butin : on n'a jamais vu de brigands si voraces.

— Ils n'auront rien à faire autour de Rouen, dit le bailli, puisque nous avons tout détruit nous-mêmes.

— Aussi ils n'y resteront pas: ce ne sont point gens à assaillir une ville bien défendue. Seulement leur arrivée prouve que le roi Henry n'est pas loin; ils ne s'écartent jamais du gros de l'armée.

— Ce ne sont point vos Irlandais, messire Jacques! s'écria Alain Blanchart, qui était resté penché sur la muraille, attentif à percer du regard les masses confuses qui s'avançaient. Ce sont des gens des campagnes qui arrivent vers nous tout en désordre. Tenez, ici, à droite, le soleil donne sur eux, on peut mieux distinguer.... Il y a des hommes, des femmes, des charrettes chargées...; entendez-vous des mugissements de bétail? Ils vont vite, à chaque instant on les distingue mieux. »

En effet, on eût dit que tous les paysans de la province, affolés par la peur, accouraient chercher un abri dans la ville assiégée. Les hommes et les femmes allaient en colonnes serrées, portant des fardeaux et entourant les charrettes dont avait parlé maître Alain, qui contenaient les enfants et les gens trop âgés ou trop faibles pour marcher. A mesure qu'ils s'avançaient, on voyait mieux leurs gestes de colère et de désespoir, leurs figures consternées, leurs vêtements souillés de poussière. Ils approchaient rapidement comme des gens poursuivis ou qui craignent de l'être ; un des groupes arriva bientôt au bord des fossés, sous les yeux de la population accourue sur les murailles à cette étrange nouvelle. Là les fugitifs s'arrêtèrent et se consultèrent quelques instants, non sans se retourner d'un air inquiet vers le côté d'où ils venaient.

« Ce ne sont point vos Irlandais, » s'écria Alain Blanchart.

Quelques-uns se séparèrent ensuite du gros de la troupe et s'avancèrent vers la porte Saint-Hilaire.

« Ils vont nous demander asile ! » dit le maire.

Personne ne lui répondit ; personne ne doutait, en effet, que ces misérables, chassés de leurs villages par les Irlandais du roi Henry, ne vinssent se réfugier entre les murailles de Rouen. Mais personne ne pouvait se dissimuler non plus que l'asile accordé à tant de fugitifs, c'était peut-être la perte de la cité. Jean Segneult, pensif, quitta le rempart pour se rendre à l'Hôtel de Ville, afin d'assembler le conseil et les chefs de la défense. Ses compagnons le suivirent.

Quand le conseil s'ouvrit, personne n'ignorait pourquoi il avait été mandé ; aussi tous les fronts étaient soucieux. On connaissait le danger, mais comment fermer son cœur à la pitié ? Devait-on livrer aux Anglais ces suppliants, des Normands, des Français, des frères ? Et pourtant, garder la ville au roi, n'était-ce pas d'un intérêt supérieur à toutes les considérations d'humanité ? La discussion fut longue et agitée : les hommes de guerre voulaient qu'on renvoyât immédiatement les fugitifs ; les bourgeois intercédaient pour eux.

« Non, vous ne les recevrez pas ! s'écriait Guy le Bouteiller, tourmentant d'une main irritée la poignée de son épée. Il n'y a déjà ici que trop de bouches inutiles. Dans une ville attaquée, on ne doit s'occuper que de la défense ; ces gens ne feront que nous embarrasser.

— C'est bien à craindre, ajoutait le bailli. Quand il n'y aurait qu'à les nourrir ! Nous avons ordonné à chaque habitant de se pourvoir de vivres pour dix mois : mais comment l'ordonnance a-t-elle été exécutée ? La moisson n'était pas faite, on n'a pas pu avoir de blé nouveau, et l'ancien était rare et cher. Si tous ces paysans apportaient leurs provisions avec eux, on pourrait à la rigueur les admettre....

— Et encore ! songez donc aux maladies ! Tant de monde en si peu d'espace, c'est la peste avant six mois !

— J'ai vu ce qu'ils apportent, dit le sire de Toulongeon, un des capitaines bourguignons. Quelques têtes de bétail, quelques paquets de vêtements, quelques sacs de blé ou de farine, presque rien en somme. La plupart n'ont rien du tout ; les pillards les ont surpris, et ne leur ont pas laissé de bêtes de trait pour leurs charrettes. Autant de fugitifs, autant de bouches inutiles.

— C'est la famine que vous allez faire entrer, dit un autre.

— Vous serez bien avancés, reprit Guy le Bouteiller, quand vous verrez vos femmes et vos enfants mourir de faim ! vous regretterez alors le pain que vous aurez donné à des gens qui ne vous sont rien. Songez-y, maître Alain Blanchart ! Songez-y, maître Guillaume Deshayes !

— Vous avez raison, bien raison, messire ! balbutia maître Deshayes, rendu cruel par la peur. Si encore nous étions sûrs d'être bientôt secourus !...

— Je ne pense pas à ma famille, dit Alain : moi et les miens, nous sommes en la main de Dieu, et peu importe que nous mourions de faim ou d'autre chose ! L'essentiel, c'est de faire notre devoir.

— Et le devoir, c'est ici de garder la ville au roi ! interrompit messire Guy.

— Qui parle de devoir ? Ce n'est pas ici, dans cette salle, que vous pouvez le comprendre, votre devoir ! » s'écria une voix austère. Le vieux prêtre qui avait jadis marié Simone et Laurent, perçant la foule, arriva jusqu'au milieu du conseil.

« Je vous dis, messires, que ce n'est pas ici que vous pouvez le comprendre, votre devoir, répéta-t-il d'une voix qui domina tous les bruits. Venez avec moi hors des fossés de la ville ! Là vous entendrez des lamentations dignes de l'enfer ! Là vous verrez des misères sans nom ; des fugitifs riches et heureux hier, aujourd'hui sans vêtements, sans asile et sans pain ; des orphelins qui ont vu tomber leur père, et qui ont dû fuir sans pouvoir lui creuser une fosse en terre sainte ! des blessés épuisés, qui se sont traînés jusqu'à vous, et qui se croient sauvés, parce que c'est à des chrétiens qu'ils tendent les mains ! Des chrétiens ! méritez-vous encore ce nom, vous qui délibérez pour savoir s'il faut laisser périr vos frères, baptisés du même baptême que vous, rachetés par le même sang de Notre-Seigneur ? Savez-vous ce qui les attend, vos frères, si vous les abandonnez ? La mort ! non pas la mort glorieuse et prompte du guerrier dans la bataille, non pas la mort bénie du chrétien plein de jours, au milieu des regrets de sa famille et des prières de l'Église ; mais la mort lente qu'apportent la misère et la faim, la mort sur les routes, dans les bois, dans les antres sauvages, la mort désespérée, avec le blasphème à la bouche et une éternité de malheur. Ah ! vous le savez bien, tel sera leur sort si vous ne les recevez. Chrétiens indignes, allez vous instruire à l'école de vos femmes, de vos sœurs et de vos filles ! Pendant que vous délibérez, elles sont déjà au milieu des malheureux que vous allez condamner ; elles les relèvent, elles les consolent, elles pansent leurs plaies. Au dernier jour, songez-y bien, elles témoigneront contre vous ; au dernier jour, vous serez à jamais séparés d'elles ! Jésus leur dira : « Venez à moi ! Venez dans la demeure que je vous ai préparée de « toute éternité ! Car j'ai eu faim, et vous m'avez nourri ; j'ai eu soif, et vous « m'avez abreuvé ; j'ai été nu, et vous m'avez couvert ! » Et il vous dira, à vous qui m'entendez : « Retirez-vous de moi ! Car j'ai eu faim, et vous ne m'avez pas « nourri ; j'ai eu soif, et vous ne m'avez pas abreuvé ; j'ai été pauvre et nu, et « vous m'avez refusé des haillons pour me couvrir. Retirez-vous de moi, mau- « dits ! allez au feu éternel ! »

Le prêtre se tut. Guy le Bouteiller lâcha sa poignée d'épée, qui s'en alla heurter violemment la porte contre laquelle il était adossé, mais il ne dit pas un mot : il se sentait vaincu « Recevons-les ! recevons-les ! » criait-on de toutes parts ; et les bourgeois en larmes, les mains tendues vers Pierre Lenoël, demandaient pardon à Dieu de leur hésitation. La discussion fut bientôt close ; la pitié l'emportait.

« Pourvu que nous n'ayons pas de regrets ! dit le maire, soucieux, en descendant l'Hôtel de Ville.

— Nous n'aurons au moins pas de remords, repartit Robert Delivet ; et Dieu aura peut-être compassion de nous à cause de notre charité.

— En attendant, dit le bailli, il va falloir veiller à la distribution des vivres, pour que chacun ait assez et que personne n'ait trop. Il faudra aussi que maître Blanchart fasse surveiller par la milice ces étrangers, pour qu'il n'y ait pas de mutineries parmi eux.

— Il vaudrait mieux les enrôler eux-mêmes dans la milice avec les réfugiés de Caen, d'Honfleur et d'autres cités que nous avons déjà, on en ferait une compagnie à part qui pourrait rendre des services, avec un chef résolu....

— Je m'offre pour les commander, interrompit le Grand-Jacques. Je sais comment il faut mener ces gens-là ; je vous en ferai une bonne troupe, tandis que celle que nous attendons du duc de Bourgogne....

— Ah ! messire Jacques, vous vous méprenez, interrompit Guillaume d'Houdetot ; le duc de Bourgogne tiendra ses promesses. Songez donc qu'il est du plus grand intérêt pour le roi de ne pas laisser Rouen tomber aux mains des Anglais.

— Le roi ! pauvre roi ! Ce sont les princes qui gouvernent, et ils sont plus princes que Français, malheureusement pour nous, dit Alain Blanchart. J'ai eu jadis ferme confiance dans le duc Jean sans Peur, mais maintenant..... Il viendra peut-être à notre aide ; mais défendons notre ville comme si nous ne comptions pas sur lui ! »

X

NUIT D'ÉTÉ

C'ÉTAIT la nuit, une belle nuit de juillet; la terre altérée buvait la rosée, et les étoiles brillaient sereines et pures au-dessus de la grande ville, où la cloche du beffroi venait de tinter le couvre-feu. Après les émotions de la journée, Rouen s'endormait.

Cependant, depuis Pont-de-l'Arche, la campagne se couvrait de masses noires qu'un observateur lointain eût prises pour des groupes de fourmis se hâtant vers la fourmilière. C'était l'armée du roi Henry, et la fourmilière qui l'attirait, c'était Rouen.

Le roi d'Angleterre avait bien choisi son heure. Il ne voulait pas arriver de jour devant la capitale de la Normandie : il avait entendu tant de récits merveilleux sur les canons de ses remparts; il ne voulait point exposer son armée à leur feu avant d'avoir pris ses dispositions. C'était un vrai conquérant que le roi Henry! Froid, hardi et prudent, résolu et calculateur, ne livrant rien au hasard de ce qu'il pouvait lui dérober, et sachant tirer parti des circonstances imprévues, il avait réussi dans toutes ses entreprises. Il savait se hâter, et il savait attendre : depuis des années il rêvait de soumettre Rouen, et pourtant il ne l'avait point encore attaquée; il l'avait enserrée de loin, enlevant l'une après l'autre toutes les forteressses normandes, et réservant pour la fin Rouen et les villes qui dépendaient d'elle. Comme un oiseau de proie, il avait peu à peu rétréci les cercles où il l'enfermait, et maintenant il osait se présenter devant ses murs et parler en maître.

Il était minuit. Dans un frais vallon, entre le mont Sainte-Catherine et les collines boisées de Darnetal, un rossignol chantait, troublant seul le silence d'un vaste édifice abandonné. C'était la chartreuse de Notre-Dame de la Rose, beau monastère dont la blancheur de pierre neuve ressortait sur le fond sombre des arbres qui l'entouraient. La Robec et l'Aubette, dont les bras entrelacés l'enfermaient comme dans une île, coulaient à petit bruit comme pour accompagner sans le couvrir le chant du rossignol, seule voix qui résonnât maintenant dans les cloîtres et sous les voûtes de la chapelle; car les chartreux s'étaient réfugiés à Rouen, avec leurs trésors, ne laissant à l'ennemi que les murs du monastère.

Un groupe compact de cavaliers bardés de fer, se détachant de l'armée, vint heurter à la porte de l'enceinte : le rossignol se tut épouvanté. Rien! point de réponse

« Sont-ils muets, morts ou partis? dit un des hommes. Le monastère paraît désert

— Je m'y attendais, dit la voix brève, mais vibrante, d'un cavalier arrêté à quelque distance. C'est bien, nous n'aurons pas la peine de les mettre dehors. Faites enfoncer la porte, Gilbert. »

L'ordre fut vite exécuté, et les chevaliers entrèrent.

« Je serai bien ici, dit le roi. Qu'on me prépare le logis de l'abbé; et vous, milords, établissez-vous dans les cellules des moines; il faudra que je sache où prendre chacun de vous. Gilbert, suivez-moi, et gardez votre cheval sellé : vous aurez des ordres à porter. »

Gilbert d'Umfréville, un ancien compagnon des folies de jeunesse du roi Henry, converti subitement par son exemple — conviction ou calcul, peu importe, — était en possession de la faveur du roi, autant qu'on pouvait être le favori d'un prince qui n'aimait que lui-même. Il suivit son maître dans la haute salle où l'abbé donnait audience à ses vassaux, et le débarrassa de son heaume, qu'il remplaça par une légère barrette de velours brodé d'or.

« Dois-je désarmer Votre Grâce? » demanda-t-il au roi, qui s'était assis dans le fauteuil de l'abbé, fauteuil surmonté d'un dais qui le rendait digne d'un souverain.

« Non, j'irai voir moi-même tout à l'heure si chacun est à son poste. Étalez les cartes sur la table, Gilbert! »

Gilbert obéit, et le roi se pencha sur la carte qu'il avait fait tracer de la ville et des environs de Rouen.

« Regardez, Gilbert, nous sommes ici, — il indiquait un point sur la carte. — C'est la chartreuse de Notre-Dame de la Rose : je veux qu'on respecte le monastère, et, s'il plaît à Dieu, je vouerai à sa sainte mère une couronne de roses d'or massif, en reconnaissance de la satisfaction que j'aurai de recevoir en sa maison les clefs de la ville de Rouen. Ce lieu s'appelait autrefois le Nid de chiens; c'est là qu'était le chenil de mes ancêtres de Normandie. Là, en avant de nous, vous allez faire établir sir William Porter; qu'il y dresse immédiatement ses tentes; il tiendra, en l'attendant, le poste que nous réservons à notre frère Glocester. Ici le comte de Mortain; là le comte de Salisbury; là-bas, au nord de la ville, le duc d'Exeter. Envoyez des messagers à tous ces lords. A l'ouest de Rouen, surveillant le château, nous mettrons le comte-maréchal; et plus bas, dans l'abbaye de Saint-Gervais, notre frère Clarence : il aura à empêcher les Rouennais de communiquer avec le pays de Caux, qui n'est pas encore soumis. Et nous donnerons l'autre rive de la Seine à garder au comte de Huntingdon. Allez vite, Gilbert, que tout se fasse avec ordre et en silence : je veux que demain matin les Rouennais aient la surprise de se voir cernés. »

Tout en parlant, le roi, qui, malgré sa jeunesse dissipée, était devenu un assez grand clerc, écrivait de sa main ses ordres et les passait à Gilbert pour qu'il les scellât du sceau royal. Animé par l'orgueil et la joie d'être enfin au point où il tendait depuis si longtemps, Henry V était en ce moment le plus beau chevalier qui se pût voir. Le poids de la cuirasse ne faisait point fléchir sa haute taille; assis dans le fauteuil abbatial, il redressait sa tête fine et fière, qui gardait encore, sous l'air martial du grand capitaine, la grâce de la jeunesse, car le roi Henry n'avait guère plus de trente ans.

Gilbert d'Umfréville partit, et le roi resta seul. Alors il se leva et alla s'accouder à la haute fenêtre en ogive. Son œil exercé discernait dans la nuit les troupes de cavaliers qui s'ébranlaient pour aller occuper les postes indiqués. Il regarda au loin : là-bas, des tours et des clochers, hérissant une masse noire, se dressaient sur le ciel étoilé.

« Rouen! murmura-t-il, c'est Rouen! Rien ne peut le sauver de mes armes; ses jours sont comptés. Rouen à moi! Depuis Édouard, le vainqueur de Crécy, et le prince Noir, le vainqueur de Poitiers, l'Angleterre n'aura pas eu une pareille gloire.... Après, nous verrons.... Le roi de France est insensé,... son fils, jouet des Armagnacs, est repoussé par le pays.... J'ai mon droit : mon aïeul Édouard n'a pu le faire triompher, ce sera ma tâche, à moi!... La reine cherche à m'apaiser; elle m'offre la main de sa fille.... Oui, Catherine est belle, mais ce n'est pas moi qui me détournerai de mes desseins pour les yeux d'une femme. Je la veux et je l'aurai, avec la couronne de France pour dot. Alors je serai réellement Henry, roi de France et d'Angleterre. Et qui sait ensuite? Le roi Richard, au cœur de lion, n'a pas pu conquérir Jérusalem....

— Les ordres de Votre Grâce sont exécutés, dit Gilbert, que le roi, perdu dans ses rêves d'ambition, n'avait pas entendu revenir; le ciel commence à blanchir du côté du levant. Votre Grâce veut-elle prendre un peu de repos, ou voir par elle-même où ses lords ont dressé leurs tentes?

« — Donnez-moi mon heaume, Gilbert, et qu'on m'avance un cheval sellé. Je veux faire le tour de Rouen avant que le soleil soit levé! »

Gilbert d'Umfréville appela un page et deux écuyers, et le roi, accompagné par eux, partit pour visiter le camp. Ses ordres avaient été bien exécutés; partout les tentes se dressaient, les hommes et les chevaux s'installaient aux postes qui leur avaient été assignés; l'énorme matériel de siège que Henry traînait partout à la suite de son armée, servi par d'habiles ingénieurs et des artilleurs exercés, prenait position en face des portes et des tours de la ville. Le roi passa d'abord inaperçu, s'entretenant un instant avec les chefs, sans presque s'arrêter; mais, à mesure que le jour grandissait, l'armée, reconnaissant le conquérant glorieux, le salua de ses acclamations

Le roi se pencha sur la table.

Guy le Bouteiller, investi du commandement suprême, n'avait guère pris de repos cette nuit-là, quoiqu'il n'attendît pas sitôt l'armée anglaise. Il était soucieux : la pitié des Rouennais pour les fugitifs de la campagne lui semblait une faute et un fâcheux pronostic. Ces gens-là ne savaient pas guerroyer : ils auraient peut-être plus tard à faire des sacrifices plus durs que celui qu'ils avaient refusé.... Guy se demandait déjà si la défense de Rouen serait bien profitable à sa fortune.

Les cris des Anglais retentirent tout à coup au loin comme une grande clameur confuse. Guy le Bouteiller s'élança de sa couche et accourut à une fenêtre du château. En face de lui, dans la plaine, des tentes surmontées de pennons vermeils s'alignaient en bel ordre ; le vent du matin faisait ondoyer sur la plus élevée la bannière d'Angleterre, dont les léopards menaçants paraissaient et disparaissaient dans les plis mouvants. Les premiers rayons du soleil piquaient de feux éblouissants le sommet des casques et la pointe des lances ; les cuirasses étincelaient ; les vives couleurs des panaches et des hoquetons, les brillants costumes des varlets et des pages égayaient la masse de fer que présentait l'armée anglaise. Le roi passait, salué par les acclamations des siens ; les bannières s'inclinaient devant lui, et les chevaliers, l'épée hors du fourreau, la brandissaient au soleil en criant : « Longue vie à Henry le Victorieux, roi de France et d'Angleterre ! »

Guy le Bouteiller se sentit frapper sur l'épaule : Laghen d'Arly était là.

« Les voici déjà ! dit-il d'un ton de bonne humeur. Je ne sais s'il y en a tout autour de la ville : j'en ai devant moi tout autant que vous pouvez en voir d'ici. Les beaux archers ! C'est le comte-maréchal, John de Mowbray, que vous avez là : je reconnais son écu et sa bannière. Moi, j'ai affaire à un des frères du roi, le duc de Clarence. Ils vont vite à s'installer ; pourtant il doit y avoir encore un peu de désordre parmi eux : ce serait le moment de les attaquer. Qu'en dites-vous ? Allez-vous réunir le conseil ?

— Le conseil ! ne me parlez pas de ces bourgeois ! des pleurards qui me défendront peut-être d'attaquer, de crainte de faire du mal aux Anglais ! Non, plus de conseil ! La ville est assiégée, c'est moi qui commande à présent. A votre poste, Laghen, nous allons sortir ! »

Le roi achevait à peine la visite de ses corps d'armée, qu'une détonation formidable retentit : c'étaient les canons de la ville qui tiraient tous à la fois. En même temps, de toutes les portes sortaient des troupes armées, chevaliers la lance en arrêt, arquebusiers, archers des milices de la ville, Alain Blanchart à la tête des arbalétriers, et le Grand-Jacques menant au combat ce qu'il avait pu armer des réfugiés des villes et des campagnes. Guy le Bouteiller, chef suprême de la défense, dirigeait les mouvements.

Les Anglais, surpris par cette brusque attaque, ne tinrent pas contre le premier choc ; mais bientôt, ralliés par leurs chefs, ils revinrent à la rescousse, et ce fut au tour des Rouennais de reculer. Tout autour de la ville on en venait aux mains ; les archers anglais tenaient tête aux arbalétriers de France ; le canon des remparts tonnait sans cesse, ouvrant des trouées dans les masses des hommes d'armes du roi Henry, et les cris de guerre des lords se croisaient dans la mêlée avec ceux des barons normands ou bourguignons. Laghen d'Arly, emporté par sa fougue, se trouva un moment seul au milieu des tentes du duc de Clarence.

« Fou que je suis ! pensa-t-il en assénant à droite et à gauche des coups de sa masse d'armes sur les ennemis qui cherchaient à saisir la bride de son cheval. C'est ennuyeux de se faire tuer dès le premier jour : j'ai regret à tout ce que j'aurais pu abattre d'Anglais d'ici la fin du siège. Notre-Dame des Batailles, ma sainte patronne ! si vous me tirez de là, je vous promets un chandelier d'argent, avec un cierge d'autant de livres que j'aurai occis de ces mécréants.... »

Comme si ce vœu charitable eût été exaucé, une troupe de chevaliers accourut à son aide, s'escrimant d'estoc et de taille, et poussant leurs cris de guerre : « Frappez fort ! Dieu aide ! Toujours debout ! En avant pour la Normandie et la France ! »

« Grand merci, sires chevaliers, dit Laghen, quand ils eurent repris haleine. Vous m'avez tiré d'un mauvais pas, à charge de revanche ! »

XI

COMBATS ET REPRÉSAILLES

U<small>N</small> à un, tristement, lourdement, les jours s'écoulaient pour la ville
assiégée : jours pleins d'agitation, de périls, de combats, et pourtant
monotones. Ils se ressemblaient tous : les Anglais attaquaient, ou la garnison
faisait des sorties; chaque parti ramenait ses blessés, enterrait ses morts; le
canon du roi Henry conversait avec le canon de Jean Jourdain, et la nuit
seule ramenait quelques heures de trêve. Mais ces heures de la nuit, le roi
savait les mettre à profit. Il avait avec lui de savants ingénieurs, et il fortifiait
son camp pour le mettre à l'abri des projectiles de la place. Entre ses tentes
et ses murailles, il faisait creuser un large fossé, dont la terre lui formait un
mur épais, qu'on hérissait d'épines; et en avant il faisait planter des rangées
de pieux aigus, destinés à arrêter les chevaux des assiégés, quand ils voudraient devenir assiégeants à leur tour. Il élevait de distance en distance des
redoutes bien fortifiées, qui commandaient toutes les routes et isolaient la
ville de tous les secours, de tous les approvisionnements qui eussent pu lui
venir de la campagne; et pendant ce temps-là il amusait d'une part le dauphin, de l'autre le duc de Bourgogne par des projets de négociations qui
n'avaient d'autre but que de les empêcher de secourir Rouen. Cependant il ne
négligeait point de s'assurer des alliés au dehors; il avait obtenu du roi de
Portugal une flotte de guerre, qui fermait aux assiégés l'embouchure de la
Seine. En outre, pour les emprisonner vers le haut du fleuve, il fit construire
un solide pont de bois au-dessus de Rouen, malgré les efforts des assiégés,
qui plus d'une fois tuèrent les ouvriers et détruisirent leur ouvrage, jusqu'au
jour où, arrivant avec leurs barques, ils trouvèrent le lit de la Seine barré

par d'énormes chaînes tendues en travers du courant. La ceinture qui les enfermait se resserrait de plus en plus.

Dans la ville, on ne manquait pas encore du nécessaire. Caudebec, petite ville dépendante de la commune de Rouen, abritait dans son port les deux grandes galères et la nuée de barques qui composaient la marine de sa métropole. Grâce à elle, quelques provisions arrivaient encore par eau jusque dans Rouen ; on n'y souffrait donc pas de la disette. Mais Caudebec, vaillamment défendu pendant plus d'un mois, finit par céder à la force : un accommodement conclu avec le capitaine anglais qui l'assiégeait lui interdit désormais de secourir les Rouennais, aussi bien que d'inquiéter les navires anglais qui descendraient ou remonteraient la Seine.

Ce fut un jour douloureux pour les défenseurs de Rouen que celui où les deux belles galères, leur orgueil, restes glorieux d'une marine autrefois florissante, rentrèrent dans le bassin de l'arsenal, de l'antique *Clos aux galées*. Sous leur protection naviguaient pour la dernière fois toutes les barques qui jusqu'alors avaient apporté en ville les rares récoltes échappées à la dévastation du pays ; désormais il faudrait vivre de ce qu'on avait : pourvu que le duc de Bourgogne arrivât bientôt !

La forteresse Sainte-Catherine venait de tomber aux mains des Anglais ; on brûla les nefs du Clos aux galées, pour qu'elles ne fussent pas prises par l'ennemi. Il ne restait plus rien aux Rouennais, en dehors de leurs murailles.

Une tristesse morne régnait à présent dans la ville ; une tristesse résignée et héroïque, car personne ne parlait de se rendre. Mais quel asile de douleur que l'hôpital du roi, où l'on apportait tout sanglants les blessés de chaque jour ! Simone, digne fille d'Alain Blanchart, appelant autour d'elle les femmes auxquelles le siège faisait de si tristes loisirs, était devenue l'infirmière de ces malheureux. Là venaient de nobles dames, héritières des secrets des châtelaines d'autrefois qui savaient si bien panser les blessures de leurs chevaliers ; bourgeoises, femmes de manants, réunies dans une même œuvre de charité, passaient ensemble les jours et les nuits à faire de la charpie et à verser l'huile et le baume sur les plaies. Mais dans les rues le peuple grondait. Malgré les sorties continuelles où Guy le Bouteiller employait la garnison et la milice, sorties qui ne laissaient pas un instant de repos au roi d'Angleterre et à son armée, il y avait encore à Rouen bien des oisifs, et des oisifs misérables, disposés par leurs souffrances à être mécontents de tout. En dépit de la discipline sévère imposée par le bailli et le capitaine du château, il se formait aux Halles, aux alentours de l'Hôtel de Ville, sur la place du Marché, des rassemblements qui devenaient bien vite agités et tumultueux. Des orateurs improvisés s'y faisaient écouter : ils s'étonnaient de la durée du siège, ils s'en prenaient aux capitaines, à la mairie, aux troupes régulières, aux gentilshommes, à tout le monde. Pourquoi n'avait-on pas encore pu percer les lignes ennemies? Pourquoi Jean Noblet, à qui était confié le fort Sainte-Catherine, l'avait-il laissé prendre par les Anglais? Pourquoi le capitaine de Caudebec avait-il conclu un arrangement, au lieu de continuer à défendre sa ville? Pourquoi avait-on laissé le roi Henry construire un pont sur la haute Seine? Comment ne l'avait-on pas empêché de transporter ses vaisseaux par terre, entre Moulineaux et Orival, de façon à les avoir au-dessus de Rouen? Maintenant ils venaient donner la chasse aux bateaux français jusque sous les murs de la ville! Il devait y avoir quelque trahison là-dessous! Le duc de Bourgogne avait promis de secourir Rouen : pourquoi le secours promis n'arrivait-il pas?

Le plus violent de ces orateurs populaires était Colin Gaucher. Ardent patriote, brave comme un lion, toujours le premier contre l'ennemi, il ne pouvait comprendre que tant d'efforts n'eussent pas d'autre résultat que de rendre les Anglais plus prudents. En effet, le roi Henry ne lançait plus ses archers ni sa cavalerie contre la ville; il se bornait à repousser les attaques des Rouennais, comptant sur la famine qui lui livrerait la ville tôt ou tard. Colin Gaucher s'étonnait, quand on avait remporté quelque avantage sur l'ennemi, de voir les chefs ordonner la retraite : il y voyait un parti pris d'épuiser les forces de la garnison, un mépris des chevaliers pour les manants qu'ils ne jugeaient pas dignes de combattre à leurs côtés, et, plein d'amertume, il relevait publiquement leurs moindres erreurs, et y cherchait des motifs coupables. On l'écoutait : on est si facile à émouvoir quand on souffre! La misère grandissait, les vivres devenaient rares, et puis les maladies faisaient des ravages dans les rues étroites, parmi la population entassée.

On souffrait donc et l'on était mécontent dans Rouen. Dans le camp anglais, l'abondance régnait; mais on s'ennuyait, et l'ennui est un procédé comme un autre pour faire trouver le temps long. Le roi Henry était un maître sévère; il ne souffrait en son camp d'écarts d'aucune sorte, et n'y tolérait ni jeux ni folâtres ébats. C'était déjà le même roi qui un peu plus tard, en Champagne, interdit à ses soldats de boire le vin du pays sans y mettre de l'eau. Les seigneurs anglais s'ennuyaient donc, excepté les jours où les gens de Rouen venaient jusque dans leurs lignes les forcer à accepter la bataille. Ils eussent volontiers passé le temps en joutes et en tournois. Du moins cette idée, qui vint un jour à sir Malgrave, jeune chevalier de gaie humeur, parut merveilleuse à tant d'autres, qu'ils résolurent de la mettre à exécution tout aussitôt.

« Mais il faudra le congé du roi! dit sir Walter Fitz-Hugh, majordome de Henry; et ce n'est pas moi qui irai le demander.

— C'est heureux que vous soyez brave devant l'ennemi, milord, répondit un autre jeune fou, car vous ne l'êtes guère devant le roi. Gilbert d'Umfréville ira : n'est-il pas vrai, sir Gilbert?

— Demander est possible, répondit Gilbert; mais obtenir, c'est autre chose. Attendez un instant, je vais trouver le roi. »

Il ne fut pas long à revenir. Henry refusait net : il y avait assez à guerroyer contre l'ennemi, sans que ses chevaliers allassent perdre leur temps et leurs forces à tournoyer comme on fait en temps de paix sous les yeux des dames.

« Il faut pourtant que je rompe une lance aujourd'hui, s'écria un chevalier nommé Jean le Blanc; je me le suis mis en l'esprit. Comment faire?

— Envoyer défier un Rouennais! répondit sir Malgrave en riant.

Jean Le Blanc se renversa en arrière sur son cheval traversé par la lance de Laghen.

— Un manant? fi donc! je parle de jeux de chevalerie. Mais l'idée me semble bonne : n'ai-je pas entendu conter et chanter des histoires du siège de Troie, au temps de Charlemagne et même plus anciennement, où messire Hector faisait défier par héraut d'armes les vaillants chevaliers grecs? C'est ainsi que je veux faire.

— Et qui défierez-vous? le bailli? le sire Guy le Bouteiller? le sire de Toulongeon? le seigneur de Marcuil? »

Jean le Blanc secoua la tête.

« Aucun de ceux-là! Ici, William! remplis l'office d'un fidèle écuyer.
Va-t'en de l'autre côté de la ville, à la porte de Caux, et demande le sire
Laghen d'Arly. Dis-lui que le noble homme sir Jean le Blanc, lieutenant de
la ville et château d'Harfleur pour le roi Henry cinquième, le requiert de
rompre trois lances avec lui, selon les règles de la chevalerie. Le vaincu sera
à la discrétion du vainqueur. Va vite, je m'armerai en attendant.

— Vous n'avez pas choisi le plus haut seigneur qui soit dans Rouen, dit
Gilbert pendant que l'écuyer s'en allait porter son message.

— J'ai choisi le plus brave : je suis sûr qu'il ne repoussera pas mon défi.
Allons, chevaliers, préparez-vous à m'accompagner, il faut des témoins à la
joute! »

Le bruit se répandit bien vite dans Rouen qu'un Anglais avait fait défier
Laghen d'Arly, qui acceptait le défi, et que le combat allait avoir lieu sur
l'heure, aux barrières de la porte de Caux. Jean le Blanc aurait pu venir
seul : la joute n'aurait pas manqué de témoins.

Laghen, monté sur son cheval de bataille, s'avança hors de la porte, suivi
de trente chevaliers qui se rangèrent à distance derrière lui. Il avait revêtu,
par-dessus sa cuirasse d'acier étincelant, une huque déchiquetée de velours
vert, ornée de broderies et passements d'or, et un haut panache vert ondoyait
au sommet de son heaume.

Le chevalier anglais, mettant son accoutrement d'accord avec son nom,
portait une armure toute blanche, avec une cotte de soie blanche brodée
d'argent et serrée à la taille par une ceinture de même métal; une longue
plume blanche flottait sur son casque d'argent.

Les deux chevaliers se saluèrent, et prirent du champ comme en un
tournoi.

« Laissez aller! » crièrent à la fois Malgrave du côté des Anglais et le sire
de Mareuil du côté des Français; puis les combattants se précipitèrent l'un
contre l'autre de toute la vitesse de leurs chevaux.

Un silence solennel se fit. Sur les remparts de Rouen, la foule entassée
demeurait muette, retenant son haleine; mais de toutes ces poitrines un grand
cri s'élança vers le ciel, quand, à la première passe, on vit Jean le Blanc
lâcher son arme, se renverser en arrière sur son cheval et rouler lourdement par terre, emportant avec lui la lance dont Laghen l'avait traversé de
part en part.

« Longue vie à Laghen! gloire aux victorieux! Ainsi périssent tous les
Anglais! » criait le peuple. Laghen d'Arly, sautant à bas de son cheval, souleva le vaincu dans ses bras robustes, et le traîna jusqu'à la porte de Caux.
Il comptait le remettre aux soins d'un savant mire, et traiter de sa rançon
lorsqu'il serait guéri. Mais Jean le Blanc ne devait plus jamais rompre de

lance : au moment où il pénétrait dans la ville assiégée, il ouvrit les yeux avec effort, poussa un grand soupir et expira.

Pendant que les gens de Rouen, voyant un heureux pronostic dans l'issue du combat, fêtaient Laghen et sa victoire, le roi Henry, à qui la nouvelle en fut portée, entrait dans une de ces colères qui faisaient trembler toute sa cour. Il punit rigoureusement les compagnons du malheureux chevalier, et leur ordonna de racheter son corps au prix que fixerait le vainqueur. Par malheur, à ce moment, son majordome, sir Walter Fitz-Hugh, s'approcha de lui pour demander ce qu'il ordonnait d'une douzaine de prisonniers qu'on venait de faire sur les assiégés.

« Qu'on les pende! s'écria le roi. Il y a assez longtemps que ces rebelles nous bravent; qu'ils apprennent enfin que notre miséricorde est épuisée. Ils comprendront peut-être leur devoir, quand ils verront les leurs gambiller au bout d'une corde! Dressez les gibets bien en vue de la ville, et tôt! Je veux que les Rouennais aient le temps de les reconnaître avant que le soleil soit couché! »

L'ordre de Henry fut exécuté; les Rouennais virent avec horreur les gibets se dresser et les bourreaux faire leur office. Ce n'était plus la guerre, cela! Colin Gaucher harangua le peuple; et avant que les magistrats eussent pu s'y opposer, des prisonniers anglais, arrachés de leur cachot, étaient traînés sur le rempart et suspendus à des gibets, en face des patriotes rouennais. Les uns et les autres étaient en même nombre : les Rouennais ne voulaient rien devoir au roi d'Angleterre.

XII

LA COLOMBE DE L'ARCHE

Par un triste jour de la fin d'octobre, Simone était assise auprès du grand lit où reposait Michelle, mère depuis la veille pour la seconde fois. Quoiqu'on ne fût pas encore à la Toussaint, le froid se faisait déjà sentir ; et comme on craignait de manquer bientôt d'huile et de cire, la chambre n'était éclairée que par le feu qui brûlait dans la haute cheminée, jetant par moments la clarté de ses flammes capricieuses, tantôt sur un bahut chargé de poteries luisantes ou de cuivres brillants, tantôt sur le plafond aux poutres saillantes, ou sur le pâle visage de Michelle ou la petite figure chétive de son enfant qu'elle tenait dans ses bras. A l'autre bout de la chambre, Éloy faisait jouer Gilette, et lui racontait que « le petit frère qu'on lui avait promis n'était pas venu, et qu'il avait envoyé une petite sœur à sa place ; mais qu'elle n'avait pas besoin d'un frère, parce qu'il était là, lui, pour la protéger, et sa petite sœur aussi. Et la preuve qu'il était un homme, depuis qu'il avait sept ans, c'est que dame Michelle l'avait chargé d'être le parrain de la petite Jacqueline, avec Simone pour commère. » Gilette l'écoutait bouche béante ; elle parut surtout prendre un vif intérêt à ses discours lorsqu'il se mit à lui raconter les belles fêtes qu'on ferait pour le baptême, le dîner, les friandises qu'on y mangerait « dès que ces méchants Anglais s'en seraient retournés chez eux ».

« J'ai faim, maman ! dit Gilette en gémissant.

— Oui, mon trésor ! répondit tristement la mère. Simone, donnez-lui, s'il vous plaît, un petit morceau de pain,... tout petit, car nous n'avons que ce qui est là pour la journée. Il faut le ménager : qui sait combien de temps nous serons encore assiégés ? Éloy, mon garçon, parle-lui d'autre chose :

il ne faut pas lui donner l'idée de manger en lui racontant un bon dîner. »

Simone se leva, et alla couper un morceau à la miche de pain enveloppée d'un linge et serrée dans un bahut. Depuis qu'il fallait mesurer à chacun sa part, la maîtresse de la maison serrait le pain dans sa propre chambre. Éloy jeta un regard de convoitise sur la portion que la petite fille dévorait à belles dents, mais il détourna la tête pour n'être point tenté : il savait que ce pain-là n'était pas le sien, et que personne n'en avait de trop.

« Comment vas-tu, ma bonne femme? demanda maître Deshayes, qui venait de rentrer sans bruit,

— Je vais bien! répondit Michelle tristement, car elle avait le cœur trop triste pour aller réellement bien. Y a-t-il du nouveau en ville?

— Rien! ni dehors non plus. Toujours les rues pleines de gens qui crient la faim; toujours les Anglais qui se gobergent en se gaussant de nous. Ils ne manquent de rien dans leur camp; ils envoient marauder les brigands irlandais, et il leur arrive par eau des provisions plus qu'ils n'en peuvent consommer.

— Oncle Guillaume, dit Éloy, est-ce que les Anglais sont des chevaliers?

— Mais oui, mon enfant; du moins ils ont beaucoup de chevaliers parmi eux. Pourquoi me demandes-tu cela?

— C'est que... je croyais que tous les chevaliers étaient braves.

— Eh bien?

— Eh bien, ils ne sont pas braves, les chevaliers anglais! Ils doivent bien savoir que nous n'avons presque pas à manger; eux qui mangent tant qu'ils veulent, ils sont plus forts que nous : ce n'est pas juste! Si les Anglais étaient braves, ils enverraient tous les jours de la viande et du pain à nos soldats, pour leur donner de la force. On se battrait après, et l'on verrait alors! »

Les deux femmes ne purent s'empêcher de rire.

« Il y a du vrai dans ce qu'il dit, reprit maître Guillaume : il n'y a pas grand mérite à prendre une ville, quand on a fait mourir de faim tous les gens qui la défendaient. Nous ne pouvons pas nous battre mieux que nous ne faisons : et la preuve, c'est que les Anglais ont renoncé à s'approcher de nos murailles; ils ont peur de nos canons, de nos arquebuses et de nos machines, qui faisaient de si grands ravages parmi eux. Ils aiment mieux attendre que la famine nous ait réduits : c'est plus sûr et moins périlleux.

— Oncle Guillaume! cria le petit Éloy, qui s'était approché de la fenêtre, venez donc! En bas, devant la boutique du boucher, je vois Magdeleine, la femme de maître Lépautre; il y a des gens qui veulent lui faire du mal. »

Guillaume Deshayes regarda, et quitta aussitôt la chambre. Il revint au bout d'un instant, ramenant Magdeleine toute haletante.

« Ah! Dieu vous le rende, maître Deshayes! dit-elle en se laissant tomber sur un escabeau. Dame Michelle, voulez-vous me laisser cuire ma nourriture à votre feu et la manger chez vous? Si je redescends, ils voudront encore me la prendre.

— Faites, ma pauvre Magdeleine; mais que vous est-il donc arrivé?

— Les moines de Saint-Ouen m'avaient donné un peu d'argent; j'ai voulu acheter un morceau de viande. Je sortais de la boutique du boucher avec ceci — elle montra un petit carré de chair de cheval, — j'étais seule, mon mari est aux remparts, et la rue est pleine de gens qui ont faim : ils étaient plus forts que moi, ils ont voulu me voler. Maître Guillaume les a vus, heureusement pour moi....

— Oncle Guillaume, il y a en bas un varlet de la ville qui vous demande », dit Éloy qui était descendu avec son oncle et n'était pas remonté, s'ennuyant dans cette chambre de malade.

Guillaume Deshayes sortit : il était mandé au Conseil. Les femmes restèrent ensemble, s'entretenant du siège, des hommes qui s'exposaient tous les jours à la mort, des enfants que la mauvaise nourriture et le mauvais air tuaient comme mouches — et Michelle serra tristement contre elle la nouvelle née et regarda Gilette toute pâle et maigre avec de grands yeux creux et une teinte de fièvre sur le visage. Elles espéraient encore pourtant : le roi de France ne pouvait pas laisser prendre aux Anglais une de ses plus belles villes; le duc de Bourgogne, à qui les bourgeois s'étaient donnés, viendrait certainement faire lever le siège. Alors quelle fête! quelle joie de voir les Anglais s'en aller honteusement! Les vivres arriveraient de tous côtés, toutes les privations seraient oubliées, et les enfants reprendraient leurs belles joues roses. Magdeleine exprimait le vœu que le sien naquît en ville délivrée; elle l'attendait peu de temps avant Noël. Les autres se récrièrent; il fallait bien espérer que Rouen serait secouru avant ce temps-là.

Cependant Guillaume Deshayes était arrivé à l'Hôtel de Ville et s'enquérait du sujet qui l'avait fait mander.

« Ce n'est point une bonne nouvelle, malheureusement, dit le maire. Le roi d'Angleterre somme de nouveau la ville de se rendre, et nous menace de son courroux si nous tardons plus longtemps à nous soumettre à lui....

— Il est bien inutile de nous réunir pour entendre de pareilles propositions, s'écria Alain Blanchart; n'était-il pas convenu que nous ne les écouterions pas?

— Je crois faire mon devoir en vous les faisant connaître, répondit Jean Segneult; mais je ne vous propose pas de vous rendre.

— Tant que nous aurons un sac de blé, il faut tenir ferme! dit Robert Delivet. Il est impossible que nous ne soyons pas secourus.

— Je sais de source certaine, dit le sire de Préaulx, que le dauphin a envoyé des ambassadeurs au roi Henry : l'amiral de Braquemont, le comte de Tonnerre, l'archevêque de Tours....

— Les noms n'y font rien, interrompit Guy le Bouteiller; est-ce que les gens du dauphin ont qualité pour traiter avec le roi d'Angleterre? Le vrai maître et seigneur en France, c'est le roi Charles, et, pendant sa maladie, la reine Isabeau et son cousin monseigneur le duc de Bourgogne.

— Qu'il vienne alors à notre aide, monseigneur le duc de Bourgogne! Il sait en quel péril nous sommes; et il faut qu'il n'ait guère le cœur français d'abandonner ainsi à l'Anglais la tête de la Normandie, sans tirer l'épée pour la défendre.

— Qui vous dit qu'il n'y songe pas? repartit impétueusement messire Guy. Lui aussi, il a envoyé des ambassadeurs vers le roi d'Angleterre....

— Et pendant qu'ils négocieront, nous mourrons de faim comme des prisonniers qu'on oublie! répliqua le sire de Préaulx. Ce ne sont pas des discours qu'il nous faut, ce sont des batailles!

— Vous avez raison, messire! dit Alain Blanchart avec amertume. Le duc Jean se montrait prodigue de belles paroles et de belles promesses, quand il nous engageait à chasser les Armagnacs pour nous ranger sous son obéissance; et à présent....

— Il est temps qu'il arrive, pourtant! dit tristement Guillaume Deshayes. Voilà que dans les rues les misérables attaquent les femmes pour leur voler un chétif lambeau de viande ou de pain; j'ai vu cela tout à l'heure. On dit que les chanoines n'ont plus de blé : est-ce vrai, messire Delivet? »

Robert Delivet baissa tristement la tête sans rien dire; c'était vrai, les greniers des chanoines étaient vides.

« Au lieu de répondre au roi Henry, reprit Alain Blanchart, essayons de percer ses lignes et d'aller nous-mêmes chercher du secours. Formons une armée de nos meilleurs combattants; que chacun soit muni de vivres pour deux jours : en deux jours, si Dieu nous aide, ils seront assez loin pour trouver un pays moins dévasté que celui-ci. En tombant à l'improviste sur le camp anglais, il est impossible que nous ne fassions pas une trouée. Ceux qui passeront iront chercher l'armée du duc; ceux qui tomberont en route auront une belle mort, et je compte bien qu'aucun ne périra avant d'avoir occis trois ou quatre Anglais. Je m'offre le premier, et je suis assuré que la Cinquantaine entière me suivra. »

L'assemblée se tut un instant, réfléchissant sur cette audacieuse proposition. Puis chacun émit son avis. Les nobles, et nombre de chefs de la milice rouennaise, avec la plupart des capitaines bourguignons, appuyaient Alain Blanchart. Beaucoup de bourgeois trouvaient dangereux de démunir la ville.

de ses meilleurs défenseurs : n'était-ce pas la vouer à sa perte, si le roi
Henry tentait un assaut vigoureux après que l'expédition serait partie? Quelques bourgeois indécis parlaient de garder cette ressource extrême pour le
moment où il n'en resterait plus d'autres : à la vérité, ils eussent été en peine
de dire ce qu'ils pouvaient espérer en dehors du secours promis par le duc
de Bourgogne.

Comme ils discutaient ainsi, on vit tout à coup messire Pierre Lenoël,
qui assistait aux délibérations en qualité de clerc secrétaire du Conseil,
quitter son banc, poser sa plume sur son écritoire et s'avancer vers l'estrade
où siégeaient les chefs de la ville, le bailli, le maire, le capitaine du château
et quelques autres. On se tut pour l'écouter.

« Messires, dit-il, ce serait grand pitié que ce peuple pérît ou fût contraint
à se tourner Anglais! et je donnerais volontiers ma vie pour l'empêcher.
Sûrement notre roi, la reine, les princes et en particulier le noble duc de
Bourgogne, sur la foi duquel nous avons pris les armes, ne savent pas à
quelle extrémité nous sommes réduits; s'ils le savaient, ils se hâteraient de
venir à notre aide. Il faut donc leur faire connaître au plus tôt notre état,
mais il n'est pas besoin pour cela de risquer nos plus vaillants défenseurs.
J'irai seul, un homme passe plus facilement que mille; j'irai à Paris trouver
le roi; je verrai la reine, le noble duc, je leur dirai les paroles que Dieu m'ins-
pirera et je reviendrai vous rapporter leur réponse. C'est alors, quand l'armée
du duc Jean viendra prendre par derrière le camp des Anglais, qu'il faudra
vous lever tous et sortir par toutes les portes à la fois. Patientez encore
quelque temps : je partirai cette nuit, et, sur ma part de paradis, je serai de
retour dans Rouen avant le dixième jour! »

Le vieux prêtre parlait avec tant de conviction, qu'il avait fait passer sa
confiance dans toutes les âmes. Personne ne songea à douter du succès de
son voyage; la nouvelle de son dévouement, bientôt répandue, attira sur ses
pas, quand il sortit du Conseil, une foule enthousiaste, qui le comblait de
bénédictions et voulait baiser ses vêtements. Il eut bien de la peine à gagner
son logis.

Une heure après, comme il était seul, attendant la nuit et se préparant par
la prière à sa périlleuse mission, il entendit frapper à sa porte. Il alla ouvrir :
Laurent et Simone se présentèrent devant lui.

« Dieu vous garde, mes enfants, leur dit Pierre Lenoël. Vous prierez Dieu,
n'est-ce pas, pour que, comme la colombe de l'Arche, je rapporte une bonne
nouvelle? C'est une pensée de bon augure que vous avez eue de venir me
dire adieu; cela me portera bonheur.

— Ce n'est pas cela, mon père, répondit Laurent. Vous ne pouvez partir
seul, vieux et faible comme vous êtes; il vous faut un compagnon qui puisse

« *Dieu vous garde, mes enfants,* » *leur dit Pierre Lenoël.*

vous défendre. Je serai ce compagnon : je suis prêt et je pars avec vous. Voilà ce que nous venons vous dire.

— O Rouen! s'écria le prêtre en levant les mains au ciel, tu ne peux périr, puisque tu possèdes de si vaillants cœurs parmi tes enfants! Mais je ne puis accepter votre dévouement, mon cher fils. N'ayez nulle crainte pour moi, Dieu me conduira et me ramènera!

— Dieu nous conduira tous les deux, mon père, : je ne vous quitterai pas.

— Et Simone aura le courage de vous laisser partir?

— Simone est la fille d'Alain Blanchart. Songez-y : si le roi Henry prend la ville, croyez-vous que le capitaine des arbalétriers, le commandant des milices rouennaises, garde longtemps sa tête sur ses épaules? Il nous faut le secours du duc de Bourgogne, ou nous sommes perdus, et deux hommes sont plus sûrs d'arriver qu'un seul.

— Songez, mon père, que vous pouvez être tué en route, dit Simone. Rouen et mon père seraient perdus! Et si je suis devenue la femme de Laurent, ce n'est pas pour l'empêcher de faire son devoir. J'ai voulu épouser un brave : puis-je maintenant lui donner des conseils de lâcheté? »

Pierre Lenoël regarda la jeune femme. Elle était pâle, mais ses yeux brillaient et sa voix ne tremblait pas.

« Qu'il soit donc fait selon votre volonté, dit-il, et que Dieu nous protège tous les trois! »

XIII

DE ROUEN A PARIS

Il ne fallait pas songer à traverser ouvertement l'armée du roi d'Angleterre; son camp, entouré d'une double enceinte de défenses, était une véritable place forte, coupée çà et là de portes bien gardées. Laurent et le vieux prêtre auraient été arrêtés dès leurs premiers pas. Mais Laurent se mit en quête d'une petite barque capable de les porter tous les deux. Il en restait encore quelques-unes dans la partie de la Seine qui longeait les murs de Rouen, et les habitants s'en servaient pour tâcher de pêcher quelques poissons, et aussi d'arrêter au passage les débris de victuailles que la rivière charriait du camp anglais à la mer. Il y avait bien des pauvres gens qui s'estimaient heureux d'en faire leur nourriture.

A la nuit donc, Laurent, vêtu comme un bon bourgeois en voyage, avec un jacque bien rembourré sous son pourpoint, et Pierre Lenoël, qui n'avait pas voulu quitter ses vêtements ecclésiastiques, se glissèrent dans un étroit bateau, et commencèrent à descendre le fleuve, se laissant aller à la grâce de Dieu. Laurent ne se servait pas des avirons, dont le bruit aurait pu attirer l'attention de quelque sentinelle anglaise; il rasait la rive pour que son bateau se perdît dans les ombres, et la nuit profonde, sans étoiles et sans lune, favorisait les deux fugitifs, que le courant emportait doucement. Ils ne se parlaient point; leurs yeux, cherchant à percer l'obscurité, discernaient des masses noires, et d'autres masses encore : c'étaient les talus, les tentes, les bataillons des Anglais, nombreux et pressés, qui semblaient ne pas devoir finir. De distance en distance un feu réunissait les gardes de nuit qui se reposaient, et Laurent redoublait d'efforts pour passer dans l'ombre et éviter de traverser le reflet du foyer sur l'eau. Çà et là le hennissement d'un cheval ou la marche lourde et cadencée d'une ronde troublaient un instant le silence ; puis tout se taisait, et Laurent, voyant le danger passé, ramenait son bateau au milieu du fleuve, où le courant était le plus rapide. Pierre Lenoël priait.

Enfin les derniers groupes des soldats anglais disparurent, et les fugitifs n'eurent plus devant eux que l'eau silencieuse et les rives désertes de la Seine, la droite escarpée, l'autre basse et marécageuse. Laurent arrêta la barque et regarda autour de lui.

« Il doit y avoir par ici, dit-il, un chemin qui coupe la falaise et qui monte dans le pays. Il faut mettre pied à terre et le chercher. Quand nous serons en haut, nous nous jetterons dans la forêt, qu'il nous faut traverser cette nuit. On dit qu'elle est peuplée de brigands ; mais ces brigands ne sont pas pires pour nous que les Anglais.... Voilà le sentier, mon père ; abordons, et Dieu nous aide ! »

Il accosta la barque au rivage, sauta à terre, aida le prêtre à débarquer ; puis, repoussant du pied le canot, pour que le courant l'emportât, il entraîna son compagnon dans le chemin. Le sentier était abrupt, escarpé, plein de pierres roulantes, d'arbrisseaux épineux, traversé par des filets d'eau qui s'échappaient de la pierre et qui venaient détremper le terrain argileux ; les deux voyageurs glissaient à chaque pas et se déchiraient les mains aux épines. Mais Laurent Toustain était jeune et fort ; il soutenait le vieux prêtre, lui faisait franchir les passages difficiles, et ils parvinrent enfin au sommet de la falaise.

« Reposons-nous un instant, mon père, dit Laurent ; vous êtes las, et nous avons encore du chemin à faire avant de rencontrer une maison où nous ne soyons pas exposés à trouver des Anglais.

— Nous nous reposerons à Paris, mon enfant. Songez que nous pouvons être retardés, et que j'ai promis de revenir le dixième jour ! En marche ! c'est la forêt, n'est-ce pas, cette masse sombre qui s'étend là-bas ?

— Oui, c'est la forêt. Appuyez-vous sur moi, puisque vous voulez partir : aussi bien le froid ne permet guère de rester tranquille. Dans trois heures, j'espère, nous atteindrons un hameau où j'ai des amis.... Quand même les Anglais auraient tout dévasté, nous y trouverons bien un toit pour nous abriter. »

Ils marchèrent quelque temps dans la forêt silencieuse : les bêtes sauvages partaient sous leurs pieds, et fuyaient au loin en faisant entendre un frémissement de feuilles froissées ; le bois mort craquait sous leurs pas, et le prêtre pensait à l'hiver qui s'annonçait si rude pour les braves gens de Rouen, pendant qu'il y avait là de quoi les chauffer et les nourrir. Tout à coup, il sentit une brusque secousse et dut s'arrêter : c'était Laurent Toustain qui se jetait au-devant de lui et entamait une lutte avec des adversaires dont Pierre

Lenoël ne pouvait deviner le nombre, mais qui devaient être plusieurs, à en juger par la façon dont il s'escrimait. Ses agresseurs ne s'étaient sans doute pas attendus à une aussi vive résistance, car l'un d'eux, élevant la voix, appela à son secours.

« Aubry! Thomas! Macaire! à moi! à trois que nous sommes, nous ne venons pas à bout de ce gaillard-là!

— Comment, c'est toi, Martin Sel? s'écria Laurent, au comble de la surprise. Je suis Laurent Toustain, ton vieil ami. Depuis quand assommes-tu les passants? Garde donc tes coups pour les Anglais!

— Halte, vous autres! c'est un ami! Mais aussi qui pouvait s'attendre à te rencontrer au milieu de la forêt de Roumare, mon brave Toustain?... Apportez des torches, camarades, que je le voie au visage, pour être bien sûr que c'est lui...; mais à sa voix et à ses poings, il n'y a pas moyen de le méconnaître.

— C'est Martin Sel, un bourgeois d'Arques, que j'ai connu en voyage », dit Laurent au prêtre.

On apporta des torches, et les deux Rouennais purent voir à qui ils avaient affaire. Leurs agresseurs, et il en arrivait à chaque instant de nouveaux, étaient des hommes de tout âge et qui semblaient de toute condition; il y en avait qu'à leurs mains blanches et à leur air de commandement on ne pouvait prendre que pour des gentilshommes; d'autres avaient dû sortir des plus bas rangs du peuple. Tous avaient, sous leurs vêtements délabrés, ce je ne sais quoi de farouche et de fier qu'on prend à vivre dans les bois.

On s'expliqua, et Laurent présenta son compagnon. Il avait bien vite compris que les brigands de la forêt de Roumare étaient des paysans, des bourgeois, des artisans, des gentilshommes, chassés de leurs villages, de leurs villes, de leurs manoirs, qui vivaient là comme ils pouvaient, trouvant de bonne prise tout ce qu'ils enlevaient aux Anglais. Ils s'étaient mépris cette fois en s'attaquant à des concitoyens; mais il voyageait si peu de Français! on ne courait guère risque de se tromper.

Quand ils surent que ce vieillard se rendait à Paris pour réclamer des secours pour sa ville assiégée, les larmes coulèrent sur leurs rudes visages, et plusieurs, s'agenouillant, baisèrent ses habits et implorèrent sa bénédiction. Puis les deux voyageurs furent conduits au campement des *outlaws*; car les Anglais leur donnaient ce nom, renouvelé des compagnons de Robin Hood. Là, sous des huttes de bûcherons, vivaient des femmes et des enfants, naguère habitués à toutes les délices de la vie, maintenant errants et sans foyer, couchant sur la dure et souffrant le froid.

« Et il y en aura bien d'autres! dit Martin-Sel à Laurent; il y en aura bien d'autres, jusqu'à ce qu'il y en ait tant, que toute la Normandie soit hors de ses demeures. Et alors nous nous lèverons tous à la fois et nous leur ferons payer notre misère, à ces Anglais maudits! »

Les fugitifs prirent quelques heures de repos sur une couche de feuilles sèches, près du feu du campement; et quand ils partirent, conduits par les brigands jusqu'aux confins de la forêt, Martin Sel leur fit amener deux mules sellées et harnachées.

« Prenez-les, dit-il, et qu'elles vous aident à arriver plus vite où vous allez.... Mon père, ne vous faites pas de scrupules; si c'est du bien volé, c'est par des Anglais qu'il l'a été, et nous n'avons fait que le leur reprendre. Les mules portent quelques provisions. Adieu maintenant, et que nos saints patrons vous conduisent! »

Un moine vint à passer.

Ce fut le quatrième jour après leur départ de Rouen que les voyageurs entrèrent dans Paris. Laurent n'y était jamais venu; Pierre Lenoël y avait demeuré pendant sa jeunesse, comme étudiant de la nation de Normandie, et il se rappelait une hôtellerie, près de l'abbaye de Saint-Germain des Prés, où il avait logé quarante ans auparavant. En quarante ans bien des choses changent; il la retrouva pourtant à sa place, avec son enseigne *A l'Agnel pascal*, suspendue au-dessus de la porte et portant la croix blanche de Bourgogne.

« Voici qui est de bon augure, dit-il à Laurent : cela prouve que monseigneur le duc de Bourgogne est toujours le maître dans Paris; je craignais un peu que les Armagnacs n'y fussent, depuis trois mois que nous n'avons nulle connaissance de ce qui se passe. Le noble duc ne refusera pas de nous recevoir, lui qui nous a donné un capitaine et un bailli de son choix. »

Comme il parlait, un moine vint à passer, en robe de carme, monté sur une mule grise. Ce devait être un savant docteur, car nombre d'étudiants lui faisaient cortège. Pierre Lenoël, en le regardant, pensa qu'il devait avoir rencontré ce visage-là quelque part.

« Messire, dit-il à un étudiant, quel est donc, s'il vous plaît, ce vénérable personnage que vous accompagnez? »

L'étudiant le regarda comme s'il fût tombé de la lune.

« Il faut que vous ne soyez jamais venu à Paris, messire, répliqua-t-il, pour ne pas connaître le monarque des docteurs de la nation de Normandie, maître Eustache de Pavilly, le plus disert et le plus révéré de nos orateurs.

— Eustache de Pavilly! s'écria Pierre Lenoël. Laurent, mon enfant, la profection de Dieu est visible sur nous! Eustache! mon vieil ami! ne reconnais-tu pas Pierre Lenoël, ton compagnon de clergie! »

A cette voix, à l'appel de son nom, le carme avait tourné la tête; au nom de Pierre Lenoël, il arrêta sa mule, regarda un instant le prêtre, et, descendant vivement de sa monture, il alla se jeter dans les bras de son ancien camarade.

Eustache de Pavilly était une puissance en ce temps-là; plus d'une fois il avait osé adresser aux plus hauts personnages des remontrances hardies, et les princes morigénés par lui avaient courbé la tête sous ses reproches. A la vérité, sa parole vénérée n'avait pas opéré des conversions bien durables; et les rechutes de la cour n'avaient rien enlevé à la renommée de son éloquence. Il s'émut de la détresse de Rouen, et promit son aide à Pierre Lenoël. En effet, le soir même, un clerc envoyé par Eustache de Pavilly vint trouver les deux Rouennais à l'hôtellerie de *l'Agnel pascal*, et les avertit de se tenir prêts à paraître devant le roi et son conseil dès le lendemain à deux heures de relevée. Maître Eustache allait passer la nuit à préparer une harangue capable d'émouvoir les cœurs des princes, et d'obtenir d'eux de prompts secours.

XIV

NE METTEZ PAS VOTRE CONFIANCE DANS LES PRINCES!

Dans une haute et vaste salle de l'hôtel Saint-Paul, la famille royale était réunie, attendant les envoyés de Rouen, avec des sentiments très divers. Le pauvre roi, qui se trouvait dans un de ses moments lucides, était enchanté de faire acte de souverain. Vêtu d'une longue robe de velours bleu fourrée d'hermine, il était assis dans un fauteuil doré, sur une estrade surmontée d'un dais tout fleurdelisé d'or. Près de lui, un beau page, en surcot armorié, tenait sur un coussin la couronne de France; un autre portait le sceptre, un troisième la main de justice; deux autres, placés derrière le roi, soulevaient entre leurs mains la queue du manteau. Charles VI regardait autour de lui d'un air satisfait, et souriait au luxe qui l'environnait, aux riches tapisseries de Flandre qui couvraient les murs, aux tapis qui cachaient le sol, aux buires, aux aiguières, aux candélabres d'or et d'argent qui chargeaient les bahuts sculptés et que le soleil, passant à travers les vitraux, parait des teintes du rubis et de l'émeraude. Près de lui, dans un fauteuil à peine moins élevé que le sien, la reine Isabeau, coiffée du hennin au long voile, et parée de tant de pierreries que l'œil pouvait à peine supporter l'éclat de ses ornements, suivait du regard avec un air ennuyé les jeux de deux beaux lévriers au collier d'or. Son ancienne beauté n'était plus qu'un souvenir; un embonpoint précoce alourdissait sa taille et ses traits, et sa physionomie à la fois dure et nonchalante n'avait rien de séduisant. Le duc Jean sans Peur, placé près d'elle, semblait partager ses sentiments. Ils n'avaient pas osé refuser de recevoir maître Eustache de Pavilly, l'idole de l'Université et du peuple. Ils ne savaient pas de quoi il allait leur parler : du luxe de la cour, des impôts croissants, de la misère du peuple, des vices de la noblesse, ou de tout autre sujet aussi

déplaisant, sans doute! C'était une heure désagréable à passer, et le duc
fronçait les sourcils, et ses traits massifs et irréguliers prenaient une expression plus farouche encore que de coutume. Près du roi, sur un siège fleurdelisé, brillait sa fille, la princesse Catherine, dans la fleur de ses dix-neuf ans,
aussi belle et gracieuse qu'avait jamais pu l'être Isabeau de Bavière quand
elle avait ravi les yeux et le cœur du jeune roi Charles. Autour de la famille
royale se tenaient nombre de hauts personnages de la cour.

Un page souleva la lourde tapisserie, et annonça au roi : « Maître Eustache
de Pavilly, docteur en Sorbonne, maître Pierre Lenoël, prêtre de Saint-
Hilaire de Rouen, et maître Laurent Toustain, bourgeois de cette ville et
membre de la compagnie des arbalétriers. »

Les trois hommes s'avancèrent jusqu'au bas du trône du roi et s'agenouillè-
rent devant lui; puis ils se relevèrent, et maître Eustache, déroulant un grand
parchemin qu'il avait passé la nuit à couvrir d'écriture, commença son discours.

C'est un remarquable morceau d'éloquence que le discours de maître
Eustache de Pavilly!

« *Domine, quid faciemus?* » dit-il d'abord; et il partit de là pour détailler
tout ce qu'on aurait dû faire et qu'on ne faisait pas, comme aussi ce qu'on
faisait et qu'on n'aurait pas dû faire. Ensuite il passa à l'éloge de ce beau
duché de Normandie, le plus beau fleuron de la couronne de France, reconquis
sur le félon Jean sans Terre par le glorieux roi Philippe troisième, et si fidèle
et si dévoué à cet illustre prince et à ses successeurs. Il montra les sujets
normands des rois de France, toujours loyaux et soumis, supportant les
impôts sans révolte et sans plainte, jusqu'au jour où ils avaient chassé les
chefs armagnacs qui détournaient leurs personnes et leurs biens du service de
leur droiturier seigneur le roi Charles. A présent, comme récompense de leur
fidélité à leur roi, à leur haute et puissante dame la reine, et au noble duc de
Bourgogne, ils demandaient de prompts secours contre l'oppression où les
tenaient les Anglais. Puis Eustache de Pavilly parla de la ville de Rouen; il
peignit ses remparts armés, ses citoyens devenus soldats, ses femmes soignant
les blessés, ses enfants portant les pierres et les traits à leurs défenseurs; il
montra les maladies décimant la population, et la famine venant s'ajouter à
tous les maux de la guerre pour réduire au désespoir les fidèles sujets du roi
de France. « O roi, reine, puissant duc! s'écria-t-il enfin, France est notre
mère, France est notre nourrice! nous l'aimons tous, depuis le plus petit
jusqu'au plus grand, d'un immense et singulier amour; mais qui peut résister
à la faim cruelle, qui brise les durs remparts de pierre? Ayez pitié de Rouen
qui crie vers vous : envoyez-lui au plus tôt des hommes d'armes qui forcent le
roi anglais à rompre la ceinture redoutable dont il l'enserre. Sauvez-nous,

afin que cette noble cité, le cœur déchiré, les yeux en pleurs, toute ruisselante de son généreux sang, ne soit point forcée de dire à la France un dernier et douloureux adieu ! »

Le carme se tut : les sanglots lui coupaient la parole. Dans la grande salle, les gardes, les pages, les serviteurs pleuraient à chaudes larmes : le roi, troublé mais hésitant, semblait chercher à rappeler ses esprits et à se rendre compte de ce qu'il entendait. La reine ne levait pas les yeux, et les seigneurs regardaient le duc Jean, qui restait immobile et morne. Pierre Lenoël se sentit pris d'un immense désespoir et son désespoir le rendit audacieux. S'avançant tout près du roi, il s'agenouilla devant lui, et d'une voix sombre, qui résonna sous la voûte comme le tocsin, il dit :

« Écoutez-moi à mon tour, vous, sire, notre roi, et vous aussi, duc de Bourgogne, qui avez le gouvernement du roi et du royaume. Il m'est enjoint, de par les habitants de la ville de Rouen, qui meurent de faim pour vous être fidèles, de crier contre vous le *grand haro*, lequel vous signifie l'oppression qu'ils ont des Anglais. Ils vous mandent et font savoir par moi que, si par faute de votre secours ils sont forcés de devenir sujets du roi d'Angleterre, vous n'aurez en tout le monde pires ennemis qu'eux ; et s'ils le peuvent, ils détruiront vous et votre génération ! »

Cette fois le roi avait compris. L'œil brillant, le teint animé, rajeuni et comme transfiguré par l'émotion, il se leva avec impétuosité.

« Mon armure ! mon cheval ! cria-t-il. Je veux partir sur l'heure ! Beau cousin de Bourgogne, donnez des ordres sans tarder, pour que nous allions à Saint-Denis prendre l'oriflamme. Nous irons nous-même au secours de notre bonne ville de Rouen ! »

Pierre Lenoël et Laurent Toustain se jetèrent aux pieds de Charles, baisant le bord de son manteau avec des larmes de joie. Ils ne virent pas les signes que la reine et Jean sans Peur échangeaient avec les membres du conseil ; et ils se retirèrent pleins de confiance, pour aller porter aux Rouennais l'assurance qu'ils seraient secourus sans faute « aussi bref que faire se pourrait ».

Ce fut un beau jour pour la ville de Rouen — son dernier beau jour ! — que celui où les deux messagers, revenus sains et saufs de leur périlleux voyage, annoncèrent au conseil et au peuple, accouru en foule sur la place du Marché, la prochaine venue d'une armée de secours. Chacun se crut sauvé ; on chantait, on riait, on criait : « Noël ! Noël ! » Et tout à coup, cédant à une inspiration soudaine, le sonneur monta dans la tour du beffroi et mit en branle la grosse cloche, la Rouvel, voix puissante qui ne se faisait entendre que dans les circonstances solennelles.

A la cloche du beffroi répondirent bientôt toutes les sonneries des couvents et des églises ; et ces chœurs ailés qui répandaient la joie et l'espérance dans les âmes des assiégés, s'en allèrent porter dans le camp anglais le trouble et la terreur.

Henry lui-même s'en émut, et envoya des messagers sur les routes, croyant que les Rouennais, du haut de leurs clochers, avaient aperçu l'armée de secours. Il disposait en son esprit ses divers corps d'armée, selon l'ordre qu'il comptait leur assigner en cas de bataille, lorsque Gilbert d'Umfréville entra.

« Par où vient l'ennemi, Gilbert? lui demanda le roi. Est-il nombreux? A quelle distance peut-il être?

— Je n'ai point vu d'ennemi du tout, sire, quoique je sois monté sur la tour de la Chartreuse. Le comte de Mortain ne voit rien non plus du haut de Sainte-Catherine, ni les autres barons, de tous les côtés du camp. Il court pourtant des bruits fâcheux parmi nos soldats : on dit que le roi de France est allé prendre l'oriflamme et qu'il nous arrive avec cent mille hommes.... »

Henry haussa les épaules.

« Oui, je sais; d'autres disent quatre cent mille, que le duc de Bourgogne en personne a réunis pour nous faire lever le siège. C'est bien peu connaître le duc, le plus indécis des hommes : c'est toujours, comme disaient les Parisiens, Jean de Lagny, qui n'a point de hâte. Je ne crains guère sa venue; mais puisque les Rouennais y comptent si bien, nous allons profiter de leur erreur ! »

Le lendemain, quand le jour parut, le veilleur placé sur la tour Saint-Romain et chargé d'observer la route de Paris, souffla fortement dans sa trompe et descendit précipitamment dans la rue en criant :

« Aux armes! gens de Rouen! aux armes! Voici l'armée du roi qui vient à notre aide! On voit là-bas la bannière du duc de Bourgogne! on voit ses couleurs et la croix de Saint-André! »

Guy le Bouteiller, Jean Segneult, Alain Blanchart et les autres chefs de la ville, vite avertis, accoururent. Sur la lisière d'un bois peu éloigné, on voyait bien en effet quelque chose qui pouvait être l'avant-garde d'une armée de secours : l'oriflamme n'y était pas, mais on distinguait parfaitement sur les bannières la croix blanche de Bourgogne.

« Est-ce le duc, messire? demanda Jean Segneult à Guy le Bouteiller. Si c'est lui ne faudrait-il pas réunir nos hommes, pour faire une sortie pendant qu'il attaquera l'Anglais par derrière?

— Je ne suis point encore sûr de ce que c'est, répondit le capitaine. Monseigneur de Bourgogne n'a point coutume de ranger de la sorte ses chevaliers....

— Voyez, voyez, messire! les Anglais ne s'y sont pas trompés; voilà le comte de Huntingdon qui quitte ses tentes avec tous ses hommes d'armes, pour aller au-devant de ceux-ci.... Les voilà qui se joignent : voyez la mêlée! Hâtons-nous d'aller aider les Bourguignons! »

Guy le Bouteiller se mordait la moustache.

« Vous n'êtes pas homme de guerre, messire Seigneult, dit-il au maire. Demandez à maître Alain Blanchart ce qu'il pense de ces combattants-là!

— Je pense, repartit Alain, qu'ils se battent à armes trop courtoises : voyez s'il en reste un par terre!

— Le roi d'Angleterre est un trop jeune renard; ses stratagèmes ne valent rien. Oh! ce n'est pas la peine de vous fatiguer, camarades; vous ne nous attirerez pas dehors. Nous ne refusons pas la bataille, mais nous prétendons combattre à notre heure et non à la vôtre!

— Vous croyez donc...?

— Que ce sont de faux Bourguignons, et que ces gens-là s'entendent comme larrons en foire. Restons tranquilles : vous allez bientôt les voir cesser le combat. »

En effet, le parti qui portait la croix blanche ne tarda pas à rentrer dans le bois, et le comte Huntingdon, après un simulacre de poursuite, revint à ses tentes. Les Rouennais se gaussèrent fort du roi Henry, qui avait cru les prendre au piège; mais au fond cette aventure les laissa tristes. On avait cru un instant à l'arrivée du duc de Bourgogne. Quand viendrait-il maintenant? viendrait-il seulement jamais?

Ce soir-là, Guy le Bouteiller, soucieux, marchait à grands pas dans la salle d'honneur du château. Il roulait dans son esprit des pensées confuses qu'assombrissait l'ambition déçue. Ne s'était-il point trompé en suivant le parti de Bourgogne? n'avait-il pas fait une lourde faute en venant s'enfermer dans une ville destinée à périr? Car ce n'était qu'une question de temps : si la force ne réduisait pas Rouen, ce serait la faim qui s'en chargerait.... Une capitulation, avec la vie sauve, voilà tout ce qu'il apercevait au bout de tant d'efforts. Il frappa le pavé du pied avec rage.

« Non! se dit-il, ils ne peuvent pas laisser périr Rouen! Ce serait comme s'ils livraient Paris et la couronne de France.... Le duc n'est pas si fou! il viendra, tenons encore! Heureusement ces bourgeois sont enragés de patriotisme : leurs femmes et leurs enfants ont beau mourir comme mouches, ils ne songent pas à se rendre.... »

On frappa à la porte. « Entrez! » cria le capitaine en arrêtant brusquement sa promenade. La porte s'ouvrit, et Laghen d'Arly entra.

Il amenait avec lui, le tenant par le bras, serré dans sa forte main comme dans une pince de fer, un petit homme maigre et chétif, perdu dans les vastes plis d'une robe de moine, dont le capuchon lui enfermait si bien la tête, qu'on ne voyait de son visage qu'une paire d'yeux clairs et brillants qui faisaient penser à ceux des chats. Laghen le poussa dans la salle, dont il alla refermer la porte, et, le désignant à Guy le Bouteiller :

« Voilà, dit-il, un révérend père cordelier, à ce qu'il dit, qui a trouvé moyen de passer en dépit des gardes anglais et des nôtres. On l'a pourtant arrêté à la porte du Pré de la Bataille, et on me l'a amené. J'ai voulu le conduire moi-même, il ne m'inspire pas trop de confiance, ce gaillard-là.... Page, si tu allumais les torches? il est bon d'éclairer la conversation. »

Les torches allumées mirent en pleine lumière le beau visage franc et résolu de Laghen d'Arly, et les traits creusés et le front soucieux du capitaine de Rouen. Le moine les regardait comme s'il eût pris grand intérêt à l'étude de leur physionomie; pour lui, il ne rabattait point son capuchon, et demeurait immobile dans une attitude pleine d'humilité.

« Découvrez-vous maintenant, qu'on vous voie, mon père! » dit Laghen, qui d'un revers de main lui fit tomber son capuchon sur les épaules.

Le moine fronça les sourcils; mais ce ne fut qu'un éclair, et il reprit physionomie placide qui convenait à sa robe.

« La paix soit avec vous, mon fils! dit-il à Laghen d'une voix singulièrement douce. Je vous pardonne vos soupçons à mon égard, soupçons bien naturels à un brave chevalier, entouré de toutes parts d'ennemis semblables au lion rugissant qui cherche une proie : *Quærens quem devoret*, comme dit l'Écriture. Mais je viens de Paris, et j'ai pensé qu'il serait utile aux vaillants défenseurs de Rouen de savoir ce qui s'y passe. C'est pour cela que j'ai risqué et je bénis Dieu qui m'a conduit par la main à travers les périls, jusqu'à l'illustre capitaine de la ville et du château.... »

Il s'inclina devant Guy, qui l'écoutait en silence. Cette voix éveillait en lui des souvenirs lointains : où l'avait-il entendue? Du temps de ses premières armes, alors qu'il n'était qu'un obscur soldat d'aventure; mais ce moine, qu'était-il alors? Guy le regardait : c'était bien un moine, avec la couronne monacale autour de sa tête rasée; sa figure sans barbe ne rappelait rien au capitaine, et son regard, depuis que le capuchon ne l'abritait plus, demeurait obstinément baissé vers la terre.

« Il faut que je le reconnaisse, il faut que je sache qui il est! » se dit Guy le Bouteiller. Et, avançant un escabeau, il engagea le moine à s'y asseoir et prit place en face de lui. Laghen d'Arly resta debout.

« Je viens de Paris, redit le moine, de Paris qui était en grande agitation, pour une aide de cent mille francs d'or que le duc de Bourgogne a commencé à lever sur la ville,... afin de secourir Rouen....

— Noël! cria joyeusement Laghen d'Arly. Quelle belle bataille nous allons avoir! Avec cent mille francs d'or, on peut en payer, des hommes d'armes, des archers, et des arbalétriers, et des gens de pied, et des cavaliers! Je ne voudrais pas être à la place du roi Henry! »

Le moine eut au coin de la bouche une légère contraction, qui marquait un certain dédain pour les paroles de Laghen, et il reprit en s'adressant à Guy le Bouteiller :

« Afin de secourir Rouen, le puissant duc de Bourgogne a fait partir une compagnie de hauts et vénérables personnages. Il y a l'évêque de Beauvais, un saint homme! et messire Philippe de Morvilliers, premier président du parlement de Paris; et messire Regnault de Folleville, et messire Thierry Leroy, et d'autres hommes de grand renom; ils accompagnent le légat de notre saint-père le pape, le cardinal des Ursins, chargé par Sa Sainteté de rétablir la paix entre les deux filles de l'Église, la France et l'Angleterre.

— Le légat! interrompit Laghen d'Arly. Pour faire une bonne paix, croyez-moi, rien ne vaut les hommes d'armes.

— Les ambassadeurs sont en ce moment à la Chartreuse de la Rose, où le roi Henry les traite magnifiquement, reprit le cordelier. Mais, d'après ce qui se dit dans le camp, le roi n'est pas disposé à la paix, quoique le légat lui ait apporté le portrait de la princesse Catherine, qu'on lui offre en mariage....

— C'est une honte! s'écria Laghen. La fille du roi de France!

— Le roi Henry, continua le moine sans s'occuper du bouillant chevalier, la trouve belle et très plaisante; mais il veut avec elle la Normandie, l'Anjou, le Maine, la Touraine et bien d'autres provinces encore. Il dit que Dieu l'a envoyé pour le châtiment des Français qui se sont laissés aller au schisme, à l'impiété, à la corruption et à l'anarchie; pour ces crimes, la seigneurie du royaume de France doit être transférée en une autre main; et c'est le plaisir de Dieu que la translation se fasse en sa personne. Voilà ce que dit le roi Henry, et tous les Anglais le répètent.

— Hypocrites! faux traîtres! hurla Laghen. Leurs vices sont pires que les nôtres, et leur roi n'est que le fils d'un voleur et d'un meurtrier! Son père n'a-t-il pas dépouillé et fait périr traîtreusement son prince et suzerain, le roi Richard? Mais vos nouvelles ont de quoi me réjouir, sire moine; le duc Jean verra bien vite que cette paix-là ne peut se faire, et il nous enverra de bonnes lances, qui vaudront mieux pour la délivrance de Rouen que tous ces parleurs.... »

Guy le Bouteiller se leva de son siège.

« Je vous remercie, mon père, dit-il au moine, des nouvelles que vous nous apportez. Il est tard, le couvent des cordeliers doit être fermé, vous serez mon hôte pour cette nuit. »

Les yeux du moine lancèrent un vif éclair, pendant qu'il jetait un rapide regard vers le capitaine du château; mais il ne dit rien et s'inclina humblement en signe de gratitude.

« Ce moine-là ne me revient pas du tout, pensa Laghen d'Arly : je n'ai jamais pu rencontrer ses yeux, et il n'y a que les fourbes qui se cachent si bien. J'espère que Guy va bien se garder ; en tout cas, je vais y pourvoir. »

Et, avant de sortir du château, il prit à part l'écuyer favori de Guy le Bouteiller, à qui il recommanda de veiller sur son maître et d'avoir l'œil au moine.

XV

TENTATION

Dès que le pas de Laghen d'Arly eut cessé de résonner dans les vastes corridors, le moine se rapprocha de Guy le Bouteiller, et, posant une main sur son bras :

« Tu m'as reconnu ! lui dit-il.

— Oui, je viens de te reconnaître, Thibault Larcher. Mais qu'es-tu venu faire ici? pourquoi m'as-tu cherché après tant d'années? et cet habit....

— Habit de voyage très commode pour passer partout sans péril.... Oh! ne te récrie pas, je suis aussi brave qu'un autre; mais il y a des intérêts qui exigent qu'on arrive et qu'on ne se fasse pas tuer. Voilà pourquoi je suis cordelier.

— Et c'est pour m'apporter des nouvelles que tu t'es mis dans ce froc?

— Tu n'en crois rien, tu as raison. Et pourtant elles sont vraies, mes nouvelles. Le duc de Bourgogne lève des impôts et la cour les mange; le dauphin vit de misère; tous les deux cherchent à s'accommoder avec le roi Henry, qui les amuse avec des paroles et poursuit ses conquêtes pendant que les ambassadeurs font des discours. Rouen ne sera pas délivrée, sois-en bien sûr!

— Après? dit Guy le Bouteiller d'un ton bref.

— Après? Par assaut ou par famine — par famine plutôt, car le roi d'Angleterre n'aime pas à faire tuer ses hommes inutilement — Rouen tombera. Alors ce sera l'exil et la misère pour ses bourgeois, la hart ou le billot pour ses capitaines; le roi Henry est fort irrité de leur résistance. »

Guy le Bouteiller fit un geste de colère.

« Ah, mon ami Guy! reprit le moine d'un ton pitoyable, quelle triste fin, et comme elle ressemble peu à nos beaux projets d'il y a vingt ans! Nous nous

7

sentions si forts, si hardis, si décidés à conquérir renommée et fortune, terres et châteaux! Toi! du moins, tu auras été capitaine de Rouen; un beau titre! mais plus il est beau, plus il sera dur de le perdre... et la vie avec!

— Pourquoi viens-tu me dire cela?

— Ce sont des réflexions que je fais; je pense tout haut. Et je pense aussi à la fortune de celui qui mettrait Rouen en la main du roi Henry! Il est généreux, et il récompense magnifiquement ses serviteurs; que ne donnerait-il pas pour avoir Rouen, qui est une si belle ville!... Je veux dire pour l'avoir sans tarder, car il est bien sûr de l'avoir tôt ou tard. Rouen pourra-t-elle tenir seule quand toute la province sera au roi Henry? En ce moment, ami Guy, le roi a envoyé investir un château, un noble château défendu par une veuve, la plus fière et la plus belle des dames de France.... Par force ou par famine, il finira par être pris, ce château...: Eh bien, à celui qui rendrait Rouen, le roi Henry accorderait avec joie — et ce ne serait là que le moindre de ses dons — la main de la noble dame et le riche fief de la Roche-Guyon....

— Tais-toi, démon, ne me tente pas! » interrompit Guy hors de lui-même.

L'autre ricana.

« Rappelle-toi, Guy le Bouteiller, reprit-il sans se troubler, rappelle-toi avec quel dédain le sire de la Rivière, l'ami du roi Charles le Sage, le vertueux conseiller de son fils en ses premières années, accueillit les supplications de Guy le Bouteiller, qui n'avait pour tout fief que son épée et sa bravoure! « Donnez-moi du temps, disait-il, je conquerrai terres et châteaux et « je ferai la damoiselle de la Rivière riche et honorée entre toutes les dames « de France! » Mais le sire de la Rivière n'en fit que rire et chassa le pauvre chevalier; et Perrette de la Rivière devint la femme du sire de la Roche-Guyon, dont les châteaux étaient tout conquis.... »

Guy le Bouteiller avait caché son visage entre ses mains. Oh! cette ancienne blessure, comme elle se ravivait aux paroles de Thibault! C'était vrai; pauvre chevalier, mais brave et sans reproche, il avait osé élever ses vœux jusqu'à Perrette de la Rivière — et il avait cru lire un encouragement dans les beaux yeux de la noble damoiselle. Mais avec quel mépris railleur le sire de la Rivière l'avait traité! Guy frémissait encore de rage à ce souvenir.

« Sois un homme, Guy le Bouteiller, et venge-toi, reprit Thibault d'un accent plus pressant. La vois-tu à tes genoux, la fière veuve, te suppliant d'être clément et doux pour ses enfants — car elle a deux enfants, et, pour ses enfants, il n'est rien que ne fasse une mère. Tu seras le maître du beau château, du riche fief de la Roche-Guyon. A toi les trésors entassés dans son donjon! Tu seras le plus riche seigneur de France; car, tu ne le sais peut-être pas, tous les bateaux passant en rivière de Seine à cet endroit doivent un droit de péage aux sires de la Roche-Guyon. Et tu prendras leur blason et leur

« *Tu t'es fié à moi, Thibault, je ne te trahirai pas.* »

devise : *C'est mon plaisir!*... Cela vaut mieux que la hart ou le billot, n'est-il pas vrai?

— Tais-toi, tais-toi! j'ai promis de garder Rouen au duc de Bourgogne!...

— Le duc de Bourgogne se soucie bien de Rouen! Il fera son accommodement avec le roi d'Angleterre, et par haine du dauphin, cet enfant imbécile qui n'est entouré que des ennemis de Jean sans Peur, il livrera au roi la France pieds et poings liés. Henry sera l'époux de la princesse Catherine, il gouvernera la France pendant les maladies du roi Charles; et après lui — il est jeune, Henry, et Charles est vieux — il pourra sans mensonge signer ses ordonnances : « Henry, par la grâce de Dieu, roi de France et d'Angleterre. »

Guy ne répondit pas. Ce que lui prédisait Thibault était possible — plus que possible, cela devait arriver — Et si cela ne devait servir à rien de défendre Rouen, à quoi bon s'y obstiner? Thibault reprit d'une voix insinuante :

« Tu étais un homme de tête autrefois, Guy, quand nous conversions ensemble dans nos chevauchées au clair de lune, aussi pauvres et aussi ambitieux l'un que l'autre. Moi, aujourd'hui, j'appartiens au roi d'Angleterre, et c'est un maître qui paye bien; j'ai de l'autre côté de la mer des terres et des titres, des châteaux et de l'or; je veux en avoir aussi en France, et c'est pourquoi je me suis chargé de cette périlleuse mission.... Toi, tu n'as pas fait fortune, ce me semble, et tu n'as qu'à étendre la main.... France, Angleterre, qu'est-ce que cela? Un chevalier doit fidélité à son suzerain; de quel suzerain tiens-tu un fief? Reçois du roi Henry le domaine de la Roche-Guyon et tu seras son homme-lige; tu te retrouveras bientôt Français, puisque lui-même ne tardera pas à être salué roi de France et d'Angleterre! »

Guy le Bouteiller recula d'un pas.

« Thibault Larcher, dit-il d'une voix troublée, tu t'es fié à moi, je ne te trahirai pas.... Dors sous mon toit cette nuit et tâche d'oublier ce que tu m'as dit, comme je l'oublierai moi-même.... Holà! page, ici! Conduis ce saint homme dans la chambre voisine de la mienne et fais-lui servir à souper. »

Le faux moine remit son capuchon sur sa tête et suivit le page, après avoir salué Guy avec une grande affectation d'humilité. Quand il fut seul dans la chambre où il devait passer la nuit, il haussa les épaules, sourit et murmura entre ses dents : « Comme tu l'oublieras toi-même!... c'est-à-dire que je n'ai qu'à m'en bien souvenir. »

Cependant les bruits les plus divers circulaient dans la ville. Tantôt on annonçait l'arrivée du roi lui-même, avec l'oriflamme et la fleur des chevaliers du royaume; tantôt c'était le dauphin qui venait au secours de Rouen, car le conseil aux abois avait aussi dépêché un messager au dauphin; ou bien on avait aperçu du haut des clochers les bannières de Bourgogne; alors on riait, on chantait, on s'embrassait dans les rues; et puis, comme rien n'arrivait, la ville retombait dans un morne désespoir. D'autres fois on apprenait, sans savoir d'où la nouvelle était venue, que les princes avaient fait la paix au prix de la Normandie, et qu'un messager du roi de France allait venir ordonner à Rouen d'ouvrir ses portes au roi anglais; et des cris de colère éclataient de toutes parts. Les jours passaient, on ne savait rien de certain, mais les forces s'épuisaient dans l'attente, et les vivres s'épuisaient aussi. On mangeait les chevaux, les chiens, les chats; quant aux souris, dit un poète anglais qui raconte, à la gloire de Henry, le siège de Rouen, « on en avait laissé bien peu dans les maisons ».

Pendant ce temps-là, le roi d'Angleterre amusait les envoyés du duc de Bourgogne avec de fausses espérances; et au bout de quinze jours, quand ils crurent enfin tenir un traité, on leur déclara que le roi Charles, étant dévoyé d'esprit, ne pouvait signer un traité valable, et que ce n'était point affaire au duc de Bourgogne de décider des héritages du roi de France. La conférence était finie; Henry, sans risquer davantage ses hommes, résolut d'attendre le jour où la famine lui livrerait Rouen; cela ne pouvait beaucoup tarder.

Un soir, un religieux, le visage bien caché par son capuchon, monta à la Chartreuse de la Rose et demanda à parler au roi, qui le reçut dans le secret.

Ils conférèrent longtemps tout bas; pourtant le page qui veillait à la porte entendit par moments le roi élever la voix d'un ton mécontent et presque inquiet. « Il faut empêcher cela, disait-il. Promettez-lui tout ce qu'il voudra.... L'armée s'assemble à Beauvais,... il ne faut pas qu'ils nous tombent ensemble sur les bras.... » Quand le moine quitta le roi, ce fut pour aller du côté de la ville, dont il fit le tour pour y entrer par la porte du Château, au lieu de se présenter à la porte Saint-Hilaire, qui était la plus voisine du camp royal.

Dans le conseil, ce jour-là, on avait décidé de tenter un grand effort. S'il fallait périr, ne valait-il pas mieux tomber les armes à la main que de mourir de faim ou de la peste? Ce fut du moins l'avis de Laghen d'Arly.

« Voilà assez longtemps que nous sommes enfermés ici, dit-il. S'il y a une armée de secours, le mieux est d'aller la chercher. Voici ce que je propose : choisissons dix mille hommes de nos meilleures troupes, et donnons-leur des vivres pour deux jours. Les uns iront attaquer la Chartreuse; s'ils pouvaient prendre le roi Henry, la guerre serait finie. Pendant qu'ils batailleront et attireront tous les Anglais de ce côté-là, les autres sortiront par la porte de Bouvreuil et gagneront la campagne pour aller au-devant du roi et du duc de Bourgogne, qui sont à Beauvais avec une armée, à ce qu'on dit. Ce sera le plus sûr moyen de les hâter; s'ils savaient en quelle misère est Rouen, ils ne tarderaient pas tant à nous secourir, nous devons le croire.

— J'en suis, messire, dit Alain Blanchart. Mes arbalétriers sont bien montés et habitués à battre la campagne, et je connais très bien la Chartreuse de la Rose : je me charge d'aller avec eux attaquer le logis du roi.

— Nous irons tous, tous! » crièrent les gentilshommes avec enthousiasme. Mais Guy le Bouteiller combattit le projet. Il n'avait, assura-t-il, que bien peu de chances de réussir ; c'était sacrifier peut-être en vain l'élite de la garnison ; on aurait besoin de toutes ses ressources quand l'armée de secours arriverait. Laghen d'Arly, étonné, riposta vivement ; il trouvait mauvaises les raisons de son ami, et la dispute entre eux fut assez vive. Enfin Laghen l'emporta : Guy était seul de son avis, et l'expédition fut décidée pour le lendemain.

Le soir, Laghen d'Arly, ses préparatifs achevés, sortit du poste qu'il commandait à la porte Cauchoise, et se dirigea vers le château de Rouen. Il avait le cœur tout troublé, ce brave Laghen, en songeant au lendemain. Ce n'était pas qu'il eût peur ; depuis tant d'années il était habitué à risquer sa vie! les jours de bataille étaient ses jours de fête. Mais il aimait Guy, le Bouteiller, son vieux compagnon d'armes, Guy qui l'avait accueilli tout jeune, qui s'était toujours montré bon pour lui, qui plus d'une fois l'avait tiré d'un mauvais pas. Laghen le lui avait bien rendu, à la vérité ; mais ce n'était pas une raison pour qu'ils fussent quittes ; et le bon chevalier se sentait un poids sur le cœur en songeant qu'ils s'étaient séparés sans se tendre la main, et qu'ils pouvaient être tués le lendemain sans s'être réconciliés. C'est pourquoi il voulait revoir Guy avant de prendre son repos.

Muni du mot de passe, il pénétra sans difficulté dans le château et se rendit aux chambres du capitaine. Il ne l'y trouva point, et, pensant que Guy faisait quelque ronde, il sortit pour le chercher. Arrivé à la voûte par où on allait au pont qui donnait sur la campagne, il crut entendre du bruit ; il s'arrêta. Le bruit cessa presque aussitôt ; un homme parut, s'avança et regarda aux alentours.

« Guy, mon vieil ami! dit Laghen en se dirigeant vers le capitaine dont il discernait la silhouette ; Guy, nous ne pouvons pas nous séparer ainsi! Je t'ai cherché pour te serrer la main ; je serais trop marri d'être tué avec l'idée que tu gardes quelque chose contre moi. »

Guy le Bouteiller, se voyant reconnu, vint à Laghen d'Arly, la main ouverte.

« C'est digne de toi, dit-il, mon brave Laghen, ce que tu fais là. Mais je n'aurais pas même songé à faire ma paix avec toi ; parce que nous ne sommes pas du même avis, est-ce une raison pour être brouillés? Voici ma main ; va te reposer, car la journée de demain sera chaude »

Il passa le bras de Laghen d'Arly sous le sien et le reconduisit jusqu'à l'entrée du château. Là, en lui disant adieu, Laghen regarda par hasard du côté où il avait trouvé le capitaine. A sa grande surprise, une autre silhouette se dressait au même endroit : une silhouette de moine. Sans qu'il sût pourquoi, le souvenir lui vint du cordelier qu'il avait amené un jour à Guy le Bouteiller.

« A propos, dit-il, qu'est devenu le cordelier qui nous avait apporté des nouvelles de Paris? »

Guy le Bouteiller tourna vivement la tête du côté où le moine venait d'apparaître; il n'y avait plus rien.

« Le cordelier?... répéta-t-il. Je ne sais,... je ne l'ai pas revu.... Bonne nuit, ami Laghen! »

Laghen prit la main qu'il lui tendait et s'en retourna à la porte Cauchoise. Mais, quoiqu'il cherchât à se faire une raison, il n'avait pas l'esprit en paix, le brave Laghen d'Arly!

XVI

LA PORTE DE BOUVREUIL

L A journée du lendemain fut lugubre : il faisait froid, un ciel gris et bas
semblait peser sur la terre, le découragement flottait dans l'air. Mystérieusement, car des bruits de trahison facilement accueillis par la population
malheureuse faisaient craindre que le projet de sortie ne fût révélé au roi
d'Angleterre, on choisit les dix mille hommes qui devaient tenter l'expédition,
on leur donna des chefs et on les chargea de deux jours de vivres. Alain
Blanchart, avec les arbalétriers et les hommes d'élite des milices bourgeoises,
fut chargé d'aller attaquer la Chartreuse de la Rose ; Laghen d'Arly, les sires
de Bapaume et de Tillières, et plusieurs autres vaillants chevaliers à la tête
des hommes d'armes bourguignons, renforcés par le Grand-Jacques, chef des
réfugiés de Caen, de Harfleur et d'autres cités, sortiraient en même temps
par la porte de Bouvreuil, protégée par le château, et s'en iraient, en passant
au travers du camp de Talbot, du comte maréchal et de lord Huntingdon,
gagner la route de Beauvais pour rejoindre et hâter l'armée française.

A la tombée de la nuit, la porte Saint-Hilaire s'ouvrit aux milices rouennaises. Chaque combattant courbait la tête sous la bénédiction du chanoine
Robert Delivet, debout sur le rempart en habits sacerdotaux ; et ils passaient,
dévoués et résolus, prêts à donner leur vie pour sauver la ville.

Ils n'avaient que peu de chemin à faire pour atteindre l'ennemi ; les tentes
du duc de Glocester avaient été dressées si près des remparts, que souvent le
canon de la porte Saint-Hilaire allait lui tuer ses sentinelles. Les Rouennais
s'approchèrent sans bruit, en prenant soin de ne point entre-choquer leurs
armes ; puis tout à coup, mettant leurs chevaux au galop, ils se précipitèrent
sur les lignes anglaises. En un clin d'œil, le camp de Glocester fut traversé,

ses tentes jetées à bas, ses bannières renversées; cette trombe d'hommes et de chevaux passa rapide et irrésistible, sans s'arrêter à guerroyer avec les hommes d'armes du prince, qui, revenant de leur surprise, accouraient de tous côtés et s'élançaient à la poursuite des Français.

« A la Chartreuse! » avait crié Alain Blanchart, et ses hardis compagnons le suivaient, hâtant de l'éperon leurs chevaux, presque aussi exténués qu'eux par la disette. Leur tourbillon vint s'abattre dans le paisible vallon de Notre-Dame de la Rose, où le roi Henry, éveillé en sursaut dans son premier sommeil, faillit mourir de colère en entendant à ses oreilles les cris d'armes français : « Notre-Dame de Rouen! Bourgogne pour toujours! Montjoie et saint Denis! Vive la France et mort aux Anglais! »

« Gilbert! Gilbert! Umfréville! » cria-t-il d'une voix tonnante, en sautant en bas de sa couche et en commençant à revêtir les pièces de son armure.

Il n'avait pas achevé son appel, qu'un bruit de fer monta l'escalier, un bruit d'armures choquées, de coups donnés et reçus; et Gilbert d'Umfréville, sans casque ni cuirasse, l'épée d'une main, le bouclier de l'autre, se précipita dans la chambre en criant : « Le roi! sauvez le roi! Fuyez, sire, fuyez, ce sont les ennemis!

— Le roi! le roi! où est le roi? » crièrent derrière lui des voix furieuses; et Alain Blanchart, Laurent Toustain et plusieurs arbalétriers parurent à la porte. Gilbert s'était retourné pour leur faire face; et pendant que l'écuyer du roi, accouru à la hâte, le couvrait de sa cuirasse et de son heaume et lui tendait son épée, le fidèle Anglais, le bouclier en avant, essaya de faire de son corps un rempart à son souverain. Il fut rejoint par le page du roi, pauvre enfant dévoué qui se précipita sur le premier assaillant et tomba aussitôt sans vie aux pieds de Gilbert. A cette vue le roi, repoussant son écuyer qui cherchait à l'entraîner vers une porte dérobée, s'élança vers les Rouennais.

« Que venez-vous chercher céans? leur cria-t-il d'une voix éclatante. Vassaux rebelles, le voici, le roi! Traîtres et félons, tombez aux pieds de votre suzerain! De par le droit de mes ancêtres, c'est moi qui suis votre seigneur! »

Ses yeux étincelants, sa haute taille, son geste de commandement, son air majestueux firent un instant reculer les assaillants. Mais ce ne fut qu'un éclair; ils reprirent bientôt leurs esprits, et, comme un flot irrésistible, ils se répandirent dans la salle, entourant Gilbert, le roi et l'écuyer, qui, serrés dans leur groupe compact, ne pouvaient se servir de leurs armes.

« Nous ne voulons pas vous faire de mal, sire, dit respectueusement Alain Blanchart au roi d'Angleterre; mais notre seul seigneur est le roi de France et c'est à lui que nous serons fidèles jusqu'à la mort. Vous êtes son prisonnier, car nul d'entre nous n'est de lignage à recevoir l'épée de Votre Grâce.

Roi Henry, rendez-vous au roi Charles sixième, par la grâce de Dieu roi de France et duc de Normandie.

— Dieu et mon droit ! cria Henry. A moi, mes barons d'Angleterre ! »

Autour de la Chartreuse, on se battait avec fureur. Les Rouennais, tombant sur les Anglais endormis, en avaient d'abord fait un grand carnage ; maintenant les Anglais, revenus de leur première épouvante, comptaient leurs ennemis et reprenaient courage en s'étonnant de les trouver si peu nombreux. La voix du roi fut entendue au dehors ; en un clin d'œil, par toutes les portes, par des échelles appliquées aux fenêtres les défenseurs lui arrivèrent en foule et ce fut aux Rouennais de se trouver cernés. Alain Blanchart vit le péril : dans

Gilbert s'était retourné pour leur faire face.

un instant la retraite ne serait plus possible. Une idée audacieuse lui vint : saisissant le bras du roi, il essaya de l'entraîner avec lui. Mais Gilbert et l'écuyer, indignés de le voir porter la main sur leur maître, se jetèrent entre eux et les séparèrent violemment. La partie était perdue pour les Rouennais.

« Arrière, compagnons ! » commanda le capitaine des arbalétriers ; et la petite troupe opéra sa retraite à travers la vaste salle, le vestibule et le large escalier, pas à pas, la hache d'armes en main, frappant et parant les coups. Arrivée au bas de l'escalier, elle était bien diminuée, mais les hommes qui restaient n'avaient pas perdu courage : ils rejoignirent les autres Rouennais et continuèrent à combattre vaillamment.

« Notre mission est d'attirer toute l'armée anglaise contre nous, et de mettre le plus de temps possible à nous faire tuer », avait dit Alain Blanchart à sa petite armée, en prenant le commandement de l'expédition ; et il remplissait cette mission en conscience. Un instant, il aurait pu tuer le roi : la pensée ne lui en était même pas venue : un roi couronné, et un homme seul ou presque seul contre tant d'ennemis ! Puisqu'il n'avait pu le faire prisonnier, il ne lui restait plus qu'à prolonger le combat. Il s'escrimait donc de toutes ses forces, à coups de hache ou de coutelas, car l'arbalète ne pouvait servir dans cette mêlée, quand un chevalier, monté sur un destrier blanc, arriva comme le vent, criant d'une voix qui domina le tumulte : « Arrière, Rouennais ! arrière ! rentrez en vos murs ! l'affaire est manquée ! »

C'était Laghen d'Arly. Alain ne prit pas le temps de lui demander des explications : un si bon chevalier ne pouvait mentir. Il donna l'ordre de la retraite, et les assaillants, maintenant poursuivis, se replièrent vers la ville, cavaliers et piétons, les uns protégeant la retraite des autres. Laghen venait le dernier, se retournant sans cesse pour écraser à coups de sa masse d'armes les Anglais qui se risquaient à s'approcher. Il ne s'occupait point de parer les coups : on eût dit qu'il ne les sentait pas. Pourtant, quand il fut rentré en ville et qu'il passa devant les torches des gardes, leur lumière fit voir son armure, sa cotte et jusqu'à la housse de son cheval rayées de sang vermeil, qui coulait à flots de ses blessures. Il traversa la ville morne et muet ; arrivé à la porte Cauchoise, il eut encore la force de mettre pied à terre ; mais il tomba évanoui et mourant dans les bras de ses serviteurs.

On le remonta en son logis, sans que personne, dans la grande foule de gens armés qui se pressait à la porte Cauchoise pour sortir de la ville, s'informât de ce que c'était que ce chevalier blessé. On avait bien autre chose à faire ! On venait d'apprendre en ville que l'avant-garde de l'expédition se trouvait dehors, exposée aux coups des Anglais de Huntingdon, de ceux de Talbot, du comte-maréchal, du duc de Clarence, d'autres encore peut-être. Il fallait aller à son secours, et la porte la plus proche, la porte de Bouvreuil, était hors de service. On racontait avec désespoir, avec colère aussi, qu'à peine le quart de la troupe avait-il été passé, le pont s'était écroulé. Hommes et chevaux avaient roulé dans le fossé, pêle-mêle, se blessant aux piques et aux lances, s'écrasant, se noyant, cherchant en vain à remonter et criant à la trahison. Et les Anglais, profitant de ce désastre, étaient accourus pour tomber sur les hommes d'armes qui avaient déjà franchi le fossé. Le reste des combattants demeurés en deçà de la porte de Bouvreuil se hâtaient de faire un détour pour sortir de la porte Cauchoise, et aller sauver leurs frères d'armes. Encore quelques-uns n'avançaient-ils qu'avec défiance, car on assurait que, si le pont de l'autre porte avait cédé, c'est que des mains traîtresses avaient scié les poutres qui le supportaient.... Mais on n'avait pas à craindre pareille trahison à une porte confiée à la garde d'un aussi loyal chevalier que Laghen d'Arly.... Était-on aussi sûr de Guy le Bouteiller? était-il coupable de trahison, ou seulement de négligence?

Beaucoup de vaillants compagnons mordirent la poussière cette nuit-là, tant Anglais que Français; mais la tristesse de la ville devint plus morne, plus désespérée que jamais. Le soupçon une fois entré dans les cœurs ne trouve plus de chemin pour en sortir. Et puis, dans les braves milices de Rouen, que de places vides! Bourgeois, chevaliers, artisans, avaient marché avec ardeur, croyant aller au-devant de la délivrance, et c'était en pure perte qu'ils étaient tombés. L'armée trahie n'avait pu franchir les lignes anglaises, et sans le dévouement de Laghen d'Arly, qui s'était élancé seul pour avertir Alain Blanchart, les deux mille hommes envoyés contre la Chartreuse de la Rose auraient péri jusqu'au dernier. Noble Laghen d'Arly! au milieu des douleurs de la famine et du froid, de la misère et des deuils, le peuple pour qui il s'était sacrifié pensait encore à lui, et dans les rues où l'on mourait de faim, on murmurait encore des *oremus* pour le salut du bon chevalier. Notables et barons venaient à son logis et s'informaient de l'état de ses blessures; le mire qui les pansait secouait la tête et répondait : « Que Dieu le guérisse! ».

Alain Blanchart vint le visiter, — Alain Blanchart, triste jusqu'à la mort, car il commençait à désespérer du salut de Rouen et il était cruellement frappé dans sa propre famille. Laurent Toustain n'avait pas reparu; s'il n'avait pas péri dans le dernier combat, il était prisonnier des Anglais, et il ne fallait guère compter sur leur humanité. — Simone, exténuée par les fatigues et les privations, se raidissait en vain contre ce coup : elle ne pleurait pas devant son père, mais il devinait au retour les traces des larmes sur son visage : elle n'était plus que l'ombre d'elle-même; et le petit Éloy, sous l'influence du mauvais air et de la faim, dépérissait rapidement. Quand Laghen vit Alain Blanchart auprès de son lit de douleur, il lui tendit la main tristement, et, quand Alain lui parla de guérir vite pour remonter à cheval et courir sus aux Anglais, ses yeux se remplirent de grosses larmes, qui coulèrent sur ses joues balafrées. Le chanoine Robert Delivet vint consoler le blessé, lui parler de Dieu et l'entendre en confession. Quand il le quitta, il était aussi pâle que le mourant, des choses que Laghen lui avait révélées.

Guy le Bouteiller vint enfin — le dernier. « Ne voulez-vous pas voir mon
maître, messire?... » lui dit l'écuyer fidèle, qui savait combien Laghen d'Arly
aimait son frère d'armes. Guy n'osa pas refuser; il monta lourdement les
marches de pierre, et vint se pencher sur le lit où râlait le mourant. Laghen
ouvrit les yeux, le reconnut; il essaya de parler et ne put que balbutier :
« Le cordelier…, le pont… ». Et, sentant que ses forces le trahissaient et que
la mort venait, il se souleva dans un suprême effort et cracha au visage de
Guy le Bouteiller; puis il retomba et demeura immobile, gardant dans la mort
une expression indicible de mépris, de haine et de douleur. Guy le Bouteiller
s'enfuit terrifié, pendant que l'écuyer fermait en pleurant les yeux de son
maître, et murmurait : « Oh! mon cher seigneur, pour que vous ayez fait
cela, il faut que cet homme soit devenu un bien grand misérable! »

XVII

Décembre était venu, décembre, le mois des gaies veillées autour des vastes cheminées, le mois des fêtes de Noël! et le voile de deuil qui s'étendait sur Rouen s'épaississait de plus en plus. La mort de Laghen avait frappé tous les esprits comme un malheur public; et puis, l'écuyer témoin de ses derniers moments avait-il parlé? ou bien était-ce la figure décomposée de Guy le Bouteiller qui avait révélé sa trahison? Toujours est-il que la méfiance accueillait désormais tous les ordres, toutes les démarches du capitaine, et qu'il était sans cesse en discussion avec le Conseil.

On s'y disputait beaucoup, dans le Conseil, chacun proposant un moyen de sauver la malheureuse ville. Envoyer de nouveaux messagers au duc de Bourgogne, — tenter une nouvelle sortie; — fouiller toutes les maisons pour trouver les vivres qui pouvaient y être cachés, — expulser de Rouen les réfugiés des campagnes et des villes environnantes, bouches inutiles et affamées, qui ne servaient qu'à affamer encore les défenseurs de la cité. Enfin quelques voix, timides d'abord, mais qui croissaient peu à peu en nombre et en assurance, parlaient de se rendre au roi anglais. A quoi bon prolonger la résistance? Ne faudrait-il pas toujours finir par ouvrir ses portes? L'armée anglaise pouvait attendre, elle! on voyait des remparts les archers et les soudards anglais occupés à se goberger, et la Seine, en amont comme en aval, couverte de bateaux qui leur apportaient des victuailles, pendant que les Rouennais mouraient de faim. Nul secours à attendre du dehors : si le roi ou le dauphin avaient voulu sauver Rouen, auraient-ils attendu quatre mois sans donner signe de vie? On ne pouvait tenir plus longtemps : le pain, et quel pain! un pain de son et de balle d'avoine! manquait presque entièrement, et on trouvait à peine quelques chiens et chats échappés aux recherches des misérables; tous les ânes avaient été mangés, et on se nourrissait de leurs peaux présentement. On parlait de tenter une sortie : jusqu'où pourrait-elle aller, puisque tous les cavaliers étaient à pied maintenant? Ne fallait-il pas tuer les chevaux pour nourrir la garnison? Non, il n'y avait plus d'espoir, et le mieux était de se soumettre au roi Henry. Se tourner Anglais c'était terrible, sans doute; mais il fallait vivre après tout!

« Il y a des gens qui trouveraient plus facile de mourir! » répondit fièrement un jour Alain Blanchart à maître Guillaume Deshayes, qui prêchait tout bas la paix dans un groupe de bourgeois. Guillaume rougit.

« Et les maladies, maître Alain! L'air de la ville est empesté : on ne suffit plus à enterrer les morts. Ma pauvre petite Gilette....

— Mon Éloy est malade aussi, et Simone est peut-être veuve.... Cela change-t-il notre devoir? Il faut tenir encore! Envoyons une députation à Beauvais : quatre hommes passeront, si une armée ne passe pas.

— Maître Alain Blanchart a raison! dit Guy le Bouteiller; il faut envoyer une députation pour presser les secours. Il est bien vrai que si le duc de Bourgogne ne vient pas....

— Il faut qu'il vienne! interrompit Robert Delivet. Aujourd'hui même envoyons des députés. »

Quatre nobles et quatre bourgeois s'offrirent; ils partirent aussitôt, admonestés par tout le Conseil, et jurant d'adresser telles supplications au roi et au duc, qu'ils n'auraient pas le cœur d'abandonner ainsi leur bonne ville de Rouen.

« Mais cela ne suffit pas! dit alors Colin Gaucher, élu depuis peu membre du Conseil. Le temps passe et la famine augmente : avant que le duc vienne nous délivrer, nous pouvons être tous morts de faim. Encore s'il n'y avait que des Rouennais dans Rouen! c'est un devoir de secourir ses concitoyens. Mais que font dans nos murs tous ces gens de la campagne, toutes ces femmes, tous ces enfants qui dévorent notre substance et finiront par nous forcer à rendre la ville! Il faut les mettre dehors, et qu'ils s'en retournent chez eux; ils n'y seront pas plus malheureux qu'ici, et leur départ nous permettra d'attendre des secours.

— Oui! oui! crièrent quelques voix; expulsons les étrangers!

— Eux partis, nous défendrons la ville jusqu'à la mort! »

Alain Blanchart se tut : c'était nécessaire, ce que proposait Colin Gaucher; mais quelle cruauté! Guy le Bouteiller se récria; alors Colin l'accusa ouvertement de se refuser à ce qui pouvait sauver la ville, et le gouverneur cessa son opposition. Comme on discutait vivement sans pouvoir s'accorder, un serviteur vint chercher Guillaume Deshayes de la part de dame Michelle : la petite Gilette se mourait.

Il trouva près de sa femme désolée Simone, qui cherchait à glisser entre les lèvres desséchées de l'enfant quelques gouttes d'un vin vieux, conservé comme ressource suprême. Mais la maladie, la mauvaise nourriture, le mauvais air avaient miné la vie de la frêle petite créature ; le vin coulait aux coins de sa bouche, elle n'avait plus la force d'avaler. Elle eut un spasme, un soupir, et ce fut tout ; elle demeura sans vie sur les genoux de Simone.

La jeune femme la considéra un instant ; puis elle lui ferma doucement les yeux et déposa un baiser sur son front pâle.

« Ma petite fille ! ma chère petite Gilette ! dit la mère. Simone, que faites-vous ? Est-elle... ?

— Elle ne souffre plus, mon amie,... nous autres, nous n'avons pas fini de souffrir ! elle est heureuse dans le paradis de Notre-Seigneur ! Prenez courage, ma pauvre Michelle ; réconfortez-vous pour l'amour de celle qui vous reste, et que vous nourrissez de votre lait....

— Oh, Simone ! je la perdrai aussi ! je le sens bien ! voyez comme elle est pâle et faible, pauvre petite colombe ! Le jour approche où je serai comme Magdeleine dont j'avais tant de pitié, une pauvre mère sans enfants ! »

Et Michelle couvrit son visage de ses mains et fondit en larmes. Simone lui amena son mari, et les laissa pleurer ensemble et maudire la guerre. Elle venait d'arranger dans son berceau la petite morte vêtue de blanc, belle comme un ange avec ses cheveux d'or, lorsque Magdeleine Lépautre entra tout égarée.

« Dame Michelle,... Simone,... adieu ! Je n'ai pas voulu partir sans vous revoir.... Ah ! l'enfant est morte ! Que Dieu soit loué pour l'avoir prise en pitié : il est moins dur de mourir que de vivre.... Adieu ! adieu ! je n'oublierai jamais vos bontés pour les pauvres exilés....

— Que voulez-vous dire, Magdeleine ? Partir ? où iriez vous ?

— Je ne sais,... dans les bois, dans les champs déserts, où les loups attendront la naissance de mon enfant pour le dévorer.... Pauvre petit enfant qui devait me rendre ceux que j'ai perdus ! Mon mari est mort, noyé dans les fossés à la dernière sortie,... et l'on me chasse ! »

Colin Gaucher l'avait emporté : dans le Conseil, on avait voté l'expulsion des réfugiés, et la terrible nouvelle s'était répandue avec la rapidité de l'éclair. Et maintenant Colin Gaucher pressait l'exécution de l'arrêt. « Cela s'était fait d'autres fois, disait-il pour rassurer les consciences troublées ; lors du siège de Calais, les bouches inutiles avaient été mises hors des remparts, et le roi Édouard troisième, qui était pourtant un seigneur dur et hautain, avait laissé passer ces malheureux, qui avaient gagné sains et saufs les villages d'alentour. Il en serait de même cette fois : le roi Henry, qui se disait envoyé par Dieu, tiendrait à honneur de se montrer miséricordieux, et sans doute sa charité nourrirait les exilés. »

Ce fut avec ces espérances mensongères qu'on tenta de calmer le désespoir des malheureux qu'on chassait de leur asile. De tous les quartiers de Rouen, les bourgeois atterrés, le cœur déchiré par la compassion, virent les longues files des réfugiés se diriger vers les portes de la ville, les jeunes soutenant les vieux, les femmes portant ou entraînant leurs enfants étonnés ; et tout le long des rues un concert de lamentations s'élevait de cette procession déplorable. Il redoubla lorsque, les portes s'étant refermées, les infortunés se trouvèrent entre la ville et le camp anglais, sous la froide bise, sans un abri, sans provisions, mourants de froid et de faim. Ils arrivèrent aux lignes anglaises, et les soldats bien repus du roi Henry virent avec stupeur ces spectres, qui n'avaient plus figure humaine, se jeter sur les débris qui jonchaient le sol et les disputer aux chiens du camp.

La pitié eut son heure, et les exilés purent espérer un instant qu'on les laisserait s'éloigner : dans la campagne, il y avait des villages, des bourgs où on les recueillerait, où ils trouveraient les moyens de continuer leur voyage.

Ils ne connaissaient pas le roi d'Angleterre. La décision des Rouennais l'avait fort irrité : expulser les bouches inutiles, c'était se donner les moyens de prolonger la résistance, et il répondit durement à Gilbert d'Umfréville, qui venait lui demander l'autorisation de laisser les exilés gagner leur pays :

« Tu es fou, Gilbert, et je ne ferai pas de toi un général d'armée. Les laisser passer ! non, de par le Dieu vivant ! Qu'ils restent où ils sont : je veux que les Rouennais les aient sous les yeux, tous les jours.... »

— Mais, sire, ils y périront ! Quoi, entre les canons des remparts, les flèches de nos archers, toutes les machines de guerre... ?

— Nous ne nous servirons plus des nôtres : il est inutile de combattre maintenant, nous n'avons qu'à attendre la soumission de la ville.... Et quant aux gens de Rouen, s'ils ont le cœur chrétien, ils ne pourront pas se décider à tirer sur leurs frères.... S'ils le font, ils méritent bien de ne trouver aucune merci quand leur jour viendra.... Porte mes ordres à tout le camp, Gilbert : qu'on ne laisse pas approcher ces gens de nos tentes, ils pourraient révéler nos dispositions à l'ennemi ; qu'on les tienne à distance.... Ah !... en l'honneur de la Nativité de Notre-Seigneur, dont la fête aura lieu ce mois-ci, je ne m'oppose pas à ce qu'on distribue quelques aumônes à ces malheureux, le saint jour de dimanche, par exemple, et le jour de la fête de saint Thomas, le bienheureux apôtre, comme aussi le saint jour de Noël, si la ville n'est pas rendue auparavant. »

Il fut impossible d'obtenir davantage du roi Henry. Les malheureux exilés s'établirent dans les fossés, où bientôt on ne sut plus distinguer les morts des vivants, tant ils étaient confondus pêle-mêle. Ils arrachaient au revers des fossés des herbes et des racines, rares et amères, heureux quand ils en trouvaient, car ils n'avaient rien autre pour apaiser leur faim : les secours dérisoires que leur laissait parvenir la charité calculée du roi d'Angleterre ne pouvaient servir qu'à prolonger leur martyre. Il en mourait assez d'ailleurs, de faim, de froid et de misère ; dans les combats qui se livraient encore de temps à autre, il arrivait souvent qu'une pierre, une flèche, un trait égaré allait frapper quelqu'un d'entre eux, qui tombait pour ne plus se relever. D'autres mouraient sans bruit, s'en allant de faiblesse, sans que leurs compagnons s'aperçussent que la vie les avait quittés.

Les députés revinrent de Beauvais : peut-être le roi Henry, dédaignant des ennemis vaincus, n'avait-il pas voulu mettre obstacle à leur passage. Le jour de leur retour fut le dernier jour d'espoir des Rouennais.

« Nous avons vu le roi, nous avons vu le duc ! dit le chef de la députation. Le roi n'est pas encore en force pour nous secourir, mais nous devons tenir encore et avoir bon courage : nous serons bientôt délivrés.

— Bientôt ! repartit amèrement Alain Blanchart. Quand sera-ce, bientôt ?

— Le quatrième jour après Noël, messire, le duc de Bourgogne l'a promis lui-même. Deux semaines encore, et Rouen verra les Anglais replier leurs tentes.

— Deux semaines ! murmurèrent tristement les bourgeois : que de malheurs d'ici là !

— Nous avons envoyé un héraut au roi anglais, dit le bailli, pour le supplier de laisser les pauvres gens des fossés s'en retourner chez eux. C'est à fendre le cœur, de les voir pâtir et périr en si grand nombre.

— Le héraut est revenu, reprit le maire : le roi est inflexible.

— Ah ! dit Guillaume d'Houdetot, je suis vieux dans le métier de la guerre ; mais je n'ai jamais vu un homme qui eût le cœur aussi dur que ce roi anglais : que Dieu le maudisse !

— Et Dieu le maudira ! s'écria Robert Delivet. Écoutez : s'il ne craint pas les hommes, peut-être redoutera-t-il les foudres de l'Église. Venez avec moi : au nom de l'archevêque que je représente ici, au nom de l'Église, au nom de Dieu, je lancerai l'anathème à la face du roi Henry ! »

Le roi d'Angleterre, entouré de ses barons, devisait paisiblement des affaires d'Angleterre et de France, lorsqu'un écuyer vint lui dire qu'on remarquait un grand mouvement dans la ville assiégée, sur les remparts voisins de la porte Saint-Hilaire.

« S'apprêtent-ils à sortir, milords, dit le roi, ou bien se décident-ils à nous apporter les clefs de la ville ? S'il en est ainsi, il faut aller savoir ce qui se passe. »

La brillante escorte du roi Henry, chevaliers empanachés, écuyers couverts de fer et gracieux pages, s'en vinrent caracoler à quelque distance de la porte

8

Saint-Hilaire. Là le chanoine Robert Delivet, entouré de tout le clergé de la ville, de tout le chapitre, de tous les abbés mitrés, se tenait debout, le bras étendu vers le camp anglais. Le jour était sombre, mais tous les clercs tenaient des torches allumées dont la fumée épaisse montait vers le ciel, et dont les flammes aux reflets sanglants faisaient étinceler l'or et les pierreries des chapes, des mitres et des crosses. Au loin, sur les remparts, se pressait une foule attentive et silencieuse.

« Que font-ils là, sire? demanda tout bas Gilbert d'Umfréville au roi.

— Paix ! » dit Henry durement.

Gilbert se tut et écouta. Robert Delivet parlait, et ses bras levés vers le ciel semblaient à la fois implorer et menacer. La distance était trop grande pour qu'on pût entendre ses paroles; mais le vent apportait jusqu'au groupe royal les éclats de sa voix vibrante et passionnée. Tout à coup, par un mouvement brusque, comme un coup de hache, il abattit ses deux bras à la fois, et sembla terrasser un ennemi invisible.

Toutes les torches s'abaissèrent en même temps, et s'éteignirent au milieu d'une clameur immense, d'un cri poussé par tous les clercs, et répété par tout le peuple. Et cette fois, la brise apporta aux oreilles du roi l'écho de ce cri : *Maledictus.*

« Je crois comprendre, murmura le roi d'Angleterre entre ses dents serrées. Gilbert, quel est ce vassal qui, sous privilège de clergie, se croit permis de lancer l'anathème contre son suzerain ?

— C'est le chanoine Robert Delivet, Votre Grâce, le vicaire général de l'archevêque.

— Robert Delivet : je me souviendrai de ce nom, dit le roi d'une voix sifflante. Rentrons, milords ; ce n'était rien qu'un spectacle curieux à voir. »

Cependant les pauvres gens des fossés tendaient leurs mains suppliantes vers Robert Delivet et les prêtres qui l'accompagnaient.

« Pitié ! grâce pour nos âmes ! criaient-ils. Nous mourons sans être absous de nos péchés ; et voici des enfants nouveau-nés qui vont trépasser sans avoir reçu la grâce du saint baptême !

— Sauvons du moins les âmes, à défaut des corps ! dit Robert Delivet. Recueillez-vous, mes frères, et dites votre *mea culpa !* »

Il se pencha en dehors du rempart et prononça d'une voix brisée par les larmes la formule de l'absolution. Puis, par son ordre, on descendit dans les fossés des corbeilles suspendues à des cordes ; les exilés y déposèrent les nouveau-nés, et le chanoine les fit emporter vers l'église la plus voisine, pour les y baptiser.

Tristes baptêmes ! Les parrains et les marraines improvisés, qui s'étaient offerts spontanément, juraient fidélité à la foi chrétienne, au nom d'êtres qui n'avaient que quelques jours de vie, et qu'on allait rendre à leurs mères « pour qu'ils mourussent avec elles ». Leur cortège se rencontra avec un autre aussi triste ; l'enterrement d'un enfant. Derrière le petit cercueil couvert d'un drap blanc, maître Guillaume Des-hayes, tout en larmes, soute-nait Michelle éperdue de dou-leur, que Simo-ne s'efforçait en vain de conso-ler. Le petit Éloy, tout triste lui aussi, pâle et chétif, se serrait contre sa sœur.

« Que de petits enfants ! mur-mura Michelle. Il y a des mères qui ont encore des enfants ! moi je n'en ai plus !

— Et il y a aussi des enfants qui n'ont pas de mère ! lui dit une femme qui por-tait dans ses bras un des nouveau-nés qu'on pré-sentait au bap-tême. Voyez,

Toutes les torches s'abaissèrent en même temps.

dame Michelle, voilà une pauvre petite qui ne sera plus demain : les gens des fossés, en me la donnant pour la faire baptiser, m'ont dit que sa mère venait de mourir. »

Michelle leva vers l'enfant un regard indifférent. Tout à coup elle tressaillit.

« Oh, mon Dieu ! dit-elle, vois donc, Guillaume ! elle a des langes et un bonnet à ma pauvre petite que j'avais donnés à Magdeleine! Est-ce donc l'enfant de Magdeleine? Donnez-le-moi! »

Elle prit l'enfant dans ses bras, et elle reconnut à son cou une chaîne et une médaille que portait toujours Magdeleine Lépautre. La pauvre mère, se sentant mourir, avait transmis à sa fille le seul héritage qu'elle eût à lui laisser.

Des larmes jaillirent des yeux de Michelle et tombèrent sur le visage de l'enfant, qui, réveillée par cette pluie tiède, se mit à crier.

« Elle a faim! » murmura Michelle attendrie. Et, par un mouvement instinctif, elle la glissa sous sa mante, et lui donna la place et la nourriture que son enfant, à elle, ne réclamerait plus jamais.

La petite fille, apaisée, but à longs traits le lait bienfaisant qui lui rendait la vie. Quand ce fut son tour d'être baptisée :

« Laissez-la-moi! dit Michelle à la femme qui l'avait apportée. Je serai sa mère…. N'est-ce pas, Guillaume, que nous l'adopterons? Elle n'a plus de parents et nous aurons encore un enfant! »

C'est ainsi que l'enfant des exilés d'Harfleur devint la fille adoptive de dame Michelle et de maître Guillaume Deshayes, et la filleule d'Alain Blanchart et de Simone.

XVIII

VAINCUS PAR LA FAIM

L E quatrième jour après Noël s'était écoulé; deux jours s'étaient encore
passés depuis, et le renfort promis n'avait point paru. Un message du duc
de Bourgogne vint enfin : on ne pouvait rien pour les gens de Rouen, et il les
engageait à traiter avec le roi d'Angleterre, du mieux qu'ils pourraient pour
leur salut. Tout espoir était donc perdu! Les bourgeois auraient voulu tenir
encore; la garnison s'y était refusée. Ce n'était pas pour elle une question de
vie ou de mort, ce n'était pas une question de patrie; étrangère à la ville et
à la province, il lui suffisait que l'honneur fût sauf, et il l'était, puisque la
famine seule avait pu les amener à traiter.

Dans l'après-dînée du deuxième jour de janvier de l'an 1419, Alain
Blanchart et ses enfants étaient, comme dix-huit mois auparavant, pour la
fête de l'Oison bridé, réunis chez maître Guillaume Deshayes. Mais maître
Guillaume Deshayes n'était pas là; élu par le Conseil, il avait dû faire partie
de l'escorte des notables de la ville, nobles ou bourgeois, qui s'en allaient
humblement supplier le roi d'Angleterre de vouloir bien recevoir en grâce la
ville de Rouen et ses habitants. On l'attendait, et c'était pour entendre les
nouvelles qu'il apporterait que dame Michelle avait retenu ses visiteurs à
souper.

Tout en berçant dans ses bras la petite Nicolette (on l'avait nommée ainsi,
parce qu'on avait su des gens des fossés qu'elle était née le jour de saint
Nicolas), Simone suivait des yeux dame Michelle faisant les préparatifs de
son maigre souper : elle songeait au passé, à l'avenir, et il lui semblait que
son cœur allait éclater, s'il y devait entrer encore quelque douleur nouvelle.
Quoi! c'était dans cette même salle qu'elle était venue, si gaie, si jeune, si

confiante dans la vie, présenter son fiancé à Michelle et à son mari! Comme tout avait changé! Était-il bien possible qu'elle fût veuve! Sa vie de jeune femme lui faisait l'effet d'un rêve; elle ne se rappelait pas son mari causant gaîment avec elle au coin du foyer, ou jouissant du calme d'une belle soirée d'été dans les sentiers ombragés des rives de la Seine; non, elle le revoyait toujours, prêt pour la bataille, faisant résonner la maison du cliquetis de ses armes, ou venant un instant se reposer entre deux gardes, sans oser lui dire : « Au revoir! » quand il la quittait.... Un jour, en effet, il était parti, et elle ne l'avait plus revu. Allait-elle donc perdre ainsi tout ce qu'elle aimait? Déjà sa ville natale était perdue pour elle : son père, elle le savait bien, ne voudrait pas rester Anglais,... elle ne le voudrait pas non plus, d'ailleurs. Où iraient-ils? la France elle-même n'était-elle pas en danger, et l'Anglais ne mettrait-il pas bientôt partout son léopard à la place des fleurs de lis? Elle regarda son père ; lui, si vaillant, si fort, infatigable à la tête de ses arbalétriers, lui qui semblait de fer contre les privations et les souffrances, il avait maintenant l'air d'un vieillard éteint et affaissé. Une inquiétude plus vive lui serra le cœur : survivrait-il à la ruine de sa patrie? Elle s'approcha de lui et posa ses lèvres sur son front. Il l'attira dans ses bras et murmura tout bas : « Ma pauvre fille!

— Voici mon mari », dit Michelle, qui courut ouvrir la porte de la salle. Maître Deshayes entra.

« Eh bien? lui demanda sa femme en l'aidant à se débarrasser de sa houppelande fourrée.

— Eh bien, nous aurons la paix! c'est une bonne nouvelle, j'espère! Demain il y aura une conférence pour les conditions : on va construire deux pavillons pour cela. En attendant, nous avons une trève — et j'ai pu acheter en cachette dans le camp anglais ce morceau de pain et ce quartier de mouton, — mets-les sur la table, Michelle; il y a longtemps que nous n'aurons eu un pareil souper.

— Et comment l'entrevue s'est-elle passée? demanda Simone.

— Très bien; le roi d'Angleterre est le plus bel homme qu'on puisse voir. Il faut que je vous narre les choses depuis le commencement. Avant-hier donc, dans la nuit, nous sommes allés demander à parler aux lords dont les tentes étaient le plus près : les frères du roi, son oncle, le comte-maréchal, un autre encore; personne n'a voulu nous entendre. Enfin, à la porte du Grand-Pont, un chevalier est venu nous demander ce que nous voulions; et sur notre réponse, que nous voulions parler à un chevalier de haut lignage, il nous a dit qu'il était chevalier et qu'il s'appelait Gilbert d'Umfréville.

— C'est une ancienne famille de Normandie, les Umfréville, n'est-il pas vrai, père? » dit Simone.

Alain Blanchart approuva d'un signe. Guillaume reprit :

« Alors, comme il se trouvait être un compatriote, nous l'avons prié de nous aider à parvenir jusqu'au roi ; et il l'a fait dès le lendemain matin. Il est venu nous rendre réponse, et nous dire que le roi nous recevrait le jeudi matin ; il nous a conseillé aussi de prendre garde d'avoir la langue trop longue, parce que le roi était sujet à se fâcher promptement. Ce matin donc, sir Gilbert d'Umfréville est venu nous prendre à la porte Saint-Hilaire, et nous a conduits à la Chartreuse, où nous avons attendu le roi dans la grande salle du prieur des Chartreux : c'est là qu'il a fait dresser son trône. Nous l'avons attendu quelque temps ; il entendait la messe dans la chapelle ; enfin il est venu. Quel bel homme et quel roi majestueux ! Il nous a semblé plus grand que tous les seigneurs qui l'entouraient, et il a des yeux qui vous percent jusqu'au fond du cœur. Nous nous sommes mis à genoux pour lui présenter notre supplique, qu'il a fait prendre par son oncle le duc d'Exeter ; et puis il nous a ordonné de parler. Alors messire Guillaume Le Mesle, l'abbé de Sainte-Catherine, lui a dit : « Sire, au nom de celui qui mourut le vendredi saint, nous vous prions de prendre en pitié les pauvres gens qui meurent dans les fossés, et de leur donner congé pour qu'ils retournent chez eux.

— Eh bien, le fera-t-il ? demanda vivement Simone.

— Je ne sais. Il nous a reproché de les avoir chassés et de lui avoir été rebelles en refusant la ville de Rouen, qui est sienne par droit d'héritage.

— Qui est sienne ! s'écria amèrement Alain Blanchart. L'héritage des lis de France ! Rouen est au roi Charles, qui nous l'a donnée à garder, c'est de lui que nous sommes les hommes-liges, et c'est notre devoir de défendre sa ville !

— C'est ce que lui a démontré très humblement le sire de Rie ; et il a demandé à envoyer encore un message au roi et au duc Jean. Mais le roi Henry a froncé les sourcils, en répondant qu'il ne voulait point attendre plus longtemps, et que le roi Charles et le duc de Bourgogne savaient bien où il était. Il a ajouté qu'il aurait Rouen malgré ceux qui étaient dedans, et qu'il les traiterait de telle sorte, qu'ils se souviendraient de lui jusqu'au dernier jugement.

— Seigneur ! s'écria Michelle en joignant les mains, que va-t-il advenir de nous ?

— Je n'avais pas une goutte de sang dans les veines, reprit maître Deshayes ; et si vous aviez vu de quel air terrible il disait cela ! Mais nos députés et même ses lords l'ont tant prié, qu'il s'est un peu radouci ; et il a accordé une trêve pour traiter de la soumission de la ville. Sir Gilbert d'Umfréville nous a reconduits jusqu'à la porte Saint-Hilaire ; il viendra nous y prendre demain matin. Soupons maintenant : quel beau pain blanc ! comme il y a longtemps que nous en sommes privés ! »

Le souper fut triste; en dépit des exhortations de maître Guillaume, Alain Blanchart et Simone ne pouvaient manger : ce pain, le pain de la capitulation, leur restait au gosier. Le petit Éloy aurait mangé de bon appétit, le pauvre enfant! mais il voyait son père et sa sœur si tristes, que cela lui coupait l'appétit; d'ailleurs il avait l'estomac rétréci par le manque de nourriture. Il quitta bientôt la table et s'en alla bercer tout doucement sa petite Nicolette. Alain Blanchart et Simone ne tardèrent pas beaucoup à se lever et à prendre congé de leurs hôtes.

Quand Simone, après avoir allumé le chandelier de son père et lui avoir préparé son lit pour la nuit, s'approcha de lui pour lui souhaiter le bonsoir quotidien, elle le trouva si sombre, qu'elle ne put se résoudre à le laisser ainsi. Se glissant sur ses genoux, comme quand elle était enfant, elle lui entoura le cou de ses bras, et, baisant doucement ses cheveux devenus gris depuis le commencement du siège, elle essaya de le relever par de douces paroles. « Tout n'était pas encore perdu; Dieu ne pouvait pas abandonner ainsi le beau pays de France; un jour viendrait où ces farouches Anglais seraient chassés à leur tour. En attendant, les exilés s'en iraient vivre sur quelque terre fidèle aux fleurs de lis : il en restait encore, sans doute! Ils travailleraient, ils s'aimeraient, ils prépareraient la revanche, ils élèveraient Éloy dans la haine de l'Angleterre et dans l'amour de la France; et un jour viendrait, où ils rentreraient triomphants dans Rouen délivrée des étrangers! »

Alain soupira; mais il sourit avec amour à Simone.

« Tu es une noble fille, lui dit-il; et je suis fier de toi. Va dormir, mon enfant, et prie Dieu de te donner du courage,... il nous faut être prêts à tout! »

Il avait raison, le vaillant chef des milices rouennaises. Les conférences s'ouvrirent le lendemain, dans des pavillons de drap d'or et de tapisseries précieuses; les hérauts d'armes couverts de cottes armoriées, les seigneurs des deux partis, étalant sur leurs armures et sur leurs vêtements des broderies étincelantes et des pierreries qui jetaient mille feux, allaient et venaient d'un pavillon à l'autre, sous les yeux de la population éblouie, accourue sur les remparts; et, pendant ce temps, on continuait à mourir dans les fossés. Mais les négociateurs ne pouvaient s'entendre : les Rouennais demandaient des garanties; le roi exigeait que la ville se rendît à discrétion. On savait ce que cela voulait dire : pillage, incendie et massacre.

Le troisième jour, lorsque les négociateurs, désespérés et n'ayant rien conclu, vinrent rendre compte de leur mission au Conseil, leur récit fut accueilli par un morne silence. [Dans la rue, le peuple murmurait : « C'était, disaient les mécontents, la faute des riches, si l'on ne parvenait pas à s'accommoder avec le roi d'Angleterre : ils voulaient sauvegarder leurs richesses, et ils n'avaient pas pitié du pauvre peuple qui mourait de faim. »

« Ouvrez les portes toutes grandes, cria le maire Jean Segneult; il s'agit de la perte ou du salut de tous, il faut que chacun puisse librement donner son avis. »

Les portes furent ouvertes, et la multitude afflua dans la salle du Conseil.

« Il faut derechef supplier le roi! disait une voix.

— A quoi bon? il est impitoyable! répondait un des députés.

— Nous n'avons plus qu'à nous soumettre, dit un autre.

— Oui, pour que la ville soit brûlée et tout le peuple passé au fil de l'épée!

— Il faut envoyer un message au duc de Bourgogne!

— Il nous a abandonnés lâchement!

— Il faut attendre encore.

— Attendre! et la faim?

— Sortons! mourir pour mourir, il vaut encore mieux tomber en combattant que de se laisser égorger comme bétail de boucherie!

— Oui! oui! aux armes! mourons les armes à la main.

— Ouvrons nos portes et laissons-les entrer; et quand ils seront dans nos rues, tendons les chaînes, et écrasons-les du haut des maisons! »

Depuis qu'on parlait de se battre encore, Alain Blanchart s'était redressé. Il se leva, vint au milieu du Conseil, et, montant sur la table pour être mieux vu, il fit de la main un signe pour commander le silence.

« Hommes de Rouen, mes frères! dit-il d'une voix puissante, nous sommes perdus, n'est-ce pas? Rien ne peut nous sauver? Eh bien, trompons l'avide cruauté de ce roi qui nous prend par famine, n'ayant pas pu nous vaincre. Il voulait Rouen : il ne l'aura pas! Réunissons-nous tous, les femmes, les enfants, les vieillards, les infirmes, et, en avant et autour d'eux, tous les hommes pouvant se servir d'une arme. Puis mettons le feu nous-mêmes à nos palais, à nos églises, à nos maisons, et, à la lueur de l'incendie, précipitons-nous hors de la ville et ruons-nous sur le camp anglais. Ceux qui passeront iront où Dieu voudra les conduire : ceux qui tomberont,... leur sort ne sera pas pire que celui que nous réserve le roi Henry! »

Des cris d'enthousiasme lui répondirent. Sur-le-champ la décision fut prise; comme les Anglais étaient en force devant toutes les portes, on minerait un pan de muraille en le soutenant par des étais; le moment venu, on jetterait le mur dans le fossé, et par cette trouée les Rouennais, tous ensemble, s'en iraient chercher la mort ou le salut.

Personne ne s'était aperçu du départ de Guy le Bouteiller; personne ne le vit, caché derrière un pilier des halles, échanger quelques rapides paroles avec

un moine qui s'éloigna ensuite à grands pas dans la direction de la porte
Saint-Hilaire. Mais, à une heure de là, un page vint dire au roi que sire
Thibault Larcher demandait à lui parler pour affaire importante et pressée.
Aux nouvelles qu'apportait l'espion, les yeux du roi brillèrent de colère,
et il se mordit la lèvre jusqu'au sang; mais il reprit vite possession de
lui-même.

« Ces enragés, dit-il, me détruiraient ma conquête au moment où je la
tiens.... Gilbert, allez me chercher l'archevêque de Cantorbéry, que je lui
donne des instructions; et faites annoncer sa visite aux Rouennais; c'est
lui que je chargerai de traiter avec la ville. »

XIX

APRÈS LA VICTOIRE

LE roi d'Angleterre, tout vêtu de drap d'or, était assis sur un trône élevé, au milieu de la grande salle de la Chartreuse. Derrière lui ses frères, son oncle, ses grands officiers, les chefs qui l'avaient aidé à prendre Rouen se tenaient debout, couverts d'habits magnifiques; et, près de lui, sir Gilbert d'Umfréville portait de la main droite, sur la pointe d'une lance, le casque couronné du vainqueur. Les murailles de la salle disparaissaient sous les riches draperies, où l'on voyait briller en broderie d'or, parmi les devises de France et d'Angleterre, la devise particulière de Henry : « Jamais ! »

Un mouvement se fit à la porte de la salle, et le gouverneur de Rouen, le capitaine du château Guy le Bouteiller, entra tête nue, suivi des signataires du traité, marchant entre deux rangées de soldats anglais. Il était pâle, mais il tenait la tête haute, comme s'il eût voulu braver les regards qui s'attachaient sur lui. Il portait entre ses mains, sur un large plateau d'argent curieusement travaillé, les clefs de la ville; et il s'agenouilla au pied du trône en disant : « Très victorieux Sire, voici les clefs de cette ville que par traité et par conquête nous vous rendons, moi et mes compagnons ici présents.

— Je les reçois, dit le roi étendant la main. C'est à vous, sir Thomas d'Exeter, notre oncle glorieux et vénéré, que je les confie : allez prendre sur-le-champ le gouvernement de la ville, et maintenez-y le bon ordre. Je veux que ma bannière flotte aujourd'hui même sur le château de Rouen.... Vous, sire capitaine, et vous, nobles et bourgeois de ma bonne ville, je suis aise de vous voir ici. Vous n'avez encore connu que ma rigueur, je veux que vous connaissiez ma clémence.... Oh! je sais qu'il y a des rebelles dans Rouen : je

n'en suis pas fâché, leurs biens me serviront à récompenser mes fidèles serviteurs.... N'oubliez pas que je suis duc de Normandie par droit de naissance,
et que nul ne peut y posséder de terre, s'il ne m'a prêté serment d'allégeance, comme à son légitime seigneur.... Messire Guy le Bouteiller, vous
êtes Normand, je crois? Vos biens vous seront conservés; et comme notre
oncle d'Exeter aura besoin auprès de lui de quelqu'un qui connaisse la ville
de Rouen, je vous nomme dès aujourd'hui son lieutenant pour le gouvernement de ladite ville. »

Guy s'inclina profondément.

« Mes dons ne se borneront pas là, reprit le roi. Vous n'êtes point marié,
que je sache? et il me plaît, à moi, de mettre les beaux fiefs de mon domaine
entre les mains de vaillants chevaliers et de loyaux serviteurs. Nous avons
ici une veuve riche et belle, dont notre bien-aimé comte de Warwick a conquis le domaine et le château; selon la loi féodale, c'est à nous qu'il appartient de la fournir d'un mari.... Gilbert, faites amener ici notre prisonnière,
la dame de la Roche-Guyon. »

Les yeux de Guy brillèrent de joie : Thibault Larcher n'avait pas menti!
Et pendant que les autres députés de Rouen, qui se soumettaient le cœur
brisé, courbaient la tête de honte en se demandant s'il leur faudrait subir eux
aussi les dégradantes faveurs du roi anglais, il attendit, ivre d'orgueil, l'arrivée de Perrette de la Rivière.

Elle entra, accompagnée de ses enfants, triste et pâle dans ses longs habits
de deuil qu'elle n'avait pas quittés depuis la bataille d'Azincourt, mais
presque aussi belle que dans ses jeunes années. Gilbert d'Umfréville l'amena
devant le roi.

« Voici trop longtemps, belle dame, lui dit Henry d'un ton où il entrait
plus d'autorité que de galanterie, voici trop longtemps que vous portez ces
vêtements de veuve. Comme votre suzerain, j'ai le devoir et le droit de vous
pourvoir d'un mari, afin que le fief de la Roche-Guyon ne tombe point en
quenouille.... J'ai accordé votre main au vaillant chevalier que voici, le sire
Guy le Bouteiller, lieutenant du gouverneur de la cité et château de Rouen,...
et je désire que le mariage soit célébré aujourd'hui même, dans la chapelle
de cette abbaye. Donnez la main, noble dame, à votre futur époux! »

Au lieu d'obéir au roi, Perrette de la Rivière retira vivement sa main, que
Guy essayait de prendre, et elle recula de deux pas.

« Prenez garde, madame, lui dit tout bas Gilbert d'Umfréville, qui vit
la colère contracter le visage du roi. Sa Grâce veut donner un père à vos
enfants.... »

Elle n'eut pas le temps de répondre. Son fils s'élança devant elle, tenant
par la main sa petite sœur.

La dame de la Roche-Guyon entra accompagnée de ses enfants.

« Un père! dit-il en regardant en face Guy le Bouteiller avec des yeux enflammés de haine; le nôtre est mort pour son roi, et nous ne serons jamais les enfants d'un traître! »

Une sourde rumeur parcourut la vaste salle. Mais parmi tous ces chevaliers anglais, effrayés de l'audace de l'enfant, il ne s'en trouvait peut-être pas un seul qui ne fût aise, au fond de son cœur, de l'injure adressée à Guy le Bouteiller.

« Votre fils a besoin d'un maître qui le châtie, madame! dit sévèrement le roi, car vous l'avez bien mal élevé.

— Et moi vivante, il n'aura pas d'autre maître que le roi de France, répondit courageusement la jeune femme. Pardonnez-moi, Sire : un roi doit estimer la fidélité. Je me suis rendue à la force, et l'héritage de mes enfants est entre vos mains; mais vous n'aurez pas notre hommage, et je resterai veuve jusqu'à mon dernier jour! »

Le roi bondit de colère, et Gilbert trembla pour la malheureuse Perrette; mais Henry se contint, et lui dit d'un ton qui s'efforçait d'être calme :

« Nous verrons, belle dame, si vous ne changerez pas de langage quand il vous faudra quitter votre riche domaine, votre beau château, vos lits moelleux et vos pierreries, pour vous en aller mendier par les chemins! Croyez-vous que je veuille laisser le fief de la Roche-Guyon aux mains de mes ennemis? Vous me jurerez fidélité, vous et vos enfants, ou il ne vous restera pas un denier de tous vos biens.

— Nous emporterons notre honneur, Sire! » répondit la veuve avec fermeté.

Et, sur un signe du roi, elle suivit Gilbert d'Umfréville, pendant que le vainqueur recevait le serment d'allégeance du nouveau seigneur de la Roche-Guyon, et que le duc d'Exeter, entré dans la ville vaincue, déployait sur le vieux château de Philippe-Auguste l'étendard du roi d'Angleterre.

Le lendemain, toute la garnison, hommes d'armes, varlets et chevaliers, sortit par la porte du Grand-Pont, et défila devant les commissaires anglais, en bel ordre de bataille, ses chefs en tête, sans armes pourtant; la capitulation ne leur laissait que la vie sauve, avec la liberté d'aller où ils voudraient, à condition de ne pas combattre les Anglais de toute une année. Les braves capitaines qui avaient tant supporté et si vaillamment combattu pour la défense de Rouen, le sire d'Ambrénay, André de Roches, Antoine de Toulongeon, Henry de Chauffour, et tant d'autres, marchaient fièrement sous leurs riches manteaux fourrés, parés de leurs plus brillants joyaux : ils ne voulaient pas paraître abattus ni humiliés. Mais le premier qui se présenta fut arrêté par une main rude.

« Que faites-vous? dit-il avec colère au commissaire anglais qui le retenait.

— C'est l'ordre du roi, messire : la garnison a la vie sauve, mais ne doit rien emporter de la ville. Veuillez vous dépouiller de ce manteau, — de cette cotte, — de ce collier, — de ces joyaux. Sa Grâce, par don bénévole, en sa grande générosité, vous octroiera à chacun une robe.

— Voleurs! » murmura le chevalier, pendant que ses riches vêtements passaient dans les mains des gardes anglais. Il lui fallut aussi livrer sa bourse, sur laquelle on lui laissa deux sous pour tous frais de voyage ; et ainsi dépouillé, et affublé d'une vieille robe que lui jetèrent les détrousseurs du roi Henry, il franchit la porte du Pont. Mais, si le roi d'Angleterre avait cru trouver là un moyen de remplir ses coffres, il fut trompé dans son attente. Chevaliers, hommes d'armes, jusqu'aux simples varlets, indignés de cette pillerie et peu soucieux d'enrichir l'ennemi à leurs dépens, se débarrassaient à la hâte de leurs richesses et les jetaient dans le fleuve, étonné d'emporter dans son courant des panaches et des joyaux, du velours et de la soie. On voyait les bourses pesantes tomber dans l'eau avec un bruit sourd, et disparaître au centre de cercles qui allaient en s'élargissant pour s'effacer bientôt tout à fait ; les manteaux de velours vermeil ou azur, les cottes vertes des archers, les huques brodées des chevaliers flottaient un instant, s'en allant au fil de l'eau, et, entraînées par le poids de leurs ornements, plongeaient bientôt pour ne plus reparaître, au grand désappointement des Anglais, qui essayaient en vain de les accrocher au passage. Et les défenseurs de Rouen, qui s'en allaient avec deux sous dans leur poche, couverts de haillons dont les gratifiait la générosité du roi Henry, ne pouvaient s'empêcher, malgré leur colère, de rire de la déconvenue du vainqueur.

« Canailles! disait Antoine de Toulongeon. Je les ai bien regardés au visage : qu'il en vienne quelqu'un sur mes domaines de Bourgogne, et je lui ferai voir que j'ai bonne mémoire.

— Bah! dit Henry de Chauffour, ce sont des valets, ils exécutent leurs ordres!

— Il y a des ordres qu'on n'exécute pas!

— Ce qui m'amuse, reprit le sire d'Aubrenay, c'est qu'ils n'y ont rien gagné. Avez-vous vu leurs mines, pendant que tout le butin faisait le plongeon au fond de la Seine? Il y aura peut-être de bons pêcheurs normands qui se trouveront enrichis pour le reste de leurs jours.

— En attendant, nous ne sommes pas riches, nous autres!

— Il est vrai,... ni beaux non plus....

— Cela dépend : vous avez tout à fait bon air, messire Antoine, avec cette vieille robe noire.

— Et vous donc, avec cette houppelande qui n'a plus de couleur!

— Elle n'a que des trous, au moins! la vôtre est pleine de taches!... Ah!

voyez là-bas ce cortège qui brille au soleil : c'est sûrement le roi Henry avec ses lords et ses capitaines, qui s'en va faire son entrée dans la ville.

— Pauvre ville! braves gens! On peut dire qu'ils ont tenu jusqu'au bout; même mourants de faim, il n'y en avait guère qui demandaient à se rendre. Il y a là des hommes que je n'oublierai jamais : le vicaire de l'archevêque, le maire, le chef des canonniers, le capitaine des arbalétriers et de la milice....

— On dit qu'ils sont exceptés de la capitulation, ceux-là justement.

— Oui, le roi les condamnera à avoir le cou coupé, et puis il leur fera grâce pour de l'argent : ils pourront racheter leur vie, s'ils sont riches....

— Et s'ils ne le sont pas?

— Ah! s'ils ne le sont pas.... Les autres payeront pour eux, j'imagine. Moi, je suis prêt à donner tout ce qu'on voudra pour la rançon de si braves gens.

— Donner quoi, messire? les deux sous du roi d'Angleterre? »

Cette remarque fit rire les chevaliers; hier riches, aujourd'hui pauvres, c'étaient là les vicissitudes de la guerre, et l'habitude les leur avait rendues familières.

Pendant qu'ils s'éloignaient pour aller chercher leur vie loin de la Normandie, les cloches de la ville sonnaient à toutes volées pour l'entrée du conquérant. On avait dû confier à un Anglais le soin de mettre en branle la *Rouvel*, à vénérable cloche du beffroi : le sonneur avait disparu, ne voulant pas fêter le vainqueur détesté. Dans les rues, la population curieuse de son malheur se pressait frémissante et muette. Malgré les ordres du roi, il restait encore bien des cadavres qu'on n'avait pas eu le temps d'enlever; il y avait eu bien des oublis dans la distribution des vivres faite au peuple affamé. Partout on rencontrait des corps étendus, on entendait des voix mourantes qui gémissaient : « Du pain! du pain! » et la foule elle-même semblait une réunion d'ombres sorties des tombeaux, avec leurs yeux caves, leur teint livide et leur maigreur de squelettes. Dans les maisons, on se redisait tristement les dures conditions du traité : l'énorme rançon imposée à la ville, l'enlèvement des chaînes des rues, le serment de fidélité exigé de tous les habitants; quatre-vingts otages, pris tant parmi la noblesse que parmi la bourgeoisie, pour répondre de la soumission de la ville; et enfin la sentence suspendue au-dessus de neuf têtes exceptées de la capitulation, que le roi réservait à sa merci. On se disait tout bas leurs noms avec douleur et pitié, en priant Dieu de toucher en leur faveur l'âme du roi d'Angleterre, car du côté des hommes il n'y avait pas de secours possible pour eux.

Michelle écoutait, toute pâle et consternée, ces terribles choses, que lui expliquait son mari, aussi désolé qu'elle, car le nom de leur ami et parent Alain Blanchart était en tête des neuf proscrits, lorsqu'une grande rumeur dans la rue l'attira à la fenêtre.

« Ah, mon Dieu! Guillaume, viens donc voir! dit-elle à son mari; c'est toute la procession du clergé qui a déjà passé il y a une heure, qui revient des remparts. On disait qu'ils étaient allés au-devant du roi Henry.... Toutes les paroisses y sont : sept croix d'or d'abbés, et toutes les croix des couvents qui sont dans la ville.... Ils ont leurs plus beaux ornements! faut-il que ce soit pour l'ennemi!...

— Tais-toi, femme, tais-toi; si l'on t'entendait! j'ai échappé en ne disant mot et en me tenant coi; mais on ne sait pas ce qui peut arriver.... C'est bien malheureux ce qui se passe, mais nous n'y pouvons rien,... nous resterons Français de cœur, tout en payant les impôts au roi d'Angleterre....

— Le voilà lui-même! d'ici tu le verras, et on ne nous verra pas.... C'est vrai qu'il est beau et jeune! mais comme il a l'air sévère et méchant! Il a un pourpoint noir, et un grand manteau qui pend jusqu'à terre.... Quelle belle chaîne d'or à son cou.... Derrière lui, son page porte une queue de renard au bout d'une lance.... Oh! les seigneurs qui le suivent sont encore plus magnifiques que lui. Que d'or! que de pierres précieuses! Cela brille plus que le trésor de la cathédrale : on ne peut pas s'empêcher de fermer les yeux.... Les voilà passés : où vont-ils?

— A Notre-Dame pour remercier Dieu; le clergé doit l'attendre sous le parvis.

— Qu'il remercie Dieu! mais s'il croit que nos prêtres prieront de bon cœur pour lui!... »

Maître Guillaume ne répondit pas : les réflexions de dame Michelle étaient trop vraies. Le vainqueur lui-même sentit que ce clergé qui chantait des lèvres des hymnes à sa louange le maudissait au fond de son cœur, et ce fut ses propres chapelains qu'il chargea de l'accueillir dans l'antique cathédrale, dont les bons anges de la France durent s'enfuir épouvantés en entendant ses voûtes résonner des paroles sacrées : « *Quis est magnus Dominus?* » appliquées à un roi anglais. Puis Henry alla s'établir au château : la Normandie était à lui. A quand la France?

XX

LE MARTYR

LES premiers jours de la conquête ne furent pas les plus durs. On avait tant souffert! on respirait, on se remettait à vivre, tout en s'étonnant de ne plus entendre autour de soi des bruits de batailles; on soupirait d'être Anglais, mais on se sentait le cœur si Français! le changement semblait n'être que dans les mots, et on ne pouvait pas se douter encore de tout ce qu'il entraînait. Seules, les quatre-vingts familles où le roi Henry s'était choisi des otages sentait déjà combien était lourde la main du conquérant. Savoir ces malheureux enfermés dans les cachots du vieux château de Philippe-Auguste; s'imposer les plus dures privations, dans la pénurie où le siège avait réduit les Rouennais, pour leur fournir leur nourriture, laissée à la charge de leurs familles, et ne pas même pouvoir s'assurer si des gardiens avides ou négligents ne les laissaient pas manquer du nécessaire, n'était-ce pas un sujet de douleur continuelle?

Les jours passèrent : le roi d'Angleterre s'installait dans sa conquête. L'un après l'autre, tous les nobles, tous les religieux, tous les bourgeois inscrits sur les registres de la ville étaient sommés de venir prêter au vainqueur serment de fidélité. Maître Guillaume Deshayes y alla tristement en disant à Michelle, comme pour s'excuser : « Quand on n'est pas le plus fort! » Richard Mites, Robert Alorge et plusieurs autres prêtèrent le serment bien décidés à le violer à la première occasion; Robert Delivet, Alain Blanchart, Jean Segneult et les autres « exceptés de la clémence du roi », avaient au moins, dans leur malheur, cette amère consolation de n'avoir pas à proférer un faux serment.

Il y en eut — il y en eut beaucoup! — qui préférèrent au mensonge la misère, l'exil ou la prison : ceux-là déclarèrent aux officiers du roi qu'ils étaient nés

9

sujets du roi de France, et qu'ils ne renieraient jamais leur patrie ni leur suzerain. Quand ils étaient Picards, Angevins ou Bretons, le roi se contentait de
confisquer leurs biens, dont il gratifiait quelqu'un de ses fidèles; mais s'ils
étaient Normands, Henry les considérait comme rebelles, les dépouillait
d'abord et les envoyait ensuite peupler ses prisons d'Angleterre. On les voyait
passer en files enchaînées par les rues de la ville, pour aller s'entasser dans
les nefs anglaises qui devaient les transporter de l'autre côté de la mer; et
c'était alors dans toute la ville un concert de lamentations. Oh, oui, les
Rouennais commençaient à sentir combien il est dur de changer de patrie!

Parmi les prisonniers réunis sur la berge, qui jetaient un dernier regard
sur leur ville natale avant de s'embarquer dans la galère le *Léopard*, un vieux
prêtre, oublieux de ses propres maux, cherchait à consoler ses compagnons,
leur parlait de Dieu et de la France, leur prêchait le courage et priait avec
eux. Une femme, suivie d'un jeune garçon, fendit la foule et vint s'agenouiller
devant lui.

« Mon père, une dernière bénédiction pour moi et pour l'enfant? Vous aussi
nous vous perdons! Oh! c'est trop de douleur, c'est trop! »

Et Simone fondit en larmes.

« Du courage, ma fille! dit Pierre Lenoël à l'infortunée. N'oubliez pas le
sang dont vous sortez; n'oubliez pas que vous êtes la femme d'un héros; n'oubliez pas que vous êtes chrétienne. De toute mon âme, je vous bénis! puisse la
bénédiction d'un vieillard faire de vous une femme forte et d'Éloy un homme
digne de son père. Ne désespérez pas : qui sait si Dieu ne viendra pas à votre
secours? Il châtie ceux qu'il aime : il les abaisse, et puis il les relève. Ainsi
fera-t-il, j'en ai l'assurance, pour notre pauvre France humiliée.... Et vous,
mes enfants, qui êtes jeunes, vous aurez un jour la joie de voir les léopards
fuir devant les lis. Que cette espérance vous soutienne comme elle me soutiendra où je vais!

— Allons, sire prêtre, en route! cria un homme d'armes anglais en poussant brusquement Pierre Lenoël. La nef est prête : vous aurez tout le temps
en route de marmotter vos orémus. »

Sans murmurer, le vieux prêtre serra la main de Simone, embrassa Éloy
qui pleurait, et descendit la berge. Les prisonniers s'embarquèrent, et les pauvres enfants virent la nef descendre le courant et disparaître peu à peu dans
le lointain.

« Prisonnier! se dit douloureusement Simone. Et mon père, que fera-t-on
de lui? »

Elle reprit le chemin de son logis et vint s'asseoir dans la salle basse, jadis
témoin des repas de famille, où elle avait, toute petite, joué sur les genoux
de sa mère; où plus tard, orpheline, elle avait pris la place de cette mère tant

aimée et servi, à son tour, de mère au petit Éloy. Elle posa le dîner sur la table et appela son frère; le pauvre enfant, miné par les privations du siège, commençait à peine à reprendre des forces, et elle l'engagea à manger, s'efforçant de manger elle-même pour l'encourager. Mais les morceaux lui restaient à la gorge. Le repas fut court; et pendant qu'elle remettait tout en ordre, Simone envoya Éloy respirer dans la rue, où il pourrait rencontrer des compagnons de jeu de son âge.

Éloy, en ouvrant la porte, aperçut à deux pas un groupe de petits garçons qui se livraient à une discussion très vive.

« Je te dis qu'il est noble! disait l'un.

— Je te dis qu'il ne l'est pas! répliquait un autre.

— Puisqu'il est capitaine et qu'il porte les armes!

— Cela ne fait rien; cela ne l'empêche pas d'être un bourgeois de notre ville.

— Mais les hommes d'armes ont leurs privilèges, et maître.... »

L'enfant se tut sans avoir nommé personne; il venait de recevoir un formidable coup de coude d'un de ses camarades, qui avait vu Éloy sortir de la maison.

« Si on le lui demandait? dit tout bas un des petits garçons en montrant Éloy.

— Oui, mais ne lui dis pas pourquoi.

— Bien sûr.... Éloy, ton père est-il noble?

— Mon père? dit Éloy surpris. Mais non, mon père est bourgeois de la bonne ville de Rouen, comme le tien. Pourquoi me demandes-tu cela? »

L'enfant ne répondit pas, et tous eurent l'air embarrassé.

« Que veux-tu dire? reprit Éloy. Pourquoi parles-tu de mon père? Est-il arrivé malheur à mon père, dis? »

Mais les enfants s'enfuirent de tous côtés sans lui répondre; et Éloy, tout inquiet, courut conter à sa sœur leur étrange conduite.

Il n'avait pas fini de parler que dame Michelle entra toute bouleversée.

« Ah, pauvres enfants! pauvres enfants! s'écria-t-elle en serrant dans ses bras Simone et Éloy. Quel malheur! quelle cruauté! Quel tigre que ce roi d'Angleterre!

— Mais qu'a-t-il fait? demanda Simone toute saisie.

— Vous ne savez pas? Ah! je voudrais me couper la langue plutôt que de vous l'apprendre; mais il faudra toujours que vous le sachiez.... Les neuf, vous savez bien, les neuf que le roi n'a pas voulu recevoir à sa merci, il vient de les condamner à mourir, les nobles par la hache, les bourgeois et manants par la hart!

— C'est donc cela qu'ils me demandaient si mon père était noble! balbutia Éloy, dont la voix s'éteignit dans un sanglot.

— On dit que le roi leur permettra de racheter leur vie : il aime l'or, le roi d'Angleterre.

— Et nous sommes pauvres! murmura Simone en se tordant les mains.

— Tout le monde est pauvre à présent : le siège a tant coûté! Mais en réunissant tout ce que nous avons,... en empruntant,... il y a des Juifs qui prêtent sur des gages; et Guillaume, et maître Richard Mites, et tant d'autres qui aiment maître Blanchart, l'aideront de tout leur cœur à payer sa rançon.... Courez au château, Simone; vous saurez là sans doute quelle somme le roi demande pour la vie de maître Alain....

— J'ai quelques joyaux, dit la pauvre femme en jetant à la hâte sa mante sur ses épaules, une chaîne, une croix, ma bague de mariage.... Il y a aussi des chandeliers d'argent, et des prix que mon père et Laurent ont gagnés au tir.... En vendant tout ce que nous avons, nous le sauverons, si nos amis veulent bien nous aider..., Viens, Éloy, nous allons au château.... Pourvu que le roi nous permette de racheter la vie de notre père! »

Les rues étaient en grand émoi : point de bruit, car on avait peur des gens du roi anglais; mais des murmures, des attroupements, des chuchotements, des entretiens furtifs ; on venait d'apprendre la sentence, et sur le passage de Simone les gens s'écartaient avec des regards de respectueuse pitié. Elle marcha, aussi vite que ses jambes tremblantes purent la porter, jusque sur la plate-forme qui précédait le château. Là elle s'arrêta. A qui parler? qui demander? dans quelle partie du château avait-on enfermé les prisonniers? De qui dépendait la vie de son père? du roi, sans doute! mais comment parvenir jusqu'à lui? On le disait si fier, si hautain, si cruel.... Il n'avait pas de femme qui pût prendre en pitié les condamnés, comme avait fait autrefois la bonne reine Philippa pour les bourgeois de Calais.... Peut-être avait-il quelque ami au cœur compatissant qui daignerait lui parler pour Alain Blanchart; mais la pauvre Simone ne connaissait pas même le nom d'un seul seigneur anglais!

Désolée, elle restait immobile avec Éloy serré contre elle, regardant d'un œil hagard cette porte béante, ces soldats anglais qui peut-être avaient tué Laurent, lorsque sur un ordre de leur chef les gardes se rangèrent en haie. Et Éloy, en se retournant, vit venir un chevalier de haute taille, vêtu de noir, entouré d'une brillante escorte de pages et de chevaliers. C'était le roi d'Angleterre, qui rentrait d'une visite à son camp des Chartreux.

« Le roi! dit l'enfant. Simone, je suis sûr que c'est le roi! Dieu nous l'envoie : maître Pierre Lenoël aura prié pour nous! »

Simone se sentit tout à coup calme et résolue. Saisissant son frère par la main, elle s'élança avec lui au-devant du cortège; et, se jetant à genoux, les bras étendus, en travers du chemin, elle cria au roi :

« Grâce, Sire! grâce et pitié! Grâce pour mon père! »

Sur le passage de Simone les gens s'écartaient respectueusement.

, Henry arrêta son cheval. Écraser une femme et un enfant, dans une ville reçue à composition, eût été d'un mauvais effet; mais il était fort mécontent, et un pli profond se creusait entre ses sourcils.

« Que veut donc cette folle, et pourquoi l'a-t-on laissée passer? dit-il d'un ton sévère. Levez-vous, jeune fille : ce n'est pas ainsi qu'on se présente devant un roi. Si vous avez un placet, donnez-le à mes serviteurs, ils m'en rendront compte.

— Je n'ai pas de placet, Sire, répliqua Simone en se levant, mais sans livrer passage au roi. Je ne vous demande qu'un mot, un seul, et je vous bénirai,... oui, je vous bénirai, quoique vous ayez pris Rouen! Grâce pour mon père, Sire, au nom de votre mère, au nom de tout ce que vous avez jamais aimé!

— Et quel est le nom de votre père?

— Mon père est Alain Blanchart, Sire!

— Alain Blanchart! Un homme dangereux.... Votre bailli, Raoul de Gaucourt, a su de quoi il était ca-

Le prisonnier leur tendit les bras.

pable.... C'était le chef de vos arbalétriers, Alain Blanchart! Savez-vous qu'il a osé porter la main sur moi? Il a été justement condamné comme traître et rebelle envers son suzerain.

— Mon père n'est pas un traître! s'écria le petit Éloy. Mon père a bien gardé la ville pour le roi, notre roi à nous; il est loyal et fidèle, et je le soutiendrai contre tous venants, quoique je ne sois ni un homme ni un chevalier! »

La lèvre du roi se releva dédaigneusement, et il se tourna vers Gilbert d'Umfréville, qui chevauchait un peu en arrière.

« Le monde est renversé, dit-il; voilà comment parlent les fils des bourgeois! Ce petit gaillard, en vérité, ferait honneur à plus d'une royale lignée.... Gilbert, fais conduire ces gens auprès d'Alain Blanchart : il sait à quelles conditions il peut échanger sa vie contre une prison d'Angleterre. »

Et, pressant les flancs de son cheval, le roi Henry se remit en marche.

Simone et Éloy, le cœur serré, suivirent Gilbert d'Umfréville. Une prison d'Angleterre! avait dit le roi ; les laisserait-on y aller avec leur père? Le roi avait parlé de conditions : quelles conditions? Oh, non, maître Alain n'était pas encore sauvé!

Quand la jeune femme et l'enfant entrèrent dans le cachot de leur père, ils ne distinguèrent rien d'abord, tant l'obscurité était profonde. Un soupirail élevé, qui donnait sur les fossés du château, en recevait une clarté indécise; mais le prisonnier, habitué à ces ténèbres, vit entrer ses enfants et leur tendit les bras. Et Simone, après les premiers instants passés, reconnut auprès de son père maître Richard Mites, Roger Mustel, Robert Alorge, et d'autres bourgeois notables, de ses plus anciens et meilleurs amis. Tous avaient l'air triste et semblaient désappointés. Alain avait la physionomie de quelqu'un qui vient de prendre une résolution suprême.

« Père! cher père! lui dit Simone en le comblant de caresses, vous serez sauvé! Le roi vous laissera la vie sauve, il me l'a dit : vous savez ses conditions....

— Les sais-tu, toi, ma fille? Non? il veut de l'or, le roi d'Angleterre; il nous a condamnés, nous qui avons défendu la ville contre ses armes, mais il nous vendra notre vie, si nous sommes assez riches pour la payer!

— Nous donnerons tout ce que nous avons, père! Et quand vous serez libre nous irons vivre en France, en Bretagne, quelque part où il n'y aura pas d'Anglais.

— Pauvre enfant! ce que nous avons n'est rien. Il paraît que ma tête vaut cher!

— Nous irons trouver les lords qui approchent le roi, dit Richard Mites; nous tâcherons d'obtenir un peu de temps pour réunir la somme,... nous payerons pour vous, nous nous engagerons.... Dites oui, maître Alain, pour vos vieux amis, pour vos enfants! »

Alain Blanchart secoua la tête.

« Écoutez-moi bien, Simone, Éloy, mes enfants bien-aimés, car bientôt vous ne m'entendrez plus. Je t'ai dit un jour, ma Simone, qu'il nous fallait être prêts à tout. Les malheurs que je prévoyais sont arrivés; c'est maintenant l'heure d'avoir du courage. Je te laisse pauvre et seule, puisque le protecteur à qui je t'avais confiée est parti le premier,... mais nous n'avons point eu la nouvelle certaine de sa mort, et un pressentiment me dit que tu le reverras.... Fais de ton frère un vrai Normand et un vrai Français, digne de porter mon nom et de reprendre un jour ma place dans notre cité délivrée. Moi, je suis trop vieux pour voir ce jour, et je ne veux pas finir mes années sujet du roi d'Angleterre : il n'aura pas mon hommage et je ne lui disputerai pas ma tête. Que mon souvenir tourmente ses nuits et ses jours, s'il est capable d'avoir des remords! Je n'ai pas de biens; mais si j'en avais, en vérité, je ne voudrais pas racheter le roi anglais de son déshonneur! »

Alain Blanchart se tut. Simone et Éloy, l'enlaçant de leurs bras, sanglotaient et l'inondaient de larmes; et les bourgeois, retirés dans le fond du cachot, pleuraient d'admiration et de pitié. La porte s'entr'ouvrit et on entendit au dehors un cliquetis de fer.

« Emmenez-les, dit-il à ses amis en détachant de son cou Simone à demi pâmée. Adieu, mes enfants bien-aimés; que le Seigneur me reçoive en sa grâce et vous conduise dans le droit chemin.... Éloy, tu seras un homme : souviens-toi, toute ta vie, d'être fidèle, comme je l'ai été, à un amour et à une haine : l'amour de la France et la haine de l'Anglais! »

XXI

UN REVENANT

Plus de six ans se sont écoulés depuis le supplice d'Alain Blanchart, et le joug anglais pesait toujours du même poids sur la malheureuse ville de Rouen. Elle avait un gouverneur anglais, un bailli anglais, des chefs dévoués au roi d'Angleterre; et ceux-là mêmes des nobles ou des bourgeois qui frémissaient dans leur cœur rien qu'au nom de la France, devaient se soumettre et s'avouer sujets du roi Henry. Ce n'était plus le vainqueur, le conquérant sans miséricorde : la mort l'avait frappé en pleine vigueur, en pleine jeunesse, en pleine espérance, quand époux de la princesse Catherine, père d'un fils destiné à porter deux couronnes, héritier désigné du malheureux Charles VI, dont la raison avait sombré pour toujours et dont la vie n'était plus qu'un souffle, il songeait déjà peut-être à ordonner la pompe de son couronnement. Non, celui qui portait la double couronne, c'était un faible enfant, paisible et mélancolique, qui grandissait dans la solitude du château de Windsor, où des gouverneurs anglais lui faisaient un cœur anglais, comme s'il n'avait pas eu une mère française! On l'appelait avec respect : « Henry, sixième du nom, par la grâce de Dieu, roi de France et d'Angleterre »; de doctes chapelains, en lui enseignant ses devoirs envers Dieu et les devoirs de deux peuples envers lui, n'oubliaient pas de lui répéter qu'il était le plus grand prince de la chrétienté. Il vivait dans l'or et dans la soie, il dormait sur une couche moelleuse, sous des tentures où le léopard s'alliait aux fleurs de lis; pendant que le frère de sa mère, le dernier fils du feu roi Charles, le gentil dauphin, comme l'appelaient les bonnes gens de France, vivait de misère, manquant souvent de tout, réduit aux expédients, errant de ville en château, pourchassé par les Anglais et les Bourguignons, ruiné par son père fou, abandonné par sa sœur, vendu par sa mère. Ah! oui, on pouvait le dire, il y avait en ce temps-là « grand pitié au royaume de France » !

Les Rouennais en avaient vu de dures, depuis qu'il leur avait fallu devenir Anglais. Écrasés d'impôts, obligés de payer une énorme rançon que le vainqueur avait exigée sans avoir égard à la pauvreté d'une ville ruinée par la guerre, la peste et la famine, obligés à un dur service militaire, gênés dans l'exercice de toutes leurs libertés, que le roi d'Angleterre ne leur avait octroyées que pour se donner l'apparence de la générosité, mais que ses officiers restreignaient le plus possible, ils regrettaient amèrement le temps passé et le nom de Français. Mais leur mécontentement s'exprimait tout bas : ils se rappelaient que, six mois après la prise de la ville, quelques bourgeois avaient cru pouvoir la reprendre sur les Anglais pour la remettre aux capitaines du roi de France; leur projet, connu du lieutenant du duc d'Exeter, messire Guy le Bouteiller, qui avait semblé y donner les mains, avait été révélé par lui, et tous les conjurés avaient eu la tête coupée. Ce qui faisait bien voir que certains ne s'étaient pas trompés, au moment de la reddition de la ville, en traitant messire Guy de faux traître vendu aux Anglais : désormais personne ne se fierait plus jamais à lui. Qu'il jouît en paix, si sa conscience le lui permettait, de ses richesses, de la faveur des Anglais et du beau domaine de la Roche-Guyon! Il n'était pas un Rouennais qui lui parlât sans y être forcé, et les petits enfants, qui n'étaient pas nés au temps du grand siège, savaient si bien son histoire, qu'ils le montraient au doigt en l'appelant « le traître », quand il passait dans les rues. Les Anglais eux-mêmes ne paraissaient pas l'avoir en grande amitié : dans les cortèges solennels, comme il y en avait eu lorsque le roi Henry avait traversé la ville avec sa jeune reine pour la mener en Angleterre, et lorsque la procession des funérailles du même roi était venue s'embarquer sur la Seine dans le port de Rouen, il était facile de voir qu'aucun chevalier anglais ne voulait marcher côte à côte avec messire Guy, si grand seigneur qu'il fût devenu.

Comme Rouen était triste! Les grandes familles qui y résidaient souvent autrefois, qui donnaient des fêtes, qu'on aimait à voir passer dans les rues en grand équipage avec leur suite de chevaux, de varlets, de serviteurs richement vêtus, avaient quitté le pays. Beaucoup avaient refusé de jurer fidélité à l'Anglais : leurs hôtels n'étaient pas vides, à celles-là; mais c'étaient des Anglais qui y commandaient, maintenant! Les autres attendaient en vain leurs maîtres, honteux de leur soumission forcée; l'herbe croissait dans leurs cours et leurs huis restaient clos. Oh, oui, Rouen était bien triste!

Maître Guillaume Deshayes habitait toujours sa maison de la rue aux Juifs. Il avait bien vieilli, maître Guillaume; il avait beau se désintéresser de tout, refuser toutes les charges, tous les honneurs publics, et vivre en sa ville

natale comme à l'étranger, il ne pouvait oublier le temps où il était bourgeois
d'une ville française; il ne pouvait oublier ses amis, tous partis, morts, disparus! Alain Blanchart mort, ses enfants avaient quitté la ville : nul n'avait
eu de leurs nouvelles depuis ce temps-là. On n'avait jamais su non plus si
Laurent Toustain était mort ou vivant. Le chanoine Robert Delivet était
resté des années prisonnier en Angleterre, après avoir donné presque tout
son bien pour racheter sa vie; il avait maintenant repris sa place au chœur de
la cathédrale, et vivait tristement, découragé et ne demandant qu'à se faire
oublier. Guillaume le visitait quelquefois dans sa maison de la rue Saint-
Romain, qui lui avait été rendue; et le chanoine venait s'asseoir au foyer de
dame Michelle et s'égayer un peu au babil de la gentille Nicolette, qui croissait en âge et en beauté, pour dédommager les époux de la perte de leurs
propres enfants. Elle se croyait leur fille, et personne ne songeait à la
détromper.

Par une belle matinée d'octobre 1425, un homme, vêtu pauvrement, mais
qui gardait sous sa cotte rapiécée ce je ne sais quoi de propre et de correct
que donne l'habitude des armes, s'arrêta sur les hauteurs de Sainte-Catherine,
et regarda longuement la Seine couverte de barques, la verdure à peine jau-
nissante, et la ville hérissée de clochers et de tours. Le paysage était bien
changé depuis dix ans. Les arbres coupés avaient repoussé; les champs
dévastés, la campagne ravagée s'étaient transformés en grasses prairies, en
vergers fertiles; des maisons de plaisance appartenant aux seigneurs anglais
ou ralliés occupaient la place des tentes, et des travailleurs paisibles rem-
plaçaient autour de la ville les archers aux vertes casaques et les hommes
d'armes bardés de fer. Du côté de la Chartreuse de la Rose, nul bruit ne s'élevait : les moines avaient repris leurs cellules; sur la Seine et sur les quais,
un mouvement continuel, un bourdonnement de gens affairés révélait une
grande ville commerçante. La ville elle-même avait peu changé : cependant
une tour nouvelle avait été ajoutée au château, et sa blancheur contrastait
avec la vétusté des sombres murs de Philippe-Auguste. Non loin du château,
entre la tour Malsifrotte et la Seine, s'élevait le palais neuf que la ville de
Rouen avait dû faire construire pour le roi Henry, à qui la mort n'avait pas
laissé le temps d'en jouir.

Le voyageur regarda tout cela, et soupira; et il commença à descendre la
côte Sainte-Catherine. C'était un homme grand et robuste, et qui paraissait
plutôt vieilli que vieux. Son visage était sans couleur, comme celui d'un
homme qui n'a pas depuis longtemps vécu au grand air, mais ses traits
étaient flétris et affaissés, et ses cheveux étaient certainement plus gris que ne
le comportait son âge : en dépit de sa démarche alourdie, c'était à peine s'il
atteignait trente ans. Par moments il se redressait, aspirait l'air à pleins pou-

mons, et semblait accueillir quelque bienheureuse espérance : alors ses yeux
brillaient, son pas reprenait l'élasticité, et il précipitait sa marche vers la ville.

Il franchit sans difficulté la porte Martinville, sans que le léger bagage
qu'il portait au bout d'un bâton attirât l'attention des gardiens, occupés à
taxer des balles de laine qu'un drapier faisait entrer : ce voyageur indigent
n'était pas une proie pour le fisc. Il marcha sans hésitation, comme quelqu'un
qui sait son chemin, jusqu'à la maison d'Alain Blanchart. Là il s'arrêta et la
considéra un instant, avant de porter la main sur le marteau de la porte. Il
n'osait pas frapper....

Des voix d'enfants qui partaient du premier étage lui firent lever la tête.

« Que demandez-vous? Papa n'est pas à la maison! disaient en anglais
deux jolis enfants blonds et roses, aux grands yeux bleus rieurs.

— Qui donc demeure ici? demanda à son tour le voyageur.

— C'est nous! Papa s'appelle John Wywelt, et la maison est à lui. Tout le
monde sait cela à Rouen! »

Le voyageur ne le savait pas.... Il devint tout pâle, et, se détournant, il s'en
alla d'un pas indécis. Au bout d'un moment il marcha plus vite, et se dirigea
vers la rue aux Juifs. Là il s'arrêta devant la boutique de maître Guillaume
Deshayes, et entra résolument.

Ce fut dame Michelle qui vint à sa rencontre, elle recula devant cet
étranger de pauvre apparence. Mais elle lui ouvrit bientôt ses bras, en reconnaissant la voix émue qui lui disait :

« Tante Michelle! voilà la première joie que j'ai depuis six ans! Où est ma
femme; et maître Alain? et Éloy?

— Ah, mon pauvre garçon, mon cher Laurent, c'est donc vous! on vous
croyait perdu, mort, prisonnier.... Il y a si longtemps! Comme Guillaume va
être heureux! Des joies, nous n'en avons guère eu non plus, depuis que vous
avez disparu.... Entrez, entrez, mon pauvre ami! »

L'accueil de maître Guillaume fut aussi empressé que celui de sa femme :
mais à la question répétée de Laurent, il se tut comme elle et baissa la tête.
Le malheureux crut comprendre : frappé au cœur, il se laissa tomber sur
un fauteuil, cacha sa figure dans ses mains et fondit en larmes.

Deux petites mains délicates se posèrent sur les siennes, et une fraîche
bouche d'enfant s'appuya sur son front.

« Ne pleure pas, lui disait une petite voix compatissante, Nicolette t'aime
bien! »

Il releva la tête et vit une petite fille de six à sept ans, avec une figure
sérieuse, de grands yeux bleus et des cheveux bruns à reflets fauves. Pour
être plus à portée de lui prodiguer des consolations, elle avait grimpé sur le
bras du fauteuil, où elle se tenait penchée comme un oiseau.

Laurent la prit dans ses bras, et lui rendit ses caresses en balbutiant :

« Vous êtes heureux, vous! Moi, je suis seul! seul! quoi! tous morts! tous!

— Non, pas tous, Laurent! du moins nous ne savons pas..... Simone et Éloy doivent vivre encore, ils sont partis après la mort de maître Alain, le saint martyr!... On les chassait : et d'ailleurs, ils n'auraient pas voulu rester.... Ils n'ont jamais donné de leurs nouvelles depuis ce temps-là ; mais ce n'est pas facile de donner des nouvelles, dans un pays couru par les hommes d'armes, sans compter les brigands qui vivent dans les forêts.

— La mort de maître Alain? Quand donc est-il mort? Qui l'a tué? pourquoi l'appelez-vous martyr? Je ne sais rien, moi! j'ai été en prison en Angleterre depuis six ans! Racontez-moi tout ce qui s'est passé! »

Ce fut dame Michelle qui entreprit le récit des malheurs de Rouen, depuis la première trahison de Guy le Bouteiller jusqu'au départ des enfants d'Alain Blanchart. Elle s'animait en parlant, et Laurent, haletant, buvait avidement ses paroles. Il n'était pas le seul : Guillaume et Michelle ne parlaient guère des événements passés, et Nicolette entendait pour la première fois un récit complet et suivi des malheurs de sa ville natale. Elle resta là, debout, immobile, ses grands yeux dilatés par l'horreur ; et quand Michelle répliqua la fière parole d'Alain Blanchart : « Je ne voudrais pas racheter le roi anglais de son déshonneur! » elle poussa un cri de désespoir.

« Et ils l'ont tué? Vous l'avez laissé tuer? Vous ne l'avez pas défendu? Oh, père, comment avez-vous fait cela? »

Maître Guillaume essaya de lui expliquer les choses ; mais comment faire comprendre à une petite âme d'enfant, dévouée et enthousiaste, qu'on ait pu un jour avoir de bonnes raisons pour ne pas risquer sa vie? Alain Blanchart donnait bien la sienne, lui! Dame Michelle ne put calmer Nicolette qu'en l'emmenant préparer le repas du voyageur, qui était las et devait avoir grand'faim.

« Chère petite! dit Laurent en la suivant des yeux, elle m'a fait du bien.... Elle est née depuis le siège, puisque dame Michelle vient de dire que vous aviez perdu tous vos enfants?

— Elle n'est pas à nous, répondit maître Deshayes en baissant la voix ; mais elle n'en sait rien.... Elle finira bien par l'apprendre un jour ou l'autre ; il y a tant de bavards! Mais tant qu'elle pourra se croire notre fille, nous ne lui dirons rien. Nous l'aimons tant! elle n'aurait qu'à nous aimer moins! Voici comment nous l'avons eue. »

Et il raconta à Laurent la mort de Magdeleine Lépautre. Nicolette ne revint qu'avec dame Michelle : elle n'avait rien entendu. Le dîner fut triste ; dame Michelle, en posant les mets sur la table, ne put s'empêcher d'évoquer le souvenir des repas du siège et de celui où Guillaume avait fourni la viande et le pain blanc qu'il rapportait du camp anglais.

On pria Laurent Toustain de raconter ses aventures : elles peuvent tenir en peu de paroles, les aventures d'un prisonnier! Blessé et laissé pour mort, dans l'attaque de la Chartreuse de la Rose, il était revenu à lui quelques heures après, et il avait essayé de regagner la ville. Mais, épuisé par la perte de son sang, il se traînait à grand'peine, lorsqu'il avait été aperçu par des soldats anglais. Il n'avait eu la force ni de fuir ni de se défendre : la fureur du combat était passée, on ne l'avait pas achevé, et on s'était contenté de le diriger sur Harfleur avec d'autres prisonniers. D'Harfleur il avait été conduit en Angleterre, où il était resté depuis. On venait de le mettre en liberté, sans qu'il sût pourquoi : la guerre était-elle finie et les Anglais obligés de quitter la France? Il l'avait espéré un instant; mais il avait bien vu, en débarquant à Harfleur, que la ville était toujours aux Anglais, et d'Harfleur à Rouen il n'avait vu pareillement que des baillis et des capitaines anglais. Que se passait-il donc, et où en étaient les affaires de France?

« Alors vous ne savez rien? lui dirent ses hôtes étonnés. Rien, pas même la mort du roi Henry?

— Si, j'ai su cela; j'avais su aussi, nos gardiens anglais s'étant fait un méchant plaisir de nous l'apprendre, que le roi Charles lui avait donné sa fille et l'avait reconnu son héritier, au grand dommage du dauphin. Le pauvre roi Charles n'en était pas coupable, puisque son esprit est absent de son corps depuis tant d'années; mais la reine Isabeau, que Dieu maudisse! est une marâtre pire qu'Athalie, dont messire Pierre Lenoël nous racontait l'histoire en nous enseignant notre religion. Et je n'aurais pas cru que monseigneur le duc de Bourgogne eût permis une pareille chose, quoiqu'il nous ait laissés sans secours : ce qui n'est guère d'un bon Français....

— Mais ce n'est pas le duc Jean sans Peur! il a été traîtreusement mis à mort, au moment où il allait se rétablir en paix et amitié avec le dauphin, pour l'aider à chasser les Anglais.

— Et qui a fait cela? les Anglais?

— Non. On a dit que c'était le dauphin; mais il était si jeune! et il n'a pas montré depuis qu'il fût d'âme assez noire pour un pareil forfait. Beaucoup disent que ce sont les seigneurs armagnacs qui entourent le dauphin, qui ont pensé que c'en serait fait de leur fortune si les deux princes se réconciliaient. Ce qu'il y a de sûr, c'est que Tanneguy-Duchâtel a frappé le premier. Ce coup-là a été la perte de la France; monseigneur Philippe, qui est devenu duc de Bourgogne, n'a plus pensé qu'à venger la mort de son père, et il s'est mis avec les Anglais. C'est alors que lui et la reine Isabeau ont marié

madame Catherine au roi Henry et lui ont promis qu'il serait roi de France
après la mort du roi Charles, qui n'avait plus longtemps à vivre.

— Et il est mort?

— Oui, deux mois après le roi Henry.

— Et qui est roi, à présent?

— Les Anglais disent que c'est leur petit roi Henry, le fils de madame
Catherine, que ses oncles élèvent en Angleterre; mais le vrai roi de France,
c'est le dauphin, quoiqu'il n'ait plus guère ni argent, ni terres, ni châteaux.

— Où est-il à présent, le dauphin?

— Qui le sait? aujourd'hui ici, demain là : les Anglais et les Bourguignons
le pourchassent, que c'est pitié. Ils lui prennent ses villes l'une après l'autre :
il n'a pas assez d'hommes d'armes, parce qu'il est trop pauvre pour les
payer. Si les Anglais lâchent leurs prisonniers, c'est qu'ils se croient bien
sûrs d'être les maîtres, allez! »

Laurent resta quelque temps pensif; puis se levant tout à coup :

« Adieu, mes amis, et merci. Je chercherai en toute la France, jusqu'à ce
que j'aie retrouvé ma Simone morte ou vivante.... Priez pour elle et pour
moi! »

XXII

AU MONT SAINT-MICHEL

Après six ans, Laurent Toustain ne savait guère de quel côté il pouvait espérer trouver Simone. Elle avait dû surtout fuir les pays occupés par les Anglais : il était donc inutile de fouiller les villes normandes; c'était déjà un point d'assuré. Mais ensuite? Elle avait pu aller d'abord en certaines villes du Maine, de la Picardie ou de l'Ile-de-France; mais elle n'y était sûrement pas restée, puisque les Anglais les avaient prises les unes après les autres. Restait la Bretagne, qui avait bien recueilli les fugitifs, et l'Allemagne, où beaucoup étaient allés porter l'industrie normande; mais l'Allemagne était bien loin : une jeune femme et un enfant sans protecteurs n'avaient pas dû entreprendre un si long voyage. Laurent se décida à commencer ses recherches par la Bretagne. Il n'était guère fourni d'argent, mais il comptait trouver partout à gagner le peu qu'il lui fallait pour vivre : il sentait ses forces revenir depuis qu'il était libre et vivait au grand air, et tous les métiers avaient besoin de bras, depuis que la guerre avait fait une si terrible consommation d'hommes. Il ne manquerait donc pas d'ouvrage ; et, s'il se trouvait, par fortune, en quelque lieu où l'on s'escrimât encore contre les Anglais, il s'y emploierait de grand cœur et recueillerait peut-être quelque butin. Il se mit donc en route avec courage, en invoquant Dieu et les saints — rien que des saints français, bien entendu.

Chemin faisant, il s'informait, il questionnait, ne se laissant point rebuter par la discrétion des paysans, défiants comme des Normands et plus défiants que jamais depuis la domination anglaise. Il finit pourtant par apprendre qu'après la prise de Rouen, les Anglais avaient dirigé sur Gisors la garnison bourguignonne, et que beaucoup d'exilés étaient partis sous sa protection, craignant les pillards qui couraient le pays. Laurent se rendit à Gisors.

Là il ne trouva rien d'abord ; mais une hôtelière compatissante, après avoir longtemps réfléchi à ses questions, eut l'air de retrouver d'anciens souvenirs.

« Une jeune femme blonde, très pâle, avec des yeux creux et rouges, comme si elle passait ses jours et ses nuits à pleurer ? et un garçonnet de huit ou neuf ans, un fier petit gaillard ! Oui, je crois que je les ai vus,.... c'était dans la semaine où les Anglais sont entrés à Rouen.

— Oh ! tâchez de vous rappeler tout ! Où sont-ils allés ?

— Je ne sais pas,... ils étaient tant de pauvres gens qu'on chassait de chez eux ! je ne pouvais pas remarquer tout ce qu'ils disaient. Je sais seulement que beaucoup parlaient du Mont Saint-Michel, que les Anglais n'avaient pas encore pris.... On dit même qu'ils ne le prendront pas, parce que les moines ont de grandes provisions et qu'on leur en apporte par mer....

— Et vous croyez qu'elle..., que les bannis se sont rendus au Mont Saint-Michel ?

— Il y en a certainement qui y sont allés.... Peut-être qu'ils vous donneraient des nouvelles de la jeune femme et de l'enfant.

— Merci, et que Dieu vous récompense ! » dit Laurent en tirant sa bourse pour payer le pain qu'il venait de manger. Mais l'hôtesse l'arrêta.

« Laissez, laissez, dit-elle, vous me payerez une autre fois, quand vous aurez retrouvé votre femme. A présent vous avez besoin de tout votre argent pour la chercher. N'ayez pas de souci, je n'y perdrai rien : je ferai payer cela au premier Anglais qui viendra ici. Ils nous pillent assez, ils doivent être riches ! »

Elle se mit à rire en parlant ainsi, et son rire fut répété par un homme assis à une table un peu à l'écart. C'était un homme dans la force de l'âge, de haute et robuste stature ; et la façon dont il s'approcha de l'hôtesse pour lui demander son dû indiquait l'habitude du commandement. Il paya sans observation et sortit de l'hôtellerie sur les pas de Laurent. Une fois dehors, il lui frappa familièrement sur l'épaule.

« Vous voulez aller au Mont Saint-Michel, mon brave ? » lui demanda-t-il.

Laurent le regarda, tout interdit. Avant de répondre, en pays ennemi, à une question, il était bon de savoir à qui l'on avait affaire.

« Soyez tranquille, reprit l'autre ; ai-je l'air d'un Anglais ? J'ai entendu vos questions, et j'ai compris votre histoire : vous avez été longtemps absent du pays, et vous cherchez des amis que vous n'avez plus retrouvés au retour. Vous êtes gentilhomme ? ou du moins vous avez porté les armes, cela se voit.

— J'étais bourgeois et arbalétrier, messire.

— Très bien ! Pour le moment, vous ne paraissez pas soucieux de jouir de

vos droits de bourgeoisie : mais, si vous voulez un équipement d'arbalétrier,
je vous l'offre. Je vous mènerai justement où vous voulez aller.

— Au Mont Saint-Michel?

— Au Mont Saint-Michel. Les Anglais n'ont pas encore pu le prendre; mais
ils l'ont entouré de
bastilles, et ils le har-
cèlent continuellement.
Ils ont fortifié le rocher
de Tombelaine, Arde-
von sur la côte et quan-
tité d'autres endroits,
et, pour bloquer l'ab-
baye du côté de la mer,
ils avaient réuni une
grande flotte qui bar-
rait le passage. Heu-
reusement que le duc
de Bretagne, quoiqu'il
soit allié des Anglais,
ne se souciait pas de
les voir maîtres si près
de chez lui; il a envoyé
des navires bien mon-
tés, et, comme il y a
au Mont Saint-Michel
bon nombre de braves
chevaliers, des machi-
nes de guerre et tout
ce qu'on peut désirer
pour se battre, les An-
glais, pris entre la for-
teresse et les marins
bretons, n'ont pas été
les maîtres. C'était un
combat superbe, à ce
qu'on m'a dit : des vais-

« Vous allez au Mont Saint-Michel, mon brave? »

seaux qui coulaient, d'autres qui fuyaient, d'autres que les Bretons emme-
naient prisonniers,... enfin la baie est libre depuis ce temps-là. Mais les
Anglais ont toujours leurs forts de la côte : il s'agit de les en chasser. En
êtes-vous?

10

— J'en suis, messire ! et le plus tôt sera le mieux.

— Bien dit ! Topez là, mon brave : votre nom ?

— Laurent Toustain, bourgeois de Rouen, de la corporation des arbalétriers.

— Ah ! vous aviez un brave chef, que les Anglais ont cruellement mis à mort pour avoir été fidèle à son roi.

— Il m'appelait son fils,... il m'avait donné sa fille,... c'est elle que je cherche,... Moi, j'étais prisonnier en Angleterre au moment de nos derniers malheurs

— Courage ! vous la retrouverez peut-être au Mont Saint-Michel. Il s'y est réfugié tant de gens de tout âge !... Laurent Toustain, à partir d'aujourd'hui, vous êtes mon homme : nous allons retrouver une vaillante compagnie, et je vous promets sous peu une belle bataille. Nous sommes appelés par les chevaliers qui défendent le Mont Saint-Michel, et nous nous rendons à Mayenne pour prendre le gros de l'expédition. Et si vous désirez, comme il est juste, savoir le nom de votre chef, on me nomme Jean de la Haye, baron de Coulonces, et je commande à Mayenne pour notre sire le roi Charles septième. »

Au nom du roi, Laurent se découvrit.

« Je suis votre homme, monseigneur, prêt à combattre pour le roi. Que Dieu me soit en aide pour retrouver la fille d'Alain Blanchart, et aussi son fils qui n'était qu'un enfant quand je l'ai quitté.

— Nous le retrouverons, maître Toustain, et nous en ferons un Français digne de son père. »

Laurent suivit le baron de Coulonces jusqu'à un village des environs, où ils trouvèrent une petite troupe d'hommes d'armes. On donna un cheval à Laurent, et il se trouva dûment enrôlé au service du roi.

De Gisors à Mayenne, de Mayenne à la baie du Mont Saint-Michel, la petite troupe du baron se grossit de nombreuses recrues. On s'étonnera peut-être qu'un capitaine du roi de France osât se risquer ainsi en pleine Normandie, pays occupé presque entièrement par l'ennemi. Mais, si tous les gouverneurs de villes, de châteaux et de forteresses étaient des Anglais, si même les grandes villes avaient vu leur population expulsée et remplacée par des familles venues d'outre-mer, les habitants des campagnes étaient restés bien Français, et nul d'entre eux n'eût trahi les hommes du roi, ou du gentil dauphin, comme quelques-uns l'appelaient encore, attendant pour lui donner le titre de roi qu'il eût été sacré à Reims. Le baron de Coulonces put donc traverser une grande partie de la Normandie sans difficultés sérieuses : à l'occasion, si l'on rencontrait une chevauchée d'Anglais, on échangeait avec eux quelques bons coups, et l'on faisait quelque butin : ce qui mettait de la variété dans le voyage ; et l'on arriva vers la Toussaint en vue du Mont Saint-Michel.

La mer couvrait encore les grèves, et le massif de rochers qui portait la célèbre abbaye semblait une pyramide sortant du fond de la mer, hérissée de clochers, d'aiguilles, de tours, de toits pointus brillant au soleil. En haut, le monastère avec sa chapelle; plus bas, la ville; plus bas encore, la ceinture des remparts battus par les vagues, et couronnés par de gros canons aux gueules menaçantes. Elle était bien armée et vaillamment défendue, la noble abbaye; si son abbé, messire Robert Jolivet, après être accouru de Paris où il vivait dans le luxe de la cour, se délectant aux doctes études, pour fortifier ses remparts et amasser vivres et munitions, s'était lassé trop tôt de ce rôle héroïque, son départ n'avait pas entraîné la perte du Mont. Il avait eu beau se soumettre aux Anglais et rentrer dans la tranquillité qu'il aimait, le prieur, messire Jean Gonault, avait tenu vaillamment sa place, et les chevaliers normands, réfugiés dans la ville, n'y avaient point laissé entrer l'ennemi.

« Je crois que nous arrivons trop tôt, dit le baron de Coulonces à un des chevaliers qui l'accompagnaient. Qu'en pensez-vous, sire de Ricarville; vous connaissez le pays mieux que moi.

— Nous aurons le temps de donner un peu de repos aux chevaux avant de combattre, répondit Ricarville; cela n'en vaudra que mieux. La mer descend rapidement; dans une heure la grève sera à sec, et les assiégés pourront sortir. Ce sera à nous de choisir le bon moment pour tomber sur les Anglais, qui croiront n'avoir affaire qu'à eux.

— Est-ce que la grève est solide, messire?

— Assez solide pour porter des hommes et des chevaux, surtout s'ils ne restent pas longtemps en place; mais les lourdes machines de guerre, les canons, les chars s'y enfonceraient sans qu'on pût les en tirer. C'est bien pour cela que les Anglais maudits n'ont pas pris le Mont, et qu'ils ne le prendront jamais, grâces en soient rendues au bienheureux archange, son saint patron!

— Voilà la grève qui apparaît par endroits, grise au milieu de l'eau qui brille. Ne voyez-vous point un mouvement sur les remparts?

— Si,... les casques brillent, les bannières s'agitent.... Nous sommes bien placés pour voir et juger les coups.... Ah! regardez, messire, voilà une porte qui s'ouvre, et une troupe de chevaliers qui sort de la ville....

— Et les Anglais l'ont vue, car les voilà qui s'ébranlent de leur côté.... Au galop! c'est cela! Le beau choc! Un contre un, la partie n'est pas égale : il faut plus d'Anglais que cela!... En effet, en voilà qui arrivent à la rescousse,... on dirait une fourmilière.

— Les nôtres plient,... ils reculent,... honte! N'est-ce pas le moment de donner, sire baron?

— J'attends le signal : c'est une ruse pour entraîner l'ennemi sous les murailles.... Ah! un appel de trompettes! En avant, compagnons, pour le roi et la France! »

Aux cris de « Saint-Michel! Montjoie et Saint-Denis! France pour toujours! » la petite armée du baron de Coulonces se précipita sur les Anglais.
En même temps les chevaliers Michelistes, cessant leur feinte, firent de nouveau face à l'ennemi.

Le combat fut acharné, et l'on ne saurait raconter toutes les prouesses qui
s'accomplirent ce jour-là. Ce qui est certain, c'est que les Anglais ne purent
pas s'attribuer l'honneur de la journée : leur meilleur capitaine était prisonnier du sire de Ricarville, et bon nombre de leurs chevaliers demeuraient
étendus sur la grève, lorsque la marée, en remontant, vint mettre fin au
combat.

« Adieu, Laurent Toustain, dit le baron à Laurent : tu as gagné ton congé
par les beaux coups que tu as portés aujourd'hui. Mais, si tu ne trouves pas
dans la ville ceux que tu cherches, reviens me trouver : il y aura toujours
sous ma bannière une place pour un vaillant homme tel que toi. »

XXIII

AU HASARD

Laurent Toustain entra fièrement au Mont Saint-Michel à la suite des Michelistes victorieux. Il sentait l'espérance lui revenir; parmi les nobles familles qui s'étaient réfugiées là, ne pouvait-il pas s'en trouver une, exilée de Rouen, à la suite du siège, qui eût pris sous sa protection les enfants d'Alain Blanchart, du martyr mort pour son pays? Cela devait être : il allait retrouver Simone et Éloy! Il résolut de se choisir au plus tôt un gîte et de commencer le jour même ses recherches; il avait encore quelques heures à lui avant la tombée de la nuit. Laurent ne manquait point d'argent : dans les combats livrés de Gisors aux grèves de la Manche, il avait eu la chance de défaire des adversaires dont l'escarcelle était bien remplie. Si quelque lecteur était tenté de l'accuser d'indélicatesse, je le prierai de se rappeler que tel était l'usage du temps, et que d'ailleurs les Anglais avaient tant pillé la France que, pour un Français et surtout pour un Normand, dépouiller un Anglais n'était que reprendre son propre bien. Laurent ne s'en faisait donc point scrupule.

L'hôtesse chez qui il s'arrêta, bavarde comme il convient en sa profession, ne demanda pas mieux que de le renseigner sur les nobles familles réfugiées depuis le commencement de la guerre entre les remparts du Mont Saint-Michel. Il écouta, le cœur palpitant, l'énumération, avec le nombre de serviteurs, les titres et les armoiries, de celles qui étaient arrivées après le débarquement du roi Henry, après la prise de Caen, de Rouen, des autres cités et forteresses normandes. Dans tout cela, aucun nom qui fût précisément de Rouen; personne qui dût connaître Simone et avoir des raisons de la protéger.

« Et des gens de Rouen, dit Laurent à l'hôtesse, n'en avez-vous point? Nobles, bourgeois ou clercs?

— De Rouen? pas de seigneurs, que je sache : des bourgeois peut-être.
Mais, en fait de religieux, il y a le saint,... il est de Rouen, j'en suis sûre.

— Et son nom le savez-vous?

— Je l'ai peut-être bien su, mais je l'ai oublié : on l'appelle le saint, dans
toute la ville. Ce sont les anges qui l'ont amené. Il était en mer sur un vais-
seau des Anglais, et il consolait les prisonniers, leur prédisant que la domina
tion des Anglais ne durerait pas et que les lis l'emporteraient un jour et chas-
seraient le léopard du beau royaume de France. Les Anglais ont voulu le
faire taire, et comme il leur répondait : « Il est juste que je parle pour relever
le courage de mes frères, puisque je suis trop vieux et trop faible pour servir
mon roi et mon pays autrement que par la langue », ils l'ont attaché sur
une planche et l'ont ainsi jeté à la mer. Mais Dieu veillait sur lui, et il a
envoyé deux anges pour diriger le radeau du saint. Le vent soufflait dans
leurs ailes étendues, qui faisaient comme des voiles, et c'est ainsi qu'il a
abordé doucement au pied du Mont Saint-Michel, la seule portion de terre
normande qui ne puisse jamais être conquise par l'ennemi, parce que le bienheureux archange, notre glorieux patron, la défend avec son épée de flamme.
Depuis ce temps, le saint ne nous a pas quittés. Il a appelé autour de lui les
dames nobles, et les bourgeoises aussi, et il leur a appris à soigner les blessés
et les malades. Vous le trouverez au grand hôpital : il doit avoir à faire, avec
les blessés d'aujourd'hui, quoique, dit-on, les Anglais en aient eu bien plus
que nous. »

Sans s'attarder à renseigner l'hôtesse sur ce point, Laurent s'informa du
grand hôpital et s'y rendit aussitôt. S'il y avait quelque part de saintes femmes
occupées à panser des blessés et à consoler des mourants, c'était sûrement là
qu'il trouverait Simone.

Hélas! elle n'y était point, et Laurent découragé allait se retirer, la mort
dans le cœur, lorsque l'idée lui vint que « le saint », comme on l'appelait,
pourrait peut-être lui dire, puisqu'il était de Rouen, ce qu'était devenue la
fille d'Alain Blanchart. Il s'informa donc de lui à un homme d'armes qui
sortait, la tête bandée, après s'être fait panser.

« Vous ne le connaissez pas? lui répondit l'autre d'un air surpris. Il est tout
près de vous, là : ce prêtre qui donne les saintes huiles à ce chevalier blessé,
c'est le saint! »

Laurent se pencha, regarda : cette taille courbée, ce front chauve autour
duquel voltigeaient quelques rares cheveux blancs, ne lui étaient pas
inconnus.... Le prêtre se releva, tourna la tête.... « O mon père, mon père! »
s'écria Laurent; et il vint tomber à genoux devant Pierre Lenoël.

« C'est donc vous, mon fils! Dieu vous a sauvé de la mort : qu'il soit béni!
Est-ce moi que vous cherchiez? Dans un instant je serai libre des soins de

Le vent soufflait dans leurs ailes étendues.

mon ministère et je serai tout à vous. Attendez-moi à la porte de la chapelle. »

Laurent Toustain, le cœur plein d'espoir, sortit de la salle, et Pierre
Lenoël ne tarda pas à venir le retrouver.

« Simone? » dirent-ils tous les deux en même temps; et Laurent comprit
que le vieux prêtre n'en savait pas plus que lui sur le sort de celle qu'il
cherchait.

« Hélas! dit Pierre Lenoël, je l'ai laissée avec Éloy sur le quai de Rouen
quand la barque m'a emporté. Pauvres enfants! ils ne savaient pas encore
que leur père était condamné,... je le savais, moi, mais je ne pouvais que prier
pour eux.... Ne vous découragez pas, Laurent. Restez ici un jour : je vais préparer des missives pour des amis que j'ai en divers lieux; vous irez les
trouver et ils vous aideront. Les enfants d'Alain Blanchart ne peuvent pas
avoir péri obscurément sans que personne les ait secourus, sans que personne
même l'ait su : le nom de leur père a dû leur être une sauvegarde. Courage,
mon fils, et ne perdez pas l'espérance! »

Laurent soupira : l'espérance l'abandonnait malgré lui.

Le vieux prêtre, pour le forcer à sortir de ses pensées, lui fit raconter ses
aventures, et Laurent lui fit entendre qu'il connaissait l'histoire de son
arrivée miraculeuse au Mont Saint-Michel.

« Il n'y a pas eu de miracle, dit simplement Pierre Lenoël. Celui qui commande aux vents et à la mer n'avait pas besoin de mettre ses anges au service d'un humble mortel. Il voulait encore m'employer, sans doute, pour mes
frères et pour mon pays, puisqu'il a défendu aux vagues de m'engloutir et
qu'elles m'ont amené là où je pouvais encore faire quelque bien. Ayez confiance en lui, mon fils : nous sommes tous dans sa main, et j'ai le ferme
espoir que nous verrons avant de mourir la bannière de France flotter sur le
château de Rouen. Savez-vous ce qu'a dit à son lit de mort le cruel roi Henry,
en parlant de son fils, enfant qui n'avait pas une année de vie? « Henry né à
Montmouth a conquis beaucoup et régné peu; Henry né à Windsor régnera
longtemps et perdra tout! » Les mourants ont parfois de ces lueurs prophé-
tiques; qui sait si Dieu, pour première punition, n'a pas montré à celui-ci
l'avenir de sa race? »

Le lendemain Laurent, pourvu des lettres de Pierre Lenoël, partit pour ses
nouveaux voyages. Le vieux prêtre lui avait conseillé d'aller d'abord à Paris;
à la vérité Paris était au pouvoir des Anglais; mais le parti bourguignon y
avait toujours été nombreux et puissant, et le nom d'Alain Blanchart ne pouvait manquer d'y être en honneur. Laurent devait aller trouver maître
Eustache de Pavilli, qui le recevrait bien et l'aiderait dans ses recherches. A
défaut du célèbre carme, Laurent avait des lettres pour d'autres savants doc-

teurs en Sorbonne, et il en avait aussi pour de vénérables chapelains et de
vaillants gentilshommes qui suivaient le jeune roi et sa cour errante.

Quand Laurent entra dans Paris, il se crut dans une ville de fous. Il était
depuis bien longtemps déshabitué du bruit et du mouvement des grandes villes
et surtout il avait depuis des années oublié ce que pouvait être une ville en
fête. Or tous les gens qu'il voyait, bourgeois et manants, nobles et clercs, che-
minaient dans les rues, parés de leurs plus beaux habits, avec l'air d'oisifs
qui se rendent à quelque spectacle. Il remarqua que la foule se dirigeait toute
du même côté, et il suivit la foule.

La foule le mena vers le cimetière des Innocents. Là il dut s'arrêter avec
elle, car on y arrivait de plusieurs rues, et tout le monde ne pouvait pas
entrer à la fois. On se bousculait très fort, comme il arrive en pareil cas.

« Ne poussez donc pas tant! dit une jolie bourgeoise, en faisant une mine
fâchée, à des écoliers qui cherchaient à l'écarter pour passer devant elle. Hé!
messire, vous qui êtes d'une si belle taille, faites-moi entrer, je vous prie.
Vous avez l'air d'un chevalier, vous devez connaître la galanterie! »

Laurent, à qui cette requête s'adressait, ne put s'empêcher de sourire.
S'arc-boutant contre la porte, il opéra une poussée dans la foule et permit à
la jolie bourgeoise de passer sous ses bras pour se glisser dans l'intérieur du
cimetière.

« Grand merci, messire », dirent ironiquement les écoliers en profitant du
même passage. Laurent les suivit et tous quatre se trouvèrent bientôt aux
premières places pour bien voir, entre deux piliers du cloître.

« Messire, dit la jeune femme à Laurent — elle paraissait aimer la société
et la conversation, — avez-vous déjà vu la nouvelle danse? Moi, c'est la première fois que j'y viens, et justement les princes y doivent venir aussi. Nous
aurons deux spectacles pour un.

— Je ne l'ai jamais vue et n'en ai même point entendu parler; j'arrive de
loin et je ne connais pas Paris.

— Ah! vous avez du bonheur alors de vous y trouver en un pareil jour....
Le spectacle, je ne peux pas vous en parler, mais tous ceux qui l'ont vu disent
que c'est une chose singulièrement belle et d'un genre tout nouveau.... Mais je
connais les princes, et je pourrai vous les nommer quand ils vont s'asseoir là,
sur ce bel échafaud. Voyez les belles tentures, les superbes tapisseries.... Au-
dessus de ce grand fauteuil, au milieu, le dais de velours rouge porte les
armes de France et d'Angleterre; c'est là que va s'asseoir le duc de Bedford, le
régent, l'oncle du petit roi Henry.... Ah! voyez, messire, voilà les princes!
Le duc de Bourgogne, monseigneur Philippe, s'assied à la droite du régent.
Qu'il est beau et magnifique! Jeune comme il est, il est déjà veuf : on dit qu'il
va prendre femme de nouveau. A côté de lui, c'est le comte de Saint-Pol, et

puis le sire de la Trémoille.... Voyez aussi le comte de Salisbury, et sa comtesse, la plus belle de toutes les nobles dames de l'Angleterre.... Ah! voilà le spectacle qui commence! » -

La jolie bourgeoise cessa d'user de sa langue pour se servir de ses yeux et de ses oreilles, et Laurent put regarder sans distraction le singulier spectacle qui lui passait sous les yeux. Sur un grand échafaud dressé en face de celui des seigneurs, des figures étranges se mouvaient, s'enlaçant deux par deux, tournant, chantant, la main dans la main, s'unissant en une longue file qui décrivait des cercles variés. Les acteurs ne représentaient point, comme c'était l'usage dans les *Mystères*, quelque scène de la vie ou de la Passion de Notre-Seigneur; ce n'était point une action qui se déroulait sous les yeux des spectateurs. Mais tous les rangs, toutes les classes, tous les âges venaient à leur tour défiler sur l'échafaud, en chantant sur un air lugubre des paroles plus lugubres encore.

> Hélas, mourir convient
> Sans faillir, homme, femme!

disait une belle dame vêtue de soie et d'or, éblouissante de pierreries; et le chœur les redisait après elle. Un moine, un laboureur, un chevalier, un prêtre, un loqueteux, une religieuse, un enfant en bas âge, un bourgeois, un aveugle, un roi, un cardinal, le pape lui-même, paraissaient un instant, chacun disant les misères de sa condition, ou jetant un adieu mélancolique à ses richesses ou à sa puissance, et leur complainte monotone se terminait toujours par le même refrain :

> Mort saisit sans exception.

En tête de la lugubre file, la Mort elle-même, agitant sous un long manteau ses bras de squelette, montrait dans un rire affreux les dents blanches de sa tête décharnée et menait la danse au son d'un tambour qu'elle frappait avec deux os en guise de baguettes.

Le peuple applaudissait, le peuple riait devant ce spectacle qui lui montrait ses maîtres, ses tyrans, ces puissants qui l'écrasaient d'impôts et versaient son sang comme l'eau des fontaines, soumis à la même loi que lui. La jolie bourgeoise se récriait tantôt d'admiration, tantôt de terreur ; les écoliers faisaient des remarques tantôt gaies, tantôt tristes, et se détournaient parfois de la scène pour regarder les princes, autres acteurs d'une autre comédie.

« Vois donc le duc de Bedfort, dit l'un en poussant le coude de son camarade, comme il fait le gracieux avec monseigneur le duc de Bourgogne!

— Qui le reçoit, révérence parler, comme un chien en une rôtisserie!

— On dit qu'ils ne sont pas trop bons amis, les deux ducs!

— Tant mieux : cela fera peut-être nos affaires à nous autres!

— Tais-toi donc; si l'on t'entendait!

— Qui? les Anglais? Je ne m'en soucie guère. Depuis quand un étudiant de l'Université de Paris n'a-t-il pas le droit de dire ce qu'il pense? M'est avis, à moi, que la France est faite pour les Français, et l'Angleterre pour les Anglais. Chacun chez soi, et tout le monde sera content!

— Il est sûr que j'aimerais mieux dire : « Vive Charles, roi de France » que « Vive Henry, roi de France et d'Angleterre ». Mais je suis Parisien, et les Parisiens ont toujours aimé les Bourguignons.

— C'est pour cela qu'il faut que le duc de Bourgogne s'arrange avec le dauphin. Les Anglais ne seront pas longs, après cela, à être boutés hors de France.

— Messire, interrompit la jolie bourgeoise, est-ce vrai qu'il y a de la brouille entre les deux ducs à propos d'une dame?

— Oui : madame Jacqueline de Hainaut, la nièce du duc de Bourgogne, qui a fait rompre son mariage avec le duc de Brabant, sous prétexte qu'il était son cousin. A présent, elle a épousé un des oncles du petit roi Henry, qu'on appelle le duc de Glocester, et le duc de Bourgogne ne veut pas de ce mariage-là, qui ferait passer aux Anglais les beaux héritages de madame Jacqueline. Naturellement le duc de Bedfort soutient son frère; cela amènera de la brouille un jour ou l'autre, s'il n'y en a pas déjà. »

Le spectacle finissait, et les princes sortaient en se saluant avec de grandes politesses.

« Messire, demanda Laurent à l'un des jeunes gens, puisque vous êtes écolier, ne pourriez-vous m'enseigner où je trouverai messire Eustache de Pavilli?

— Messire Eustache de Pavilli! mais il est mort l'année dernière; on lui a fait de belles obsèques....

— Ah! et messire Jean Ledoyen?

— Mort aussi, avant l'autre, même.

— Et messire Robert Claudius? et messire Odon Lesage? »

Hélas! de toutes les lettres de Pierre Lenoël, pas une ne pouvait être remise à son destinataire. Les uns étaient morts ou disparus, les autres étaient retournés dans leurs provinces. Il fallait que Laurent cherchât seul dans Paris les traces des enfants d'Alain Blanchart.

XXIV

AUTRE TEMPS, AUTRES LIEUX

Il nous faut maintenant passer par-dessus quatre années, où Laurent, toujours à la recherche de Simone et d'Éloy, parcourut la France, s'arrêtant partout où il y avait à se battre pour le roi Charles, et immolant en conscience le plus d'Anglais qu'il pouvait à la mémoire d'Alain Blanchart. Il alla en Bourgogne, où messire Antoine de Toulongeon était retourné. Messire de Toulongeon s'intéressa à lui, s'informa près des autres capitaines bourguignons, écrivit aux villes qui, à sa connaissance, avaient reçu des exilés de Rouen : personne ne put donner de nouvelles des enfants d'Alain Blanchart. Laurent se rendit à Bourges, où il entrevit le jeune roi, en très petit équipage : ce qui ne l'empêchait pas de passer le temps en divertissements et de mener la vie gaiement, pendant que ses villes et ses forteresses ouvraient l'une après l'autre leurs portes aux Anglais. Il retourna au Mont Saint-Michel, toujours assiégé par les Anglais, où Pierre Lenoël continuait à soigner les blessés et à espérer le salut de la France. Il revit Rouen, qui courbait la tête sous le joug anglais qu'elle n'avait pas la force de secouer. Nulle part personne n'avait jamais entendu parler de Simone et de son jeune frère. Sans doute tous deux avaient péri dans le désordre de la fuite. Un voyage était chose si périlleuse en ce temps de guerre, pour une femme et un enfant pauvres et sans protection ! Laurent perdait peu à peu l'espérance qui l'avait d'abord soutenu. Quand il revenait à Rouen, maître Guillaume Deshayes le pressait de s'y fixer, d'y réclamer son droit de bourgeoisie et de se soumettre au roi Henry. « Ce n'est pas, disait-il, celui qui nous a conquis et qui a été si dur pour nous; c'est un enfant qui est du sang de nos rois, puisque sa mère était la propre fille du pauvre roi Charles sixième; et d'ailleurs, à quoi sert que vous restiez fidèle au dauphin? Il est bien perdu; il n'est plus déjà que le roi de Bourges, et encore ne le sera-t-il pas longtemps, puisque tous les seigneurs qui le servaient l'ont quitté, même ceux de sa famille. Il faut bien se soumettre à ce qu'on ne peut empêcher. »

Ces discours-là ne persuadaient pas Laurent Toustain; pourtant il revenait à Rouen. Ce qui l'y attirait, ce n'était ni Guillaume, ni Michelle, ni l'amour du pays, ni le charme des souvenirs d'enfance; c'était la petite Nicolette.

C'était une étrange enfant, qui n'avait point la gaieté de son âge. On eût dit qu'elle était née triste. Elle jouait pourtant avec les autres enfants, elle courait, elle sautait, elle n'était ni faible, ni maladive; mais elle semblait possédée par une idée fixe, le désir de savoir tout ce qui s'était passé quand la ville avait été prise par les Anglais. A force de questionner Guillaume et Michelle, leurs voisins, leurs amis, les riches bourgeoises qui lui faisaient amitié pour sa gentillesse, et les mendiants à qui elle faisait l'aumône, elle avait fini par connaître l'histoire du siège mieux que les gens qui s'y étaient battus, car chacun d'eux ne s'était pas trouvé partout, et Nicolette avait profité du savoir de tous. Cette idée-là lui était venue du jour où devant elle Michelle avait raconté à Laurent la fin du siège et la mort d'Alain Blanchart. Le capitaine des arbalétriers était devenu pour elle un saint qu'elle invoquait dans ses prières avec les patrons de la ville, saint Ouen, saint Romain et saint Éloy; et elle croyait fermement qu'au jour où les Anglais seraient chassés, Dieu lui donnerait un commandement dans la milice céleste pour qu'il vînt en aide aux Français. Tout en priant « saint Alain », comme elle l'appelait, l'enfant pieuse et tendre priait aussi pour d'autres victimes, pour les pauvres gens des fossés, dont la lamentable histoire la faisait pleurer à chaudes larmes. Au printemps, quand elle allait avec ses petites compagnes cueillir sur le revers de ces fossés verdoyants des bouquets de primevères ou de marguerites, elle s'arrêtait bientôt et revenait prendre la main de Michelle, qu'elle pressait de questions. « Mère! c'était là? ils avaient froid? ils avaient faim? les petits enfants demandaient du pain et les pauvres mères pleuraient? on apportait les petits enfants à l'église pour les baptiser, et puis on les rendait à leurs mères? et ils mouraient? Est-ce parce qu'ils sont morts là que l'herbe est si verte et les fleurs si belles? »

Michelle répondait le moins possible et tâchait de distraire l'enfant; mais la petite retombait bientôt dans ses songeries, regardait les places où l'herbe plus touffue lui semblait pousser sur une tombe, et se mettait à pleurer de pitié.

Nicolette s'était prise d'une grande amitié pour Laurent Toustain : d'abord il était malheureux, et puis il avait connu Alain Blanchart, qui l'appelait son fils! Et dès que Laurent arrivait, elle courait à lui, grimpait sur ses genoux, le questionnait sur son parrain et sur les enfants de son parrain : elle connaissait Simone et Éloy presque comme si elle eût vécu avec eux. Laurent trouvait plus de plaisir à causer avec cette petite fille qu'avec des gens d'âge qui lui donnaient des conseils raisonnables.

Nicolette n'était ni raisonnable ni politique : quand on était né en France, il fallait rester Français ; il n'y avait qu'un roi, c'était le roi Charles ; et elle regrettait que Guy le Bouteiller ne fût plus à Rouen pour aller l'appeler faux traître à la face de ses amis les Anglais. Puis elle assurait à Laurent, comme si un ange lui eût confié les secrets de l'avenir, que les Anglais seraient chassés de France, que les traîtres seraient punis et que les enfants d'Alain Blanchart reviendraient en triomphe à Rouen. Laurent souriait et embrassait l'enfant ; il savait bien que tout cela n'était que rêveries,

Une jeune fille essayait une armure.

mais il finissait presque par y croire, et cette croyance l'encourageait dans ses vaines recherches.

Le mois de février 1429 le trouva en Lorraine : il s'y plut, parce que les gens aimaient la France et maudissaient les Anglais. Mais, n'y trouvant encore point de traces de ceux qu'il cherchait, il résolut de retourner près du roi, dont les affaires étaient fort mal en point à ce moment-là et qui avait grand besoin d'hommes d'armes.

Comme il traversait la petite ville de Vaucouleurs, il y remarqua une grande agitation. Le centre du mouvement semblait être la maison d'un charron, dont on voyait, dans l'atelier grand ouvert, les enclumes et les marteaux; mais ce charron était-il en même temps faiseur ou raccommodeur d'armures, que tant de gens lui apportaient, qui un masque, qui des jambières, qui une lance, un coutelas, un écu, un gorgerin?

Laurent s'approcha, et sa haute taille lui permit de voir par-dessus les têtes de femmes qui se pressaient à la porte.

Dans la boutique du charron, une jeune fille se tenait debout, et Laurent entendait distinctement sa voix, une voix claire et douce, qui disait : « Merci! merci, mes bons amis! je prierai pour vous Dieu et les saints! »

Elle souriait à tous ceux qui lui présentaient une pièce d'armure, elle la prenait de leurs mains et l'essayait à la mesure de son corps, mettant à part celles qui lui semblaient à peu près à sa taille et rendant les autres à leurs maîtres.

« Que se passe-t-il donc, et quelle est cette femme? demanda Laurent à une commère qui pleurait d'attendrissement en regardant la jeune fille.

— Vous ne savez pas? C'est Jeanne, la bergère de Domrémy. Messire de Baudricourt, notre capitaine, s'est enfin décidé à la conduire au roi; et c'est à qui dans la ville aidera à son équipement. Ses voix lui ont ordonné de vêtir l'habit d'homme, de monter à cheval et de porter les armes, et chacun lui apporte ce qu'il peut.... Elle est partie : elle sera allée en une chambre haute mettre ses nouveaux vêtements. »

Laurent ne comprenait point; mais la commère ne demandait qu'à parler, et il sut bientôt les merveilleuses histoires qui couraient sur le compte de Jeanne; sa piété, sa simplicité, les saintes qui venaient la visiter, les voix qui lui ordonnaient d'aller faire lever le siège d'Orléans et conduire le roi à Reims pour qu'il y fût sacré.

Comme la dame achevait son récit, Jeanne reparut, vêtue des dons qu'elle avait reçus. Elle paraissait plus petite ainsi qu'avec ses jupes; elle avait chaussé des housseaux et des éperons; elle portait une armure complète, à l'exception du casque, qu'elle tenait à la main.

Laurent pensa que l'archange saint Michel, à la tête de l'armée céleste, devait être tout pareil à elle, tant il y avait d'ardeur dans ses grands yeux bleus, qui semblaient voir des choses invisibles pour les autres yeux mortels.

Les bonnes gens s'empressèrent autour d'elle, l'appelant sainte et bienheureuse, cherchant à baiser ses mains, lui présentant leurs petits enfants à bénir. Mais elle les repoussait doucement en disant : « Paix, paix! ce n'est que devant Notre Seigneur et sa sainte Mère qu'on doit se mettre à genoux. Je ne suis qu'une pauvre fille, et j'ai une mission à remplir : laissez-moi partir, je vous en prie! »

Le sire de Baudricourt arriva.

« Eh bien, Jeanne, lui dit-il, te voilà donc équipée comme tu l'as désiré. Veux-tu toujours t'en aller trouver le roi?

— Oui, je vous en prie, mon cher sire. J'y voudrais être déjà : je sens mes cheveux se dresser sur ma tête, quand je pense au sang français qui coule à ce siège d'Orléans.

— Tu partiras donc; messire Jean de Novelompont et messire Bertrand de Poulengi t'accompagneront avec leurs écuyers, ainsi qu'un messager du roi qui est ici en ce moment. C'est une bien petite escorte; mais je ne puis dégarnir la ville de ses défenseurs. Peut-être y aura-t-il quelques hommes libres, habitués au métier des armes, qui voudront se rendre avec toi devant le roi. »

Le sire de Baudricourt avait élevé la voix, comme pour adresser un appel à la foule; mais, si les gens de Vaucouleurs admiraient Jeanne, nul d'entre eux ne se souciait de quitter sa famille et sa maison pour la suivre dans son périlleux voyage. Laurent, lui, n'avait rien qui le retînt. Il fendit la foule et se présenta devant le sire de Baudricourt.

« Me voici, messire! dit-il. Moi, Laurent Toustain, bourgeois et arbalétrier de Rouen, sujet fidèle du roi de France, je m'offre pour accompagner cette fille et la défendre de tout mon pouvoir.

— Vive le brave Rouennais! vive le brave arbalétrier! » cria la foule.

Et le sire de Baudricourt commença à questionner Laurent sur ce qu'il avait fait et les lieux où il avait vécu depuis la prise de sa ville. Mais Jeanne l'interrompit.

« En nom Dieu, dit-elle, il n'est pas besoin de tant de paroles. Je vois bien en ses yeux qu'il ne ment pas, et je l'accepte pour compagnon. Partons maintenant au plus tôt, et que le soleil couchant nous trouve loin d'ici. »

XXV

JEUNES REJETONS DES VIEUX TRONCS

DANS un petit manoir de Touraine, trop pauvre pour mériter le nom de castel, en dépit de ses deux tourelles, de son pigeonnier et de l'écusson armorié qui surmontait sa porte d'entrée, deux vieux serviteurs, un homme et une femme, disposaient la table du souper, pendant que deux femmes, penchées sur un ouvrage d'aiguille dans l'embrasure profonde d'une fenêtre, mettaient à profit les dernières clartés du jour. Ces deux femmes n'étaient sûrement point de la même condition, quoiqu'il n'y eût ni servilité ni morgue dans l'attitude ou le ton de l'une et de l'autre. La plus âgée avait dû briller dans sa jeunesse entre les plus fières beautés d'une cour. Elle pouvait avoir de trente-cinq à quarante ans, et des fils blancs rayaient les masses ondulées de sa chevelure noire; son visage pâle gardait les plis douloureux que laisse l'habitude des tristes pensées. Sa robe de deuil, coupée d'après une mode déjà ancienne et dépourvue de tout ornement, trahissait l'absence de coquetterie ou une situation de fortune peu brillante; mais celle qui la portait avait l'air d'une princesse déguisée. L'austérité de ses traits s'éclairait du sourire le plus tendre et le plus doux, quand elle tournait ses grands yeux noirs vers un jeune homme d'environ vingt ans et une jeune fille qui pouvait en avoir quatorze, et qui ressemblait à la dame en deuil comme le bouton ressemble à la fleur. Le frère et la sœur étaient fort occupés en ce moment à l'autre bout de la salle à frotter de toutes leurs forces, avec une peau préparée, les diverses pièces d'une armure que le temps avait quelque peu ternie et rouillée.

L'autre brodeuse, vêtue de deuil, elle aussi, était d'une taille moins élevée que la première, et elle paraissait dix ans de moins, sinon davantage. C'était une blonde aux yeux bleus, un peu pâle, comme une rose d'automne, mais gracieuse avec sa taille souple et fine et son regard plein de douceur.

« Je n'y vois plus! dit la dame aux yeux noirs. Faites-nous de la lumière, Hervé; je veux achever cette broderie pour l'envoyer demain à la ville.

— Reposez vos yeux, chère dame, dit affectueusement la jeune femme en prenant l'ouvrage des mains de sa compagne; j'ai fini et j'achèverai tout à l'heure votre ouvrage. Comme c'est beau! celle qui portera ce couvre-chef recevra bien des compliments des chevaliers et fera l'envie de bien des dames.

— N'est-ce pas que je ne suis pas mauvaise ouvrière? répliqua la dame avec un sourire mélancolique. Je suis bien loin de t'égaler, pourtant. Avec tes doigts de fée on peut bien dire que c'est toi qui gagnes notre vie.

— Oh! loin de là!... Et puis, quand ce serait, ne vous dois-je pas cent fois plus que je ne pourrai jamais vous rendre? Oh, ma chère bienfaitrice, mon cœur se fond de reconnaissance, et aussi de regret de faire si peu pour vous, quand je pense au jour où vous m'avez relevée, dans le fossé où je mourais de maladie et de misère, de fatigue et de faim, sans trouver seulement la force d'ouvrir les yeux pour regarder mon pauvre petit frère, qui se désolait à mes côtés. Vous m'avez soignée, vous nous avez sauvés; et depuis vous nous avez gardés près de vous, et vous me traitez comme une sœur, vous, une des plus grandes dames de France!

— Pouvais-je faire moins, mon amie, pour les enfants de votre héroïque père? Je paye, autant qu'il est en moi, la dette de la France; si jamais notre roi devient riche et puissant j'espère qu'il ne sera pas ingrat envers ses fidèles serviteurs.

— Hélas! il est bien mal en point, le roi!... J'aimerais pourtant à revoir Rouen avant de mourir....

— Moi aussi, j'aimerais à revoir Rouen! dit une voix jeune et gaie. Et j'espère bien y entrer un jour plus joyeusement que nous n'en sommes sortis, sœur Simone! »

La jeune femme se retourna vivement et sourit à son frère qui venait d'entrer.

« Te voilà, Éloy? d'où viens-tu donc?

— Je viens de faire le tour du manoir et de fermer portes et fenêtres, après avoir battu les buissons pour voir s'il ne s'y cachait point quelque ennemi,... c'est ma besogne, à moi, de veiller à la sûreté de la place.... En fait d'ennemis, j'ai trouvé deux lapins dans mes collets: je les ai mis en passant dans la cuisine, mère Olive. J'ai abattu un vieil arbre pour nous chauffer, car les soirées sont encore fraîches et il ne faut pas que la noble châtelaine souffre du froid; et me voilà prêt à souper.... Ah, messire Jacques, vous faites mon métier; un chevalier porte une armure, mais il ne la nettoie pas: c'est l'ouvrage de son écuyer.

11

— Et Laurette qui a voulu m'aider! qu'en dis-tu ?

— Je dis que c'est dommage d'y salir ses blanches mains : les damoiselles ne doivent toucher aux armes que pour en revêtir leur chevalier.

— Oh ! les damoiselles de tournoi ! répondit Laurette en secouant sa tête d'un air mutin ; mais à présent, c'est sérieux pour tout le monde, la guerre !

— Pas pour les femmes, mon enfant ! lui dit sa mère.

— Pour les femmes aussi, mère, si la France a besoin d'elles. La bergère qui doit venir pour conduire nos armées et chasser les Anglais, ne faudra-t-il pas qu'elle touche à des armes?

— Quelle bergère, petite sœur ? demanda Jacques.

— Tu ne sais pas ? C'est Olive qui m'en a parlé ; il y a longtemps, longtemps, que Merlin a prédit nos malheurs. La France sera presque perdue ; et c'est alors qu'une jeune fille, une bergère, nous viendra des marches de la Lorraine et remettra la France en prospérité. Demande à Olive, elle sait par cœur toute la prédiction.

— C'est vrai, messire Jacques, dit d'un ton convaincu la vieille Olive, qui venait d'entrer, apportant le souper. Je savais cela depuis mon enfance, d'une Bretonne que j'avais connue, car il paraît que ce Merlin était un Breton qui vivait il y a très longtemps, et qui était une espèce de devin. Mais je n'y pensais plus et voilà qu'on se remet à en parler ; il y a je ne sais combien de personnes qui m'ont raconté la prédiction, au dernier marché de Sainte-Catherine de Fierbois. C'était au moment du pèlerinage, et tous les pèlerins en parlaient. Ils disaient bien d'autres choses !

— Quelles choses, Olive ? Tu sais que j'aime beaucoup les contes, reprit Jacques en riant.

— Des contes, messire Jacques ! pouvez-vous appeler cela des contes ? Est-ce qu'il n'est pas grand temps que le Seigneur Dieu vienne à notre secours ? il ne peut pas laisser périr la France, en vérité ! Songez donc à la figure que ferait le monde, si la France n'y était plus !

— Enfin, que disaient les pèlerins ? demanda la gentille Laurette.

— Ils racontaient l'histoire d'un saint ermite, qu'on appelait frère Jean de Gand. Il était venu, il y a longtemps, parler au dauphin et aussi au roi Henry d'Angleterre, le père du petit roi d'à présent ; et il leur avait demandé à tous deux s'ils voulaient la paix. Le dauphin avait répondu : « Oui, s'il plaît à Dieu ». Le roi Henry : « Oui, quand j'aurai conquis le royaume ». C'était trop d'orgueil ; aussi l'ermite lui prédit qu'il mourrait bientôt ; et il prédit au dauphin qu'il finirait par triompher, et que sa lignée resterait sur le trône de France. Le roi Henry est mort peu de temps après ; vous voyez bien que l'ermite disait la vérité.

— Oui, pour la mort du roi Henry ; mais pour le reste?

— Eh bien, pour le reste, cela viendra ! Il y a déjà une femme d'Avignon, nommé Marie, qui est venue trouver notre roi et lui a conté des choses merveilleuses. Elle a eu des visions d'armés ; mais ces armes n'étaient pas pour elles, lui a dit une voix ; elles étaient pour une autre jeune fille, qui doit finir les maux de la France. »

Pendant que la vieille servante parlait, les deux familles unies avaient pris place à la table du souper : Perrette de la Rivière, dame de la Roche-Guyon, car c'était elle, dans son fauteuil surmonté d'un dais où étaient sculptées ses armes ; ses enfants, Jacques et Laurette, à ses côtés, et Simone et Éloy en face d'eux. Ce pauvre petit manoir, qu'on appelait le Grand-Ormeau, à cause d'un vieil arbre qui couvrait toute la cour de son ombre, était tout ce qui restait à la noble dame de ses riches domaines, de ses châteaux forts, de ses somptueuses demeures ; elle était venue s'y réfugier, lorsqu'elle avait préféré l'exil et la pauvreté à la honte de donner sa main à un traître. Comme Simone, elle fuyait les Anglais ; mais elle n'était pas abandonnée et sans protection comme Simone ; le vieil Hervé, ancien serviteur du sire de la Rivière, l'accompagnait, portant les enfants entre ses bras robustes et soutenant sa noble maîtresse.

Un jour, des sanglots d'enfant avaient attiré leur attention : c'était Éloy qui pleurait près de Simone évanouie. La dame de la Roche-Guyon connaissait Simone et Éloy ; elle savait la conduite héroïque d'Alain Blanchart et sa mort courageuse ; elle adopta les deux orphelins et ne voulut plus se séparer d'eux. Simone, guérie, sut rendre les bienfaits reçus ; Perrette aimait à rappeler que, les derniers jours de leur pénible voyage, quand leur escarcelle vide les mettait en péril de mourir de faim, la jeune femme avait plus d'une fois gagné leur gîte et leur nourriture en chantant, de sa jolie voix, sur les places des villes, au seuil des riches demeures et dans la grande salle des hôtelleries, les vieux cantiques et les chants de guerre et d'amour dont elle avait la mémoire pleine.

Les fugitifs étaient arrivés au Grand-Ormeau, las et le cœur meurtri ; ils n'en étaient plus partis. Simone et Éloy, hors de Rouen, n'avaient pas un ami ; leur père était mort, Laurent sans doute l'était aussi : ils restèrent avec la noble dame qui appelait Simone son amie et la suppliait de ne pas l'abandonner.

Depuis dix ans les deux familles cachaient leur vie dans le petit castel, servies par Hervé et sa femme Olive, aussi dévouée que lui. Les enfants grandissaient et s'aimaient ; les jeunes garçons, alertes et robustes, fournissaient la table de poisson pêché dans le ruisseau qui traversait le petit bois, de gibier pris autour du manoir, de légumes cultivés par eux ; ils étaient tour à tour jardiniers, bûcherons ou toute autre chose, et Jacques de Milly, né sire de la Roche-Guyon, ne croyait point déroger en se servant de ses mains.

Parmi les bruits du dehors qui parvenaient au Grand-Ormeau, il y avait des récits étranges de grandes dames réfugiées en Allemagne ou ailleurs, qui gagnaient leur vie en faisant, pour les vendre, les délicates pâtisseries qu'elles s'amusaient jadis à confectionner dans leurs châteaux.

Simone brodait comme une fée ; elle se servit de ses talents pour mettre un peu d'aisance dans la maison, et dame Perrette apprit, elle aussi, à orner d'orfroi ou de frezeaux un couvre-chef ou une guimpe.

Le repas achevé, on se groupa autour de la grande cheminée, où Éloy avait jeté les débris de son arbre qui flambaient joyeusement. Les deux femmes songeaient ; Laurette, son frère et Éloy jouaient avec un grand chien jaune ; ils l'envoyaient à l'autre bout de la salle chercher un morceau de bois qu'il rapportait fidèlement sans se lasser de cet exercice inutile, et chaque fois il était accueilli par des rires fous.

« Savez-vous, madame, dit Simone en rapprochant son escabeau du fauteuil de Perrette, pourquoi les enfants se sont mis en tête de nettoyer toutes les vieilles armes qui sont ici ? On ne rencontre plus que morions et jambières, boucliers et cuirasses ; damoiselle Laurette n'avait-elle pas mis ce matin sur sa tête un casque avec son gorgerin !

— Je crains de le deviner, répondit en soupirant la dame de la Roche-Guyon. Jacques a dix-neuf ans, l'inaction lui pèse, et il a l'honneur de son nom à soutenir : il pense sûrement à s'en aller à la guerre.

— Et Éloy le suivra, quoiqu'il soit un peu plus jeune.... Nous n'avons rien à dire, c'est le devoir ! Mais ce sera si inutile ! Les Anglais assiègent Orléans, la dernière ville que le roi ait un peu proche de Paris ; et il ne s'occupe seulement pas de la secourir. Je sais bien qu'il n'a pas d'argent pour payer des hommes d'armes....

— Il en trouve pour ses fêtes et plaisirs ; c'est justement ce qui m'effraye. Je veux bien donner mon fils, comme je donnerais ma vie à moi, pour la défense du roi et de la France ; mais l'envoyer se perdre l'âme et le corps dans une cour frivole et coupable,... non, je ne peux pas y consentir.... Si encore Hervé pouvait aller avec Jacques et veiller sur lui ! mais Hervé est trop vieux, il ne supporterait pas les fatigues des chevauchées et des batailles... Il nous faudra laisser partir nos enfants seuls et sans guide, ma pauvre Simone !

— Il vient souvent des chevaliers en pèlerinage tout près d'ici, à Sainte-Catherine de Fierbois.... Hervé ne pourrait-il s'informer d'eux? Il a dû, au service de votre père et du feu sire Guy, votre mari, connaître tous les noms de la noblesse de France ; s'il rencontrait quelque chevalier sage, de grand honneur et renommée, qui s'en allât trouver le roi, ne pourrait-il lui recommander nos enfants?

— Tu as raison, ma Simone ; je serais plus tranquille ainsi.... Mais attendons : ils n'ont pas encore parlé de partir. »

A ce moment, Hardi, le chien jaune, lâcha brusquement son morceau de bois et tomba en arrêt devant la porte en aboyant avec fureur.

« Hardi a entendu quelque chose, dit Éloy, qui saisit le chien par son collier pour le faire taire. Paix, Hardi ! tais-toi et viens avec moi pour voir ce que c'est. »

Le chien se tut et suivit Éloy ; Jacques prit une hache et Hervé un flambeau, et ils sortirent de la salle. On entendait maintenant distinctement les pas de plusieurs chevaux et un cliquetis de fer.

Les chevaux s'arrêtèrent à la porte extérieure du manoir, qui résonna sous les coups d'une masse d'arme ou d'une poignée d'épée.

« Qui êtes-vous et que cherchez-vous céans ? demanda Jacques.

— Nous sommes chevaliers du roi de France, que nous allons trouver à Chinon, répondit une voix d'homme, et nous demandons l'hospitalité. Nous nous sommes égarés dans les bois et n'avons pu trouver de village. Il nous faut peu de chose : un gîte pour la nuit seulement ; nous repartirons dès demain matin. »

Jacques courut prendre les ordres de sa mère ; puis, suivi d'Éloy et d'Hervé, il se rendit lui-même à la porte pour souhaiter la bienvenue à ses hôtes.

Ils étaient sept cavaliers, et comme de juste on s'occupa d'abord de pourvoir aux besoins de leurs montures ; puis Jacques pria les voyageurs de vouloir bien faire honneur à un modeste souper.

« Nous ne vous traiterons pas aussi bien que nous le voudrions, leur dit-il ; nous sommes des exilés, et le roi d'Angleterre nous a dépouillés de toutes nos seigneuries ; mais le peu que nous vous offrirons sera offert de bon cœur. Ma mère n'a jamais refusé l'hospitalité aux loyaux serviteurs du roi. »

Et, prenant le flambeau des mains d'Hervé, il précéda ses hôtes et les introduisit lui-même dans la salle où Perrette de la Roche-Guyon les attendait.

XXVI

OÙ LA FORTUNE COMMENCE A SOURIRE AUX FRANÇAIS

L A noble dame, avec sa grâce majestueuse, se leva de son fauteuil et fit deux pas au-devant des visiteurs, et elle commençait à leur adresser un sourire de bienvenue, lorsqu'un cri partit du groupe des inconnus.

« Simone! »

Et un homme s'élança vers la fille d'Alain Blanchart, qui se tenait debout derrière la dame de la Roche-Guyon. Simone le regarda, tressaillit : il rejeta son chaperon en arrière. Alors elle le reconnut tout à fait, et vint se jeter dans ses bras, riant, pleurant, presque pâmée d'une si grande joie qu'elle n'espérait plus depuis tant d'années.

« C'est Laurent, madame! c'est Laurent! dit-elle, dès qu'elle eut retrouvé la parole.

— Ma Simone! je t'ai cherchée dix ans, je n'espérais plus.... Dieu nous gardait cette joie.... Qu'il soit béni!

— Oui, Laurent, qu'il soit béni! et aussi notre chère protectrice....

— Madame de la Roche-Guyon!... Oh, madame, on parle de vous en toute la Normandie et partout où l'on hait les traîtres et où l'on admire la fidélité et le courage.... Le misérable qui a livré Rouen passe sa vie en fêtes dans votre beau château, et vous êtes ici!... Mais le temps des Anglais sera bientôt fini.... Venez, Jeanne, et dites à cette noble dame, qui a mieux aimé perdre ses richesses et ses seigneuries que de donner sa main à un traître, ce que Dieu vous a commandé pour notre salut.

— Je suis envoyée pour faire lever le siège d'Orléans et mener le roi à Reims, dit d'une voix calme et claire Jeanne, en s'avançant vers la dame de la Roche-Guyon. Bon courage, noble dame; quand le gentil dauphin sera vrai roi sacré, ses ennemis fuiront comme la balle du blé qu'on vanne et que le vent emporte. Alors les Français fidèles rentreront dans leurs héritages, le roi tout le premier. »

Le sire de Poulengi expliqua alors à la châtelaine ce que c'était que cette jeune fille qui voyageait en habit de cavalier, et la vieille Olive joignit les mains en murmurant : « Seigneur tout-puissant! c'est donc celle-là, la vierge de Lorraine qui doit sauver la France! la prédiction de Merlin était vraie, et messire Jacques ne pourra plus s'en moquer. »

Non, Jacques n'avait pas envie de s'en moquer, ni Éloy, ni Hervé, ni les femmes. Pour ces âmes croyantes, d'autant plus éprises de l'amour de leur patrie que cette patrie était plus malheureuse, le doigt de Dieu était dans tout ce qui se passait. C'était Dieu qui avait égaré dans les bois la petite troupe, pour qu'elle ne trouvât d'autre asile que le manoir du Grand-Ormeau, et tous voyaient déjà les Anglais repassant la mer, le roi triomphant faisant son entrée dans sa capitale, et les exilés reprenant le chemin de leurs foyers.

Cette nuit-là, quand Jeanne et ses compagnons se furent retirés pour prendre du repos, la dame de la Roche-Guyon était seule en sa chambre, songeant aux choses merveilleuses qu'elle venait d'entendre, lorsqu'on frappa à sa porte, et Jacques entra.

« Ma très chère et honorée mère, dit-il en s'agenouillant à ses pieds, ne pensez-vous pas que c'est Dieu qui m'a envoyé l'idée de mettre en état les vieilles armes qui se rouillaient ici? J'ai bientôt vingt ans : permettez-moi, je vous en prie, de partir pour aider le roi à reconquérir son royaume et pour reprendre aux Anglais toutes nos seigneuries, où ils ont installé de faux traîtres qui ne méritent que la mort. Éloy viendra avec moi; je sais que nous sommes bien jeunes, mais vous pouvez vous fier à Laurent Toustain et à cette sainte fille pour nous conseiller et nous diriger selon l'honneur et le devoir. »

Perrette de la Rivière entoura de ses bras le cou de son fils et l'attira contre son cœur, où elle le pressa longuement. Elle était donc venue pour elle, l'heure inévitable, redoutée de toutes les mères, où l'enfant, devenu homme, quitte leur foyer pour s'en aller à travers le monde et ne plus revenir qu'en passant, presque comme un étranger,... et c'était au milieu des périls de la guerre que Jacques allait se jeter.... Perrette eut comme une vision rapide du passé; les adieux de Guy de la Roche-Guyon, partant, vaillant et fier, pour une chevauchée qui devait finir à Azincourt, se retracèrent vivement à sa mémoire,... mais elle rappela son courage, et, posant ses lèvres sur le front de son fils :

« Que Dieu te conduise, mon enfant! Sois digne de ton père, de tes aïeux, et garde pur l'honneur de ta race,... je pensais bien que tu voudrais partir! »

Le lendemain, le petit castel s'emplit dès le matin d'un cliquetis d'armes : on préparait l'équipement des deux jeunes gens. Laurette, tout enflammée, voyait déjà son frère revenir victorieux, enrichi par la rançon de nombreux capitaines bourguignons ou anglais. Simone s'affligeait un peu du départ d'Éloy; mais elle était si heureuse d'avoir retrouvé Laurent, que nul malheur ne lui semblait plus possible. La petite escorte de Jeanne demeura plusieurs jours au Grand-Ormeau : les sires de Novelompont et de Poulengi avaient jugé utile que la jeune fille écrivît une lettre au roi pour lui demander la permission de paraître devant lui, et ce fut du Grand-Ormeau qu'on l'envoya. Laurent Toustain fut chargé de la porter et de rapporter la réponse. C'était la dame de la Roche-Guyon qui avait écrit la lettre sous la dictée de Jeanne, car les bons chevaliers y auraient trouvé trop de difficulté, au lieu qu'elle était aussi savante qu'un clerc.

Laurent revint au bout de trois jours, que Jeanne avait passés en prières et dévotions dans l'église de Sainte-Catherine de Fierbois. Le roi consentait à recevoir Jeanne, qui se remit en route aussitôt avec ses compagnons.

Quelque temps après, Jacques revint avec Laurent, et ils apportèrent de merveilleuses nouvelles. Le roi avait vu Jeanne; il l'avait menée à Poitiers pour la faire interroger par de savants docteurs. Tous étaient émerveillés de la sagesse de ses réponses, et ils avaient déclaré qu'il ne se trouvait rien en elle qui ne vînt de Dieu, et qu'on pouvait s'aider de son secours contre les ennemis. Le roi lui avait donné deux pages et un écuyer, le sire Daulon, un brave et sage chevalier, un chapelain, des gens pour la servir et deux hérauts pour porter ses messages. On lui avait fait faire une armure à sa taille, plus commode que celle qu'elle avait emportée de Vaucouleurs, et on lui brodait un étendard semé de fleurs de lis, où l'on voyait figurer le Sauveur tenant le monde en sa main et adoré par des anges. Mais elle n'avait point voulu d'autre épée qu'une vieille épée marquée de cinq croix, qu'on trouverait dans la chapelle de Sainte-Catherine de Fierbois. Laurent et Jacques venaient la chercher, car Jacques se souvenait bien d'en avoir vu une telle qu'elle la décrivait, parmi des armes qu'on gardait près de l'autel. Jacques et Laurent étaient pleins d'espoir; Jeanne avait su réveiller tous les courages; sûrement les Anglais seraient bientôt chassés de Rouen, et Guy le Bouteiller du château de la Roche-Guyon.

Les jours, les semaines passèrent; mais malgré l'absence de Jacques et d'Éloy, malgré les dangers qu'ils couraient, le Grand-Ormeau n'était plus triste. Comme la châtelaine se félicitait d'avoir éduqué son fils presque comme si elle eût voulu en faire un clerc! Elle avait pensé surtout à lui assurer une ressource contre l'ennui, en lui apprenant à lire les beaux manuscrits que de savants moines copiaient et enluminaient dans leurs couvents, et qui trai-

taient de philosophie et de religion, des grands hommes de l'antiquité et aussi
des chevaliers de France comme faisaient les récits du sire de Joinville et de
messire Jean Froissart. Et maintenant elle avait le bonheur de recevoir de

lui de longues mis-
sives où il lui racon-
tait les faits de la
guerre et ses actions
de tous les jours.
Quand un messager
arrivait au Grand-
Ormeau, Laurette
et Simone, Olive et
Hervé accouraient
autour de la châte-
laine pour entendre
les nouvelles que
la vieille Olive avait
vite fait de répan-
dre dans le village.
   Les habitants
étaient tout fiers de
ce que Jeanne avait
fait prendre son
épée chez eux, et
aucun d'eux ne dou-
tait qu'elle ne vînt
à bout d'accomplir
tout ce qu'elle avait
annoncé.
   Jacques était plein
de joie et d'ardeur.
Le sire de Nove-
lompont l'avait pré-
senté au roi, le plus

La châtelaine l'attira contre son cœur.

gracieux seigneur qu'on eût jamais vu, et le roi l'avait bien accueilli. Lui,
Éloy et Laurent faisaient partie de la troupe avec laquelle Jeanne était entrée
dans Orléans, et il fallait voir les gens de la ville se jeter à genoux sur son
passage, les mains jointes, et l'invoquer comme si elle eût été un ange
du ciel. Il y avait eu des combats autour d'Orléans. Éloy avait pris et mis
à rançon un riche Anglais : ce qui leur était bien utile, car le roi était si

pauvre, que c'était à peine s'il payait ses hommes d'armes; il ne pouvait rien faire pour ses gentilshommes, et Éloy était trop jeune pour être enrôlé dans les troupes régulières.

Laurent avait retrouvé à Orléans un seigneur sous qui il avait déjà servi, et qui l'avait mis à la tête d'une compagnie d'arbalétriers, et tout allait au mieux.

Une autre missive annonça la délivrance d'Orléans; Jacques, à son tour, avait fait un prisonnier, et il envoyait à sa mère la moitié de la rançon avec un beau carcan d'orfèvrerie pour sa sœur Laurette. Maintenant on allait à Reims pour faire sacrer le roi, les barons anglais se battaient bien, mais ils avaient toutes les peines du monde à empêcher leurs hommes de fuir, quand ils voyaient flotter la bannière de Jeanne.

La lettre suivante était encore plus joyeuse que les autres. Jacques était chevalier! Après maintes prouesses à Jargeau, à Beangency et ailleurs, il avait capturé, à la bataille de Patai, un des plus grands capitaines de l'armée anglaise, qui l'avait armé chevalier pour pouvoir sans déshonneur lui remettre son épée. « Je pense, ajoutait le jeune sire de la Roche-Guyon, que l'ordre de chevalerie est tout aussi bon donné par un Anglais que par un Français; mon prisonnier s'est comporté aussi vaillamment qu'un Français eût pu faire. Maintenant je vais prendre Éloy pour mon écuyer, et nous équiper tous les deux avec les armes et la rançon du baron, et nous donnerons de l'ouvrage aux faiseurs de chansons de geste. »

XXVII

COMMENT CHATEAU-GAILLARD REVINT EN L'OBÉISSANCE
DU ROI CHARLES

Aprês la bataille de Patai, le voyage du roi vers Reims ne fut qu'une marche triomphale. Dans les villes, les garnisons anglaises et bourguignonnes résistaient seules, et encore beaucoup de seigneurs bourguignons, honteux du métier qu'on leur faisait faire, murmuraient tout haut, et disaient que le duc Philippe devrait bien laisser là ces Anglais et s'accommoder avec le roi de France. Quant aux bourgeois et au peuple des bonnes villes, ils préparaient, pendant que la garnison défendait ses remparts, des jonchées de fleurs pour l'entrée du roi; ils accompagnaient de leurs huées le départ des Anglais, et ils criaient : « Noël! Noël! » sur le passage de Charles septième. Jeanne avait sa part de leurs acclamations; les femmes se jetaient à genoux devant elle et élevaient leurs petits enfants dans leurs bras pour qu'elle les bénît; elle leur souriait et conservait son air calme et joyeux. Le roi rentrait peu à peu dans ses bonnes villes, et, quoiqu'il ne fût pas encore bien riche, il était déjà loin du temps où son épargne et celle de son trésorier ne faisaient pas en tout quatre écus. La misère était encore grande dans le pauvre peuple de France. Depuis tant d'années les récoltes étaient piétinées par les hommes d'armes de tous les partis! mais on se réjouissait en pensant qu'à l'avenir on pourrait semer et moissonner en paix. La paix! c'était le vœu universel; et monseigneur le duc Philippe, comprenant que ces guerres continuelles ruinaient ses possessions de Bourgogne et nuisaient au commerce de ses bonnes villes de Flandre, commençait à incliner, lui aussi, vers cette paix tant désirée. D'ailleurs il n'était pas content des Anglais, qui n'avaient pas pour lui les égards qui lui étaient dus, car enfin c'était à lui qu'ils devaient la couronne de France. Il avait parfois regret de la leur avoir donnée; pourtant il se disait qu'il avait fait son devoir en vengeant la mort de son père traîtreusement assassiné, et il ne pouvait songer à se remettre en bonne amitié avec le roi Charles, encore qu'il fût bien jeune quand il avait laissé commettre ce crime, parce qu'il avait toujours gardé les meurtriers auprès de lui.

Le roi entra dans Reims sans coup férir, et il y fut sacré dans la cathédrale en aussi grande pompe que possible. Jeanne était là, son étendard à la main, et on la regardait autant et plus que le roi. Jacques écrivit à sa mère un long récit du sacre, qui faisait du dauphin le vrai roi de France. Il avait maintenant cet avantage sur les Anglais, dont le petit roi n'était pas encore sacré. Là-dessus, le duc de Bourgogne consentit à entrer en pourparlers avec le roi pour traiter de la paix ; ces pourparlers se firent à Compiègne, et on y convint d'une trève, en attendant qu'on pût s'arranger.

Cette trève, bien entendu, ne concernait point les pays que tenaient les Anglais ; aussi le brave La Hire, un des capitaines les plus déterminés de l'armée du roi, trouva l'occasion excellente pour une petite expédition particulière. Il s'en ouvrit un soir où les chevaliers oisifs s'occupaient à divers jeux et devisaient des faits de la guerre.

« J'ai envie d'aller rompre quelques lances en Normandie : qui vient avec moi? On se rouille ici à ne rien faire !

— J'irai avec vous, messire, si vous voulez bien, répondit Jacques ; je suis Normand, et les Anglais qui sont en Normandie me déplaisent plus que les autres, comme de juste !

— Ah! le jeune sire de Milly! J'aimerais bien à aller reprendre votre castel de la Roche-Guyon ; mais c'est un morceau un peu gros à avaler pour le moment : cela viendra! En attendant, que diriez-vous de Château-Gaillard?

— Allons prendre Château-Gaillard! Quand partons-nous, messire?

— Demain au petit jour, si nous sommes en nombre. Voyons, qui est-ce qui vient? Il n'en faut pas beaucoup, mais qu'ils soient solides ! »

La Hire eut bientôt sa troupe composée comme il l'entendait, et il partit pour Château-Gaillard, bien décidé à profiter de toutes les occasions de dégainer qui pourraient se rencontrer en route. Éloy accompagnait Jacques, et tous deux se réjouissaient de revoir la Normandie.

Ce n'était plus pourtant la Normandie prospère et riante du temps jadis ; si le ciel y versait toujours son soleil vivifiant et ses ondées rafraîchissantes, pluie et soleil ne profitaient guère qu'aux plantes sauvages qui envahissaient les champs délaissés. Sur les pentes des collines, l'ajonc et le genêt étalaient leurs fleurs d'or ; dans les lieux bas et ombragés, les lycopodes allongeaient leurs grandes feuilles lisses et luisantes, les fougères grandes comme des arbrisseaux formaient d'épais taillis, et mille plantes parasites revêtaient d'un vert manteau les maisons abandonnées.

Une de ces maisons pourtant — c'était le troisième jour du voyage — parut habitée à La Hire, qui marchait en tête de ses hommes, côte à côte avec Jacques, dont il aimait le courage et la gaîté.

« Voyez-vous, messire, une fumée qui sort de ce toit? lui dit-il. En cette saison, fumée veut dire cuisine, et cuisine promet quelque chose à manger,... et qui sait s'il n'y aura point aussi de quoi boire? Si vous m'en croyez, nous irons nous en informer.

— Volontiers, messire; mais pour ne pas effaroucher les gens de la maison, je crois que nous ferions bien d'y envoyer d'abord un homme seul.... Éloy, va donc voir tout doucement, sans te montrer, ce qui se passe dans cette maison, derrière le bouquet d'arbres. »

Éloy sauta à bas de son cheval et partit. Au bout de quelques instants il revint en riant.

« Ils sont là dedans, dit-il à La Hire, cinq Anglais qui font la cuisine : l'un tourne la broche, où ils ont mis un mouton, l'autre plume des volailles, un troisième tire du cidre dans des pots et porte à boire aux autres, sans s'oublier lui-même, comme de juste. Le quatrième met du bois dans la cheminée et le cinquième les regarde faire; il a l'air du chef de la bande.

— Ils font la cuisine, ces bons Anglais! ils la font tout exprès pour nous! Attention, camarades : un temps de galop, cernons la maison, et mettons-leur la main au collet avant qu'ils aient le temps de dire : ouf! »

L'étonnement des Anglais fut grand, et leur colère aussi, quand ils se virent saisis par des ennemis qui entraient, qui entraient toujours, tant par la porte que par la fenêtre : la salle de la ferme en était pleine, qu'il en arrivait encore. Impossible de résister, d'autant plus qu'ils s'étaient désarmés pour faire la cuisine plus à leur aise.

« Quel est votre chef? leur demanda La Hire.

— C'est moi, sir Humphrey Thornby, dit le gentilhomme qui avait regardé faire les autres.

— Moi, je me nomme La Hire, et je suis chevalier. Vos compagnons sont-ils gentilshommes?

— Oui, excepté mon écuyer Gilles Watt, dit l'Anglais en désignant le hâteur de rôt de tout à l'heure. Mais il est aussi brave que quiconque.

— Très bien; nous le confierons à Éloy Blanchart. Je ne veux pas vous laisser croire, sire Humphrey Thornby, que les Français sont gens à se mettre vingt pour en capturer cinq : d'un autre côté, nous avons faim et soif tout comme vous, plus même, puisque nous sommes davantage. Voici ce que je vous propose. Vous allez continuer à faire cuire ce mouton et le reste; nous vous aiderons pour que ce soit plus vite fait. Nous dînerons ensemble; comme nous devons en découdre ensuite, je ne vous priverai pas de votre part; nous ne sommes pas gens à affaiblir nos ennemis par la privation de nourriture pour les vaincre plus facilement. Quand nous aurons mangé, vous remettrez vos armures, que vous aviez ôtées, et nous nous battrons, quatre chevaliers contre quatre, et votre écuyer contre celui du sire Jacques de Milly. J'aurai l'honneur de combattre contre vous. Le reste de mes hommes ne se mêlera pas de l'affaire. Le combat fini, nous nous séparerons courtoisement. Les vaincus payeront le dîner, car il n'est pas juste que les pauvres paysans perdent leur cidre et leurs bêtes. Est-ce accepté? »

Il n'était guère besoin de le demander. On ajouta au dîner tout ce qui se trouva de mangeable dans la maison et aux alentours. Le dîner fut gai, et les convives repus se hâtèrent de s'armer pendant que deux vieux écuyers experts allaient chercher aux environs un pré propre à la bataille.

Ce fut une belle joute, en vérité.

Les Anglais faisaient de leur mieux, pour donner une bonne idée d'eux au fameux La Hire, qui était en grand renom dans toute la chevalerie. La Hire tenait à ne pas rester au-dessous de ce renom, et ses compagnons s'efforçaient de se montrer dignes de leur chef. Au bout d'un quart d'heure de combat, les Anglais gisaient sur le pré; sir Humphrey Thornby luttait encore, mais La Hire, rassemblant ses forces, lui asséna sur la tête un si vigoureux coup de sa masse d'armes, que le pauvre chevalier, tout étourdi, lâcha son épée et se renversa en arrière sur sa selle.

« Rendez-vous, sir Humphrey! criez merci! lui dit La Hire en lui appuyant sur la poitrine la pointe de son épée.

— Je me rends », murmura l'Anglais d'une voix faible. Et La Hire, sautant à bas de son cheval, vint lui-même le secourir et l'aider à mettre pied à terre.

On pansa les blessés, dont aucun n'était en danger de mort; et tout ce que La Hire exigea d'eux, ce fut le contenu de leurs escarcelles, qui fut rangé par belles piles bien ordonnées sur la table du dîner. Puis chacun s'en alla de son côté; cependant La Hire eut soin de laisser Éloy en sentinelle aux environs jusqu'à ce que les habitants de la maison, qui étaient allés se cacher, fussent rentrés chez eux : il ne fallait pas que des maraudeurs vinssent les dépouiller de leur bénéfice.

Avec d'aussi hardis compagnons, La Hire ne pouvait manquer d'emporter du premier coup Château-Gaillard, quoique ce fût une des meilleures forteresses de Normandie. Aussi l'emporta-t-il, à la grande honte du gouverneur, le sire de Kingston, tout marri de s'être laissé surprendre et trop heureux de s'en tirer avec la vie sauve.

La Hire, après avoir regardé la garnison anglaise qui s'en allait piteusement, visita avec soin tout le château. Arrivé en bas, aux cachots qui donnaient sur les fossés, il dit au geôlier, pauvre paysan normand, contraint à obéir aux maîtres étrangers :

« Puisque j'ai laissé aller ces mécréants, je n'ai personne à loger ici et n'ai rien à y faire,... à moins qu'il n'y ait quelques prisonniers à délivrer?

— Il y en a un, monseigneur, un chevalier qui était ici avant moi. Il paraît que c'est un prisonnier de marque, car sir Kingston le gardait dans une cage de fer.

— Dans une cage! par mon épée! un chevalier est-il un oiseau, pour le loger ainsi? Ouvre vite la cage, et donnons-lui la volée. »

La porte fut ouverte, et dans les quasi-ténèbres de cette fosse humide et glacée, La Hire ne distingua d'abord qu'une forme humaine avec une longue et inculte barbe blanche et une chevelure hérissée. Mais le prisonnier, habitué à l'obscurité, le reconnut aussitôt.

« La Hire! mon brave! es-tu pris, toi aussi? Voilà neuf ans que je n'ai su qui vit ni qui meurt sous le soleil.

— Barbazan! mon vieil ami! quelle joie! Château-Gaillard est pris et tu es libre : voilà la première nouvelle.... Ouvre la porte, vite, manant!... Quoi! il n'y en a pas? on jette sa nourriture au prisonnier à travers les barreaux! Holà! vous autres, des limes, des pinces, des tenailles, et arrachez-moi ces barreaux-là! »

Les barreaux furent tôt arrachés, et Barbazan s'approcha de l'ouverture. Il regarda alors l'un après l'autre les compagnons de La Hire.

« Je ne vois pas Kingston, dit-il. Allez me chercher Kingston!

— Le capitaine? il doit être loin : je lui ai laissé la vie sauve, et il est parti.

— Alors je ne peux pas sortir, dit Barbazan, en rentrant le pied qu'il avait déjà mis en dehors de la cage. Je suis le prisonnier de Kingston, il faut que ce soit lui qui me délivre.... Je boirais bien un coup de vin en attendant : le gouverneur doit en avoir de bon. Voilà neuf ans que je n'ai bu de vin, entends-tu, La Hire? Cela ne t'irait guère, à toi! »

La Hire en convint et envoya chercher pour le prisonnier le meilleur vin du gouverneur. Mais il ne put le décider à sortir de sa cage sans le congé de Kingston. C'est pourquoi Éloy, monté sur le cheval le plus rapide de l'expédition, piqua des deux sur la route de Rouen, à la recherche du capitaine anglais. Il eut le bonheur de le rattraper; et avant la nuit Barbazan, délivré conformément aux lois de la chevalerie, put rentrer dans la civilisation, couper sa longue barbe et renouveler connaissance avec toutes les recherches de la vie.

« C'est le roi qui va être content! lui dit La Hire, à la fin d'un banquet servi aux vainqueurs par les valets du vaincu. Mon pauvre ami! personne ne savait ce que tu étais devenu : on te croyait mort.

— On pouvait bien le croire! le duc de Bourgogne et le roi Henry n'ont guère fait de quartier aux défenseurs de Melun. Mais tu as peut-être entendu dire qu'on se battait entre chevaliers des deux partis, dans le souterrain que les ennemis avaient creusé pour arriver dans la ville? Il s'est fait là dedans de belles passes d'armes, aux torches et aux flambeaux, bien entendu, puisqu'il y faisait noir comme dans un four. Le roi Henry a eu envie d'y rompre quelques lances, et c'est moi qui ai été son adversaire; je me suis retiré par respect dès que je l'ai reconnu, mais nous avions déjà échangé quelques bons coups. C'est en souvenir de cela qu'il a empêché qu'on me coupât la tête; mais il m'a envoyé ici, et.... Quand partons-nous? je serais bien aise de le rencontrer de nouveau, le roi Henry!

— Tu ne le rencontreras plus en ce monde ni dans l'autre, j'espère, ou ce serait à renoncer à sa part de Paradis!

— Quoi, il est mort? Tu me narreras par le menu tout ce qui est arrivé; pour le moment je suis pressé de retourner où l'on se bat.

— Et moi aussi.... Messire Jacques de Milly, je vous charge de conduire demain au roi le sire de Barbazan. Vous lui direz en même temps qu'il envoie au plus tôt une garnison dans sa forteresse de Château-Gaillard; je n'ai pas envie de rester à moisir entre des murailles. »

XXVIII

AU SIÈGE DE COMPIÈGNE

LA guerre avait repris avec plus de fureur que jamais; le duc de Bedford, à force de flatteries et en invoquant les traités jurés, avait réussi à retenir le duc de Bourgogne dans son parti. Mais le roi Charles faisait tous les jours de nouveaux progrès; et dans les villes mêmes, comme Paris, attachées par tradition aux Bourguignons, il se formait peu à peu un parti qui n'était plus ni bourguignon ni armagnac, mais français, et qui appelait de tous ses vœux la ruine des Anglais et leur fuite hors du royaume. Aussi les Anglais devenaient de plus en plus défiants et cruels, et dans toutes les villes où ils commandaient ils tenaient la population sous un joug de fer. Cela ne les empêcha point de perdre Compiègne; et comme c'était une forte ville, voisine de Paris, le duc de Bourgogne se mit en devoir de la reprendre et vint l'assiéger avec une puissante artillerie.

La ville avait un vaillant gouverneur, le sire de Flavy; et Jeanne, dès qu'elle la sut assiégée, vint s'y jeter pour la défendre. Jacques et Éloy la suivirent, et Laurent Toustain y amena une compagnie d'arbalétriers. Il était fort en honneur auprès du roi, qui l'employait à toutes les missions où il fallait loyauté, prudence et courage.

Dès que les habitants virent Jeanne, ils se crurent sauvés : depuis un an passé qu'elle était apparue, on la prenait pour le bon ange de la France, et il suffisait qu'elle fût quelque part pour que les gens d'armes français fissent merveille, tandis que les Anglais tremblaient de peur. Ils se vengeaient en lui criant les injures les plus vilaines qu'ils pouvaient imaginer; mais ils n'en étaient pas moins battus.

Ce jour-là Jeanne, à peine entrée, s'en alla reconnaître les ennemis.

12

« Hé! dit-elle en voyant le quartier du sire de Noyelles en grande agitation,
il me semble que les ennemis ne s'attendent guère à être attaqués : c'est le
moment de faire une sortie. Mon étendard et mon épée, et sus aux Bourguignons! »

Jeanne ne s'était pas trompée : le sire de Noyelles, en train de conférer
avec le sire de Luxembourg, qui était venu regarder la ville de près, ne croyait
pas combattre sitôt. Ses chevaliers, surpris, plièrent sous le choc des Français.
« En avant! » criait Jeanne; et Jacques et Éloy à ses côtés répétaient : « En
avant! » et abattaient les Bourguignons sans les compter.

Mais le sort de la journée changea bientôt : les ennemis, avisés du combat,
arrivaient en foule. Il fallut reculer; deux fois Jeanne ramena ses gens contre
l'ennemi, qui la poursuivait à son tour.

« Rentrez, rentrez! lui cria Jacques; ils sont trop nombreux maintenant.
Nous restons en arrière-garde; rentrez vite!

— Rentrez d'abord, messire! ce sont mes gens qui sont en danger, et c'est
moi qui les y ai mis, c'est à moi de protéger leur retraite! » répondit la courageuse bergère.

Jacques resta près d'elle et l'aida à maintenir l'ordre dans sa troupe, qui se
pressait sur le pont pour rentrer par la porte à demi ouverte.

Les ennemis les avaient suivis : Jeanne et ses braves compagnons se trouvèrent entourés, et un flot de combattants les sépara.

« A Jeanne, Éloy! défends-la! » cria Jacques à son écuyer, en s'escrimant
lui-même de tout son pouvoir pour rejoindre la jeune fille.

Éloy, taillant à coups de hache dans la masse humaine qui le séparait de
Jeanne, s'efforça de se frayer un chemin jusqu'à elle. Il la vit, jetée en bas
de son cheval, se relever et combattre à pied; il redoubla d'efforts; mais,
avant qu'il eût pu la rejoindre, il reçut en pleine poitrine un coup de masse
d'armes qui l'étourdit et le fit tourner sur lui-même. Dans ce mouvement, un
regard jeté sur Jacques le lui montra à demi terrassé pas trois ennemis : au
moment où il s'élançait à son secours, il le vit tomber sous leurs coups. En
même temps Jeanne, vaincue, rendait son épée à un chevalier bourguignon.

« Jacques! » cria Éloy, fou de douleur. Et repoussant de ses bras robustes les
assaillants du jeune sire de la Roche-Guyon, qui se disputaient déjà le prisonnier, il se pencha sur lui, l'enleva, et, aussi leste que s'il n'eût porté qu'un
enfant au berceau, il courut vers la porte de la ville. Mais au moment où il y
arrivait, il entendit grincer les chaînes et il vit le pont-levis se relever et lui
fermer la retraite. Déposant alors sur l'herbe le corps inanimé de Jacques, il
fit face à l'ennemi, voulant au moins vendre chèrement sa vie et celle de son
maître. Mais que peut la valeur d'un seul homme? En un instant il fut entouré,
un coup sur la tête enfonça son casque et le jeta à terre, assommé et hors

d'état de se relever. Il entendit comme dans un rêve : « Emportez le chevalier, laissez l'écuyer, il ne vaut pas la peine... » et il perdit connaissance.

Quand il revint à lui, il ne se rendit pas bien compte d'abord de ce qui lui était arrivé, ni du lieu où il se trouvait. Il était couché dans un lit, et des

mains compatissantes renouvelaient de fraîches compresses sur sa tête blessée. Il essaya de se soulever, il n'en eut pas la force ; ses membres lui semblaient lourds comme du plomb, et il avait bien de la peine à rassembler ses idées.

Tout à coup la mémoire lui revint. « Jacques ! » criat-il en faisant un effort pour se dresser sur le lit. Mais les mains qui le pansaient le maintinrent doucement, et une voix de femme lui dit :

« Paix ! ne bougez pas si vous voulez guérir. Buvez ce cordial ; vous vous sentez mieux, n'est-ce pas ? »

Jeanne et ses braves compagnons se trouvèrent entourés.

Éloy regarda celle qui lui parlait. C'était une femme âgée, vêtue très simplement, à peu près comme une religieuse ; son visage exprimait la pitié et la tristesse. Il vit aussi qu'il se trouvait dans une chambre inconnue où il y avait plusieurs lits qui paraissaient occupés. Ce n'était pas un hôpital pourtant, mais une salle de quelque riche demeure, destinée à des festins et à des fêtes.

Éloy but le breuvage que lui présentait sa charitab e infirmière. « Je suis
tout à fait bien maintenant, madame, lui dit-il. Où est Jacques?... je veux
dire, mon maître, le chevalier Jacques de Milly? Et Jeanne, la sainte fille, où
est-elle? Je me rappelle à présent,... nous étions sortis de la ville,... les Bourguignons nous entouraient,... mon maître est tombé, j'ai voulu le sauver, je
l'ai emporté,... le pont-levis s'est relevé,... les ennemis nous ont rejoints....
Qu'est-il arrivé après?

— Les gens de la ville sont allés vous relever un peu plus tard, et vous ont
apporté ici. Vous aviez perdu beaucoup de sang, mais vos blessures ne sont
pas dangereuses, et vous guérirez. Courage, mon enfant !

— Mais qui êtes-vous donc, madame? lui demanda Éloy tout ému.

— Une mère à qui les Anglais ont tué tous ses fils, et qui s'efforce de
conserver la vie aux enfants des autres mères ! » répondit la dame; et elle
s'éloigna d'Éloy pour aller à un autre malade. Elle ne voulait pas encore
répondre aux questions d'Éloy.

C'est qu'elle n'avait, hélas! que des malheurs à lui apprendre. Jeanne était
prisonnière, et on disait que les Anglais faisaient de grandes instances au sire
de Luxembourg pour qu'il la leur vendît. Jacques aussi était prisonnier; mais
on ne savait s'il était mort ou vivant, car les gens qui l'avaient pris l'avaient
emporté comme une masse inerte; mais apparemment qu'ils l'avaient cru
vivant, puisqu'ils s'étaient donné la peine de l'emporter; à moins que ce ne
fût seulement pour le dépouiller.

Quand Éloy sut cela, il lui sembla que tout était perdu, et qu'il n'avait plus
rien à espérer au monde. Jacques, son maître et son ami, si bon, si gai, si
brave, qui le traitait comme un frère, Jacques était prisonnier, mort
peut-être.... S'il n'était pas mort, comment sortirait-il de captivité, puisqu'il
était trop pauvre pour payer une rançon? et sa noble mère, et Laurette,
n'allaient-elles pas mourir de douleur de sa perte? n'accuseraient-elles pas
Éloy de l'avoir abandonné, ou au moins de l'avoir mal défendu? Et Jeanne,
perdue elle aussi! la fortune de la France ne serait-elle pas perdue avec elle?
Éloy se désolait nuit et jour, en dépit des exhortations de la charitable dame
de Harbeville, qui, restée seule de sa famille, employait ses grands biens à
secourir les victimes de la guerre. Cela dura tant qu'il eut la tête vide et endo-
lorie et les membres sans force; mais, à mesure que ses blessures se fermèrent
et qu'il reprit sa vigueur, le courage lui revint en même temps, et il ne
regretta plus de n'être pas mort, comme il avait fait les premiers jours. Ce
n'était vraiment pas le moment de mourir. Si Jacques était en vie, il fallait le
délivrer; s'il était mort, il fallait le venger. Et quant à Jeanne, qui était bien
perdue, car les Anglais, à qui elle avait fait tant de mal, n'étaient pas assez
généreux pour lui faire grâce, la meilleure manière de l'honorer, la sainte

fille! n'était-elle pas de continuer son œuvre, et de poursuivre les Anglais l'épée dans les reins jusqu'à ce qu'il n'en restât plus un en France? Courage donc, et en avant! Ainsi conclut Éloy.

On le vit donc, sitôt qu'il fut guéri, reparaître sur les murailles de Compiègne, se mettre de toutes les sorties et porter aux assiégeants d'aussi bons coups qu'il en ait été jamais reçu dans une bataille : ceux à qui il s'attaqua n'en reçurent plus guère d'autres. Ordinairement, quand il tenait un ennemi sous son pied, il lui demandait, avant de l'achever, s'il pouvait lui donner des nouvelles de messire Jacques de Milly, fait prisonnier par les Bourguignons le jour même de l'entrée de Jeanne Darc à Compiègne; et le premier qu'il épargna fut un pauvre archer qui lui répondit tout tremblant : « Un jeune chevalier blessé? Oui, il n'est pas encore mort. » Éloy, joyeux, lui tendit la main pour le relever.

« Je te fais grâce, lui dit-il, à condition que tu iras trouver messire Jacques de Milly et lui dire que son fidèle Éloy Blanchart t'a accordé merci pour l'amour de lui. Et la première fois qu'il y aura rencontre entre ton parti et nous, cherche-moi dans la bataille, je ne te combattrai pas : tu me diras l'état de messire Jacques de Milly et le nom du chevalier qui le tient prisonnier. Va! »

L'archer profita bien vite de la permission.

« C'est pourtant un Anglais, se dit Éloy en le regardant courir; je n'aurais jamais cru que je ferais quartier à un Anglais. Mais celui-là, je crois que je l'aurais embrassé, pour m'avoir dit que Jacques n'est pas mort. »

Il songea ensuite à faire savoir la bonne nouvelle à la dame de la Roche-Guyon, et il écrivit péniblement une missive à Simone; mais son message n'en consola pas moins la noble veuve, qui n'avait pas eu depuis longtemps des nouvelles de son fils et qui le pleurait déjà comme mort.

L'archer ne revint pas : fut-il tué dans quelque escarmouche, ou ne se fia-t-il pas aux promesses d'Éloy? Le fait est que le jeune écuyer ne le revit plus. Aussi se comporta-t-il vaillamment au combat qui eut lieu quand le maréchal de Boussac vint forcer le passage pour entrer dans Compiègne : il espérait que le maréchal irait attaquer les assiégeants et qu'en se mettant parmi ses hommes il réussirait peut-être à retrouver Jacques.

Il se crut sur ses traces, le jour où le maréchal prit une bastille des Bourguignons et annonça pour le lendemain une attaque générale. Ce jour-là, à sa question habituelle : « Connais-tu le sire Jacques de Milly et de qui est-il prisonnier? » un coutillier répondit : « Oui bien, sire écuyer; il ne se ressent presque plus de ses blessures, et il est prisonnier du damoiseau de Rochetaillie. » Éloy se réjouit dans son cœur, et se promit, le lendemain, tout en combattant pour le roi, de bien rechercher le damoiseau de Rochetaillie.

Mais le lendemain n'amena point de bataille. Le commandant bourguignon, le sire de Luxembourg, et le commandant anglais, le comte de Huntingdon, avaient pourtant bonne intention de la livrer; si bonne, que le soir ils avaient décidé que chacun passerait la nuit, tout armé, pour être prêt plus tôt à se battre. Mais l'idée vint en même temps à une foule de seigneurs, aussi bien qu'à de simples hommes d'armes, que se trouver ainsi tout équipé était aussi bon pour voyager que pour batailler : tous en avaient assez de ce siège, qui durait depuis tant de mois. Les deux chefs n'eurent donc rien de mieux à faire que de suivre leur armée, et le siège de Compiègne se trouva levé sans tambours ni trompettes.

On peut se figurer la joie des gens de Compiègne, quand, en se levant au matin, ils virent la campagne libre de tous les côtés et les bastilles des assiégeants abandonnées. « Allons-y voir ! » dit un bourgeois hardi; et il y eut bientôt grande foule au camp ennemi. Éloy y courut des premiers, et, pendant que le maréchal de Boussac s'emparait de la belle artillerie du duc de Bourgogne, que le sire de Luxembourg n'avait pas pu emmener, et que les curieux et les curieuses erraient çà et là, il questionnait les paysans qui arrivaient, comme tous les jours, pour approvisionner le camp. Il finit par trouver une femme qui comprit ce qu'il lui demandait.

« Le sire de Milly? dit-elle, un chevalier prisonnier, jeune, grand, avec une figure pâle, joli comme une demoiselle? Oui, je l'ai bien vu. Il paraît qu'on l'avait rapporté quasi mort; c'était le damoiseau de Rochetaillie qui l'avait, et il a pris grand soin de lui.... Oh! pas tout de suite; il voulait même l'achever, à ce que m'a dit un des hommes qui marchaient sous sa lance; mais il a appris que le roi de France venait d'appeler près de lui la dame de la Roche-Guyon sa mère, et qu'il l'avait nommée dame d'honneur de la reine, en récompense de sa fidélité. Alors le damoiseau a pensé qu'il pourrait tirer une bonne rançon de son prisonnier, et il l'a fait panser par le meilleur mire de l'armée. Il allait bien la dernière fois que je l'ai vu.

— Et le damoiseau de Rochetaillie, sous quel seigneur servait-il?

— Sous le sire de Noyelles, un riche et généreux seigneur. Oh! ces Bourguignons avaient de l'argent : c'est dommage qu'ils soient nos ennemis ! »

Éloy n'en demanda pas davantage; il se montra aussi généreux que pouvaient l'être les Bourguignons envers la paysanne qui lui donnait de si bonnes nouvelles. Il était libre maintenant; il allait se mettre à la recherche du damoiseau de Rochetaillie, pour hâter la délivrance de son maître.

XXIX

A LA SUITE DU PRISONNIER

ÉLOY s'en alla donc, sans tarder davantage, demander son congé au gouverneur de Compiègne, messire Guillaume de Flavy. Il ne le trouva point seul ; nombre de capitaines allaient et venaient, demandant des ordres ou apportant des nouvelles. Compiègne n'avait plus besoin que d'une petite garnison, et le maréchal de Boussac, Xaintrailles, le sire de Gamaches et d'autres se disposaient à partir.

« Ah ! c'est le brave écuyer du sire de Milly ! dit le sire de Xaintrailles en voyant entrer Éloy. Je voudrais avoir vingt mille hommes comme lui : je ne serais pas long à conquérir la Bourgogne et l'Angleterre, et le reste du monde ensuite, si l'envie m'en prenait. Que demandez-vous, sire écuyer ?

— Je viens demander mon congé, répondit Éloy. Mon maître est prisonnier, et je veux suivre ceux qui l'ont emmené, jusqu'à ce que je le délivre.

— Et de qui est-il prisonnier, mon pauvre ami ?

— Du damoiseau de Rochetaillie, qui est au sire de Noyelles, monseigneur.

— Alors ils l'emmènent vers le nord, par la Picardie, et c'est justement mon chemin. Voulez-vous marcher sous ma bannière ? Si vous avez besoin d'aide pour délivrer le sire de Milly, la mienne ne vous faillira pas !

— J'accepte de grand cœur, monseigneur : quand partons-nous ?

— Aujourd'hui même, et nous irons bon train jusqu'à ce que nous les ayons rattrapés. »

Un chien qui court plus vite qu'un lièvre met tout de même un certain temps à le rejoindre, quand le lièvre a pris de l'avance. C'est pourquoi Xaintrailles et sa troupe ne rattrapèrent pas les Bourguignons aussi vite qu'ils

l'avaient espéré. Un soir pourtant, en entrant dans Germigny, une petite ville
qui obéissait au roi de France, Xaintrailles apprit que les ennemis ne devaient
pas être loin.

« Le duc de Bourgogne a été furieux de leur départ de Compiègne, lui dirent
les habitants, et nous savons que demain il envoie une grosse troupe contre
nous. Notre ville est presque sans garnison : faites-nous la grâce de rester
pour que nous ne soyons pas forcés de devenir Anglais. »

La requête était trop juste : Xaintrailles resta.

Le lendemain, il était sur le rempart, tout armé, regardant du côté de
Péronne, d'où devaient venir les ennemis. Éloy se tenait près de lui.

« Voyez donc, messire, dit-il tout à coup, ce qui vient là-bas. Ce n'est pas
une armée en marche, cela! ils s'avancent en désordre, et je crois, sur ma foi,
qu'ils n'ont même pas leurs armures.... Ils ne sont pas en déroute pourtant;
ils paraissent même bien tranquilles. »

Xaintrailles se mit à rire.

« Je vois ce que c'est, dit-il; ils croient entrer dans Germigny sans coup
férir. Mais nous y sommes! Il faut tomber dessus, mon ami. Hardi! s'ils sont
nombreux, nous sommes vaillants; et puis un homme averti en vaut deux, et
ceux-ci ne s'attendent pas à ce qui va leur arriver, tandis que nous....

— Ah! voyez donc, messire, ce renard qui prend sa course à travers la
plaine.... Voilà les Anglais en chasse! et les Bourguignons aussi.... Tayaut!
tayaut!

— Oui, oui, tayaut! tayaut! ils vont nous servir de gibier. Ce sera une
aventure à raconter en la chambre des dames, comme disait un chevalier dans
l'ancien temps. »

On ne vit jamais gens plus surpris que les Anglais et les Bourguignons,
quand la troupe de Xaintrailles leur tomba dessus en poussant de grands cris.
Tout le menu fretin s'éparpilla dans la campagne, fuyant à qui mieux mieux;
seuls les chevaliers, qui avaient leur honneur à sauvegarder, se groupèrent
sous la bannière du capitaine anglais et se défendirent en braves; mais en
peu d'instants ils furent tués ou pris, hormis un petit nombre qui cherchèrent
à gagner les villes environnantes du parti bourguignon.

« Belle journée, hé! » dit Xaintrailles d'un ton joyeux en passant près
d'Éloy, qui regardait les fuyards avec l'air d'un enfant qui fait son choix dans
un panier de pêches. Tout à coup il le vit enfoncer ses éperons dans la direction d'un chevalier dont l'armure brillante semblait, sous les rayons du soleil,
toute semée d'or et de pierres précieuses.

« Qu'est-ce qui lui prend? murmura Xaintrailles. J'espère qu'il ne va pas
se faire tuer, après bataille gagnée; ce serait dommage.... Le voilà qui attaque
le chevalier à la belle armure; il ne court pas grand danger, car un homme

qui s'adorne ainsi ne doit être qu'un chevalier de parade.... Hé ! il se comporte mieux que je n'aurais cru,... et ses hommes lui viennent en aide,... cela va tourner mal pour mon vaillant écuyer.... On ne peut pas souffrir cela.... En avant ! Xaintrailles, à la rescousse ! »

Et le brave chevalier s'élança au secours d'Éloy. Mais il arriva un peu tard ; Éloy avait déjà fini sa besogne. Il tenait le chevalier renversé à terre, et les hommes de sa suite, ceux du moins qui avaient encore la force de courir, voyant leur maître pris, détalaient tant qu'ils pouvaient.

« Grand merci, monseigneur, dit Éloy à son chef. Vous voyez, j'ai un prisonnier !

— Et un beau, encore !

— Oui ; je l'ai choisi de loin, comme le plus riche. Parce que, voyez-vous, messire, la dame de la Roche-Guyon a beau être, à ce qu'on dit, dame d'honneur de la reine, elle n'est peut-être pas en état de payer une grosse rançon pour son fils. Je me suis donc mis en tête de la gagner, sa rançon, et voilà celui qui me la fournira ! »

Xaintrailles rit de bon cœur, et le sire de Brimeu — ainsi se nommait le prisonnier d'Éloy — les suivit dans la ville, en pensant piteusement au danger de porter de trop riches armures. Il envoya un messager à son argentier, à Roye, où il avait sa maison et son trésor, pour chercher sa rançon, car il avait hâte d'être libre ; et en attendant, il fut fort bien traité par Xaintrailles en personne, qui l'invita à sa table avec Éloy Blanchart.

Celui-ci ne manqua point de lui demander s'il avait connaissance du damoiseau de Rochetaillie et de son prisonnier.

« Son prisonnier ? dit le sire de Brimeu. Mais il n'en a plus ! Il en avait fait un devant Compiègne, un jeune chevalier blessé, qu'il avait fait soigner et guérir. Mais il n'a pas trouvé commode de l'emmener avec lui, parce qu'il s'en allait fort loin ; et comme d'ailleurs il avait de pressants besoins d'argent, il l'a vendu à un chevalier anglais, qui se nomme, je crois, sir Hugh Robbarts.

— Et où l'a-t-il emmené, messire ? dites-le-moi, je vous en supplie !

— Mais... je ne sais trop,... les Anglais s'en allaient à Paris d'abord, mais ensuite, qui sait où ? Les gens du dauphin leur taillent de la besogne, en Normandie et ailleurs, avec cette guerre qui ne finit pas.

— Eh ! messire, interrompit Xaintrailles, comment voulez-vous qu'elle finisse, tant qu'ils retiendront l'héritage de notre roi ? qu'ils s'en retournent chez eux, et elle sera bientôt finie, la guerre ! Si votre duc voulait !...

— Ah, oui, il devrait bien le vouloir ! nous en avons tous assez, en Bourgogne, de perdre nos corps et nos biens à guerroyer pour le compte des Anglais. »

Éloy ne pouvait que s'associer à de pareils sentiments ; mais il était fort

désappointé d'avoir perdu son temps à chercher Jacques à l'est pendant qu'il
allait à l'ouest. Aussi, dès qu'il eut la rançon du sire de Brimeu, il fit ses
adieux à Xaintrailles et se dirigea vers Paris.

Il n'y demeura pas longtemps; il sut que sir Hugh Robbarts était parti pour
Rouen : il suivit sir Hugh Robbarts.

Ce fut le pénultième jour de mai qu'Éloy Blanchart rentra dans sa ville
natale. Il y avait douze ans qu'il en était sorti, pauvre enfant accablé par le
malheur, à bout de larmes, tout chaud encore des derniers baisers de son père,
de son père qu'on menait à la mort! Il y revenait homme fait, et fidèle, selon
les ordres suprêmes d'Alain Blanchart, à l'amour de la France, à la haine des
Anglais. Douze ans! et Rouen n'était pas encore libre! Mais du moins la fortune du roi Charles se relevait de plus en plus : ce qu'Alain Blanchart n'avait
pas vu son fils le verrait peut-être : le triomphe de la cause qu'il avait servie.

Éloy s'arrêta un instant avant de passer la porte Saint-Hilaire. Il était vêtu
comme un homme du commun, car venir à Rouen, c'était pour lui se jeter
dans la gueule du loup, et se faire prendre n'eût pas été le moyen de délivrer
Jacques. Il fut fort étonné d'entrer sans difficulté; la porte était à peine
gardée, et ses gardiens causaient vivement entre eux. Il passa rapidement, et,
avant de s'engager dans les rues, il tourna à droite et suivit le rempart, pour
voir de haut l'intérieur de la ville et rappeler ses souvenirs.

Les remparts étaient déserts comme la porte Saint-Hilaire; mais dans la
ville on voyait comme un grand mouvement de peuple. Qu'était-ce donc qui
s'élevait sur la place du Vieux-Marché? que signifiaient ces lances dont il
voyait briller les pointes, serrées comme les arbrisseaux dans un taillis? Et
au milieu de la place, plus haut que les fers de lances, quels étaient ces êtres
humains?... Deux d'entre eux portaient des robes brunes et semblaient des
moines; ils s'écartèrent, et Éloy vit quelque chose de blanc,... on eût dit une
femme avec de longs cheveux.... Les moines avaient disparu : un cri s'éleva,
et Éloy vit une épaisse fumée entourer la forme blanche, puis la flamme
brilla et monta vers le ciel comme celle d'un feu de la Saint-Jean....

« Quelque sorcière qu'on brûle, se dit Éloy; pauvre femme ! » Et il allait se
remettre en marche, quand un bruit de sanglots attira son attention. Il regarda
alors autour de lui et s'aperçut qu'il n'était pas seul.

Une jeune fille qui pouvait avoir une douzaine d'années, étendue à terre, la
figure cachée dans l'herbe, pleurait comme une Madeleine, et tout son corps
délicat était secoué par des sanglots convulsifs. Son costume indiquait une
enfant de la riche bourgeoisie; mais que faisait-elle là toute seule? Éloy avait
l'âme compatissante; que cette enfant fût malade ou affligée, il fallait la consoler ou la soigner; il s'approcha, s'agenouilla sur l'herbe à côté d'elle, et lui
prit doucement la main en lui disant : « Qu'avez-vous, ma pauvre petite? »

« Que voulez-vous, méchant anglais, laissez-moi, » s'écria Nicolette.

L'enfant se redressa brusquement, et fixant sur lui de grands yeux bleus pleins de colère et de douleur :

« Que voulez-vous, méchant Anglais? Laissez-moi! je vous déteste, tous, tous!

— Si ce sont les Anglais que vous détestez, vous avez bien raison, ma mignonne! mais c'est un bon Français qui vous demande le sujet de votre chagrin, pour vous consoler, s'il est en son pouvoir. »

Pour toute réponse, la fillette se mit à pleurer de plus belle.

« Voyez-vous encore le feu? dit-elle enfin à Éloy.

— Le feu? sur la place du Marché? Non, presque plus; c'est fini. Qui brûlait-on donc, ma belle petite? ce n'est pas une de vos parentes, j'imagine, car vous ne ressemblez guère à une sorcière.

— Une sorcière! s'écria l'enfant, pâle d'indignation. Une sorcière! il n'y a que les Anglais qui disent cela! Oh, Jeanne! la sainte, la bonne Lorraine, l'ange de la France! Jeanne, Jeanne! ils t'ont donc brûlée, et personne n'a pu te sauver!

— Jeanne! Que dites-vous, enfant? est-ce de Jeanne Darc que vous parlez? s'écria Éloy.

— Oui! ils l'ont condamnée, à force de fourberie et de traîtrise,... on devait l'enlever dans le chemin, entre la prison et le bûcher, mais les Anglais l'ont su et ils ont mis toute une armée autour d'elle.... J'étais là, je l'ai vue passer sur la charrette, avec sa figure du ciel,... elle pleurait, elle disait : « Ah! Rouen, Rouen! est-ce ici que je dois mourir?... » Vous pleurez, vous aussi! vous l'aimiez donc!

— Oui, je l'aimais, enfant; j'ai combattu à côté d'elle, je l'ai suivie pendant plus d'une année.... Oh! c'était une sainte âme et tout en elle venait de Dieu! Quand ils l'ont prise, j'étais là, et je n'ai pas pu la sauver....

— Nous non plus! et quand j'ai vu qu'elle était perdue, et qu'on l'attachait sur le bûcher, je me suis sauvée loin, loin, pour ne pas la voir mourir!... Je l'ai vue bien des fois, quand on la sortait de la prison pour l'amener devant les juges.... Oh! les méchants! les menteurs! que Dieu les punisse! »

La fillette se remit à pleurer, et Éloy, tout ému par cette douleur, se mit à lui parler de Jeanne, de ses beaux faits d'armes, du siège d'Orléans; il lui raconta comment il l'avait suivie, et quand il vit l'enfant un peu calme, il se leva.

« Allons, ma pauvre petite, lui dit-il, il faut rentrer au logis. Vos parents doivent être inquiets; où demeurez-vous?

— Dans la rue aux Juifs; mon père est maître Guillaume Deshayes. Moi, je m'appelle Nicolette.

— La filleule de mon père! » s'écria Éloy.

L'enfant leva vers lui ses grands yeux lumineux et le regarda un instant.

« Mon parrain, lui dit-elle enfin, je ne l'ai jamais vu.... On m'a dit que c'était Alain Blanchart, le martyr.... Êtes-vous son fils? Oh! ne craignez rien, je ne le dirai pas!

— Non, tu n'es pas capable de me trahir, avec tes yeux sincères et fidèles! Pauvre enfant! qu'il s'est passé de tristes choses, depuis le jour où ta malheureuse mère est morte dans les fossés, et où maître Guillaume Deshayes et sa femme t'ont adoptée, dans l'église où l'on te présentait au saint baptême!

— Je ne suis donc pas leur fille! et ma mère est morte!... Oh! dites-moi tout! il n'y a personne ici pour vous entendre.... Ma mère! Oh! c'est donc pour cela que j'avais tant de pitié des gens des fossés! »

Éloy pouvait lui raconter la triste histoire de sa naissance; ce que sa mémoire d'enfant n'avait pas gardé, Simone le lui avait tant répété! Nicolette l'écouta palpitante; elle pleura sa mère, mais elle se sentit au cœur une sorte d'orgueil, en pensant que son père était un brave, et qu'il était mort en combattant les Anglais, par la trahison de Guy le Bouteiller! Elle avait souvent été contrariée de voir maître Guillaume si prudent; maintenant cela ne lui faisait plus rien; elle n'était pas sa fille! Ce n'était pas une raison pour l'aimer moins, au contraire, puisqu'il l'avait adoptée, aimée sans y être obligé; et la tendresse de Nicolette pour Guillaume et Michelle se doublait d'une immense reconnaissance.

XXX

UN CARTEL

ÉLOY trouva Nicolette si sage dans ses paroles, si bonne Française et si résolue, qu'il en oubliait son âge, et, quand elle le questionna sur ce qu'il était venu faire à Rouen, il ne songea point à inventer un mensonge, et il lui confia l'embarras où il était pour délivrer Jacques sans se faire, à son tour, retenir prisonnier.

« Venez chez mon père,... chez maître Guillaume Deshayes,... reprit-elle ; il saura bien trouver quelque chose, lui qui a sans cesse affaire à toutes sortes de gens pour son commerce. Et puis il sera content de vous voir; on parle souvent à la maison de Simone et du petit Éloy. »

Le jeune homme put voir, à la façon dont dame Michelle se jeta dans ses bras dès qu'il se fut nommé, que Nicolette avait dit vrai. Maître Guillaume l'embrassa tout aussi cordialement que sa femme, mais il commença par jeter un regard défiant autour de lui : l'âge ne l'avait pas rendu brave.

« Père, lui dit Nicolette, mon cousin Éloy a apporté de l'argent pour payer la rançon de son maître, qui est prisonnier de sir Hugh Robbarts; vous savez bien, le chevalier à qui le roi Henry a donné l'hôtel de Variville? Mais si mon cousin y va lui-même, les Anglais le garderont : vous, ils ne vous garderont pas, parce que vous êtes un bourgeois de Rouen soumis au roi d'Angleterre. Il faut que vous alliez porter l'argent à sir Hugh Robbarts et délivrer le sire Jacques de Milly.

— Moi ! s'écria Guillaume épouvanté. Et s'il me demande d'où vient cet argent?

— Vous direz que c'est un marchand bourguignon qui venait de son pays et à qui la dame de la Roche-Guyon l'avait donné.

— Elle a réponse à tout!... C'est égal, vois-tu, petite, je ne me soucie pas d'attirer l'attention.... On a l'œil sur moi; on n'a pas oublié la vieille affaire du sire de Gaucourt, qui m'a forcé de fuir à Dieppe, avec le père de ce brave Éloy.... C'est là que nous avons connu Guy le Bouteiller, pour notre malheur.... Depuis douze ans je ne m'occupe qu'à me faire oublier; je ne vais pas me montrer à présent! Je chargerai quelqu'un de la commission.

— Alors, ce sera moi!

— Toi!

— Oui, moi; s'il y a quelque danger, il y en aura moins pour moi que pour vous : on ne tue pas les enfants. Faites un bon souper, mère; je ramènerai le seigneur de la Roche-Guyon. »

La proposition était étrange, mais maître Guillaume l'accepta : pourvu qu'il n'y allât pas lui-même, c'était tout ce qu'il lui fallait. Et puis il était habitué aux façons de Nicolette, et il savait qu'elle se tirerait d'affaire. Elle mit donc sa robe et son couvre-chef des bonnes fêtes, et partit escortée du petit Deniset, l'apprenti de maître Guillaume, qui portait la sacoche pleine de beaux écus tournois, rançon du sire de la Roche-Guyon. Sir Hugh Robbarts la reçut à merveille; il commençait à craindre d'avoir fait une mauvaise affaire en achetant le prisonnier du damoiseau de Rochetaillie, et il fut très aise de rentrer dans ses frais et d'acquérir en sus une somme assez ronde. Pour Jacques, il se crut délivré par un ange.

La soirée eût été bien douce pour les deux amis, sans la mort cruelle de la pauvre Jeanne. Tous deux avaient partagé ses fatigues et ses combats, tous deux l'avaient défendue de toutes leurs forces; ils racontèrent sa vie merveilleuse à leurs hôtes et à quelques bourgeois consternés qui étaient venus ce soir-là visiter maître Guillaume. On parla du procès de la sainte fille, et chacun rappelait quelque infamie des Anglais, qui n'avaient pu obtenir la condamnation et la mort de Jeanne qu'à force de mensonges et de trahisons.

« Ils menaçaient de mort tous les juges qui voulaient rester justes; ils les trompaient, ils écartaient les courageux, ils effrayaient les timides; jamais depuis que le monde est monde, on n'a vu pareille iniquité. Maître Pierre Lenoël, pour avoir dit que c'était une sainte, a été jeté en prison.

— Oui, les Anglais étaient furieux parce qu'il disait : « Vous aurez beau la « faire périr, son œuvre lui survivra; elle a sauvé la France, et dans tous les « siècles on l'appellera la sainte de la patrie! » Et c'est vrai; depuis qu'ils l'ont prise, ils ont été chassés d'une quantité de villes. Un jour viendra, et il n'est pas éloigné, où ils n'auront plus un pouce de terre française! Si nous nous entendions bien entre nous et avec les capitaines du roi Charles, il ne serait pas bien difficile de leur reprendre Rouen....

— Chut! chut! dit mystérieusement maître Guillaume; prenez garde! il ne faut pas dire tout haut de pareilles choses. Et puis ces conspirations-là ne réussissent jamais ; on est vendu par quelque traître, comme Cardot Divers a vendu ses compagnons, un an après nos grands malheurs. Ou bien les gens du dehors sur qui on comptait ne viennent pas, et les bourgeois se trouvent pris ; rappelez-vous maître Richard Mites, un orfèvre si riche et si considéré ! il a été obligé de s'enfuir pour sauver sa tête, et son compère Pierre de Cleuville y a laissé la sienne. Et maître Robert Alorge ! et tant d'autres ! Non, non, ce n'est pas le moyen de réussir. On dit que le puissant duc de Bourgogne est las des Anglais et qu'il traite avec notre roi ; à eux deux ils auront vite fait de chasser les ennemis, et nous serons délivrés tout naturellement. Cela vaudra beaucoup mieux ! »

Jacques resta seul.

Le lendemain, Éloy et Jacques se retrouvèrent encore une fois côte à côte en rase campagne, libres, et le cœur plein d'espoir.

Leur premier soin, en arrivant à une ville occupée par les Français, fut de se procurer des chevaux et des armes, chacun selon sa condition, car Éloy n'avait pas encore épuisé la rançon du sire de Brimeu.

« Devinerais-tu où je veux aller? dit Jacques à son écuyer, quand il se sentit ferme sur ses étriers, avec une bonne épée au flanc.

— Trouver quelque hardi capitaine qui voudra tenter de reprendre Rouen avec nous?

— Plus tard; j'ai une affaire à moi à régler d'abord. Tu n'as jamais visité mon castel de la Roche-Guyon?

— Jamais, messire.

— Eh bien, tu le verras; tu y entreras même, pendant que je resterai dehors. Sais-tu, mon brave écuyer, comment on s'y prend pour porter un cartel?

— A un ennemi loyal, je le sais, messire; il y a des usages qui règlent cela. Mais, pour celui à qui vous pensez, il n'est pas besoin de tant de politesse. Je lui dirai : « Moi Éloy, fils d'Alain Blanchart, que vous avez, comme un Judas, « vendu avec sa ville, je viens à vous, Guy le Bouteiller, traître à la France et « au roi, au nom du noble chevalier Jacques de Milly, seigneur de la Roche- « Guyon, dont vous avez volé les domaines et le château. Il vous demande « raison de la mortelle injure que vous lui avez faite en osant rechercher en « mariage la sainte et noble dame de la Roche-Guyon, sa mère; et il vous défie « en combat singulier, à cheval et à pied, à la lance, à l'épée et au poignard, « jusqu'à ce que mort s'ensuive. Dieu soit en aide au bon droit! »

— On dirait que tu lis ce défi! dit Jacques en tirant de dessous sa huque un parchemin couvert d'écriture. Je l'ai écrit cette nuit dans l'hôtellerie où nous avons couché : le traître peut être absent, il faut tout prévoir.... Qu'as-tu? Je te trouve l'air triste!

— Vous êtes heureux, vous, messire! vous le défiez, et il ne peut pas vous refuser le combat, vous êtes noble et chevalier! Moi, si je le défiais, il se rirait de moi et me tournerait le dos avec dédain,... et pourtant il ne vous a pris que vos seigneuries... et il a causé la mort de mon père!

— Comme tu dis cela, Éloy! Ne sommes-nous pas frères, et ne peux-tu accepter d'être vengé par la main de ton frère!

— Oui, messire, je sais que vous avez le grand cœur de votre mère.... Mais si j'ai le bonheur de rencontrer le félon dans une bataille, là où il n'y a ni nobles ni bourgeois, je le tue comme un chien! »

Les deux amis continuèrent leur voyage à travers la campagne dépeuplée, les champs en friche et les maisons en ruines. Le peu d'habitants qu'ils rencontraient s'enfuyaient à leur approche; ceux qu'ils pouvaient atteindre n'entraient en confiance qu'après s'être assurés qu'ils n'avaient point affaire à des Anglais. Alors ils se répandaient en lamentations sur les malheurs de la guerre; les pauvres gens n'avaient plus de cœur à cultiver la terre, puisque aucune moisson ne pouvait mûrir; aussi beaucoup se réfugiaient dans les forêts pour y vivre en brigands.

Ah! comme partout on maudissait les maîtres étrangers! comme on regrettait les anciens seigneurs! Sur les terres de la Roche-Guyon, Jacques fut vingt fois sur le point de se trahir, quand un vieillard courbé, une femme hâve et misérable lui disait : « Ah! messire, il n'y a pas plus malheureux que nous en France! Si encore nous avions pour maître un chevalier anglais! il peut y avoir de braves gens parmi eux, puisqu'ils sont fidèles à leur roi; mais nous, on nous a donné pour seigneur un faux traître qui a vendu la ville de Rouen, lui qui était chevalier français! Et pendant ce temps-là, notre jeune seigneur, messire Jacques de Milly, est privé de son bien, de ses domaines et de ses châteaux. Si vous le rencontrez dans l'armée du roi, messire, dites-lui que ses fidèles vassaux le regrettent et prient Dieu de le ramener bientôt dans son castel de la Roche-Guyon, lui et sa noble et sainte dame de mère. »

Jacques et Éloy arrivèrent au pied de la côte escarpée où s'élevait le castel de la Roche-Guyon; et Jacques resta seul à contempler le fier berceau de ses ancêtres, à la fois charmé et navré par les souvenirs qu'il retrouvait à chaque fenêtre, à chaque créneau, à chaque pierre des murailles, pendant que son écuyer gravissait la pente pour porter son cartel à l'indigné maître du domaine.

« Te voilà déjà? dit-il en voyant revenir Éloy; tu n'as pas pris grand temps pour conférer avec le traître.

— Je ne l'ai pas vu : il est en voyage et doit se rendre à Paris pour le sacre du petit roi Henry. J'ai cloué le défi à sa porte avec mon poignard : il l'y trouvera en revenant.

— Si nous ne l'avons pas tué auparavant! Retournons près du roi de France, ami Éloy : nous reverrons ma mère, Laurette et Simone; et puis nous nous mettrons en route pour Paris. Le sacre de ce beau roitelet anglais ne peut pas se passer de nous. »

XXXI

OU CHACUN SE HATE VERS SA DESTINÉE

On était au mois de décembre; la bise glacée qui soufflait sur Paris n'empêchait pas les Parisiens d'être tous hors de leurs maisons. Il est vrai que le chauffage coûtait si cher! beaucoup étaient forcés de s'en passer, et on grelotte encore moins dans la rue à se donner du mouvement que chez soi à rester tranquille. Les Parisiens avaient d'ailleurs, ce jour-là, beaucoup d'occasions de se donner du mouvement : le duc de Bedford, qui parlait depuis si longtemps de faire sacrer son neveu à Paris, l'avait enfin amené, et la cérémonie allait avoir lieu. C'était un va-et-vient continuel dans toutes les rues ; on courait de l'une à l'autre pour admirer les belles tentures, les échafauds dressés où l'on représentait des mystères, et la décoration de Notre-Dame, du Châtelet, du palais des Tournelles : depuis des années on n'avait rien vu de si magnifique.

Trois hommes, qui ne paraissaient guère occupés des réjouissances publiques, se tenaient à une fenêtre en face de l'hôtel Saint-Pol, morne et sombre demeure que les habitants du quartier ne voyaient jamais ouverte, mais qui ce jour-là s'était parée comme pour une fête. Les yeux qui plongeaient dans la grande salle du palais pouvaient y apercevoir une vieille femme obèse et flétrie, richement parée, qui contemplait tristement la foule agitée, pensant peut-être à d'autres fêtes, à un autre couronnement lointain déjà,... tant de sang, tant de malheurs l'avaient fait oublier.... Les trois hommes la regardaient.

« Voyez là-bas la reine Isabeau, dit le plus jeune des trois ; elle vit, et les Anglais ont brûlé Jeanne !

— Oui.... les prêtres disent qu'il faut laisser la vengeance à Dieu ; mais sa vengeance ne vient pas vite.... Regardez donc si le cortège ne paraît pas !

— Vous reconnaîtrez le traître, n'est-ce pas ? je n'ai pas oublié son visage, moi non plus ; mais il y a si longtemps !

— Le cortège approche, messire Jacques. Les seigneurs anglais sont magnifiques, c'est la richesse de la France qu'ils portent sur leurs épaules…. Tous : Anglais ! et l'on appelle cela un roi de France… Ah ! le voilà, leur petit roi ! »

Droit sur la selle d'un cheval superbement caparaçonné, le petit roi Henry, étincelant d'or et de pierreries, saluant à droite et à gauche avec une grâce maladive. Ses traits étaient réguliers, mais il était si chétif et si pâle, qu'on se demandait comment il pouvait être le fils du robuste Henry de Lancastre et de la belle et fraîche Catherine de France. Il ne souriait point ; il paraissait las de répéter les paroles que lui dictait son oncle de Bedford, qui chevauchait à

Guy le Boutellier glissait inanimé.

ses côtés. Quand il arriva devant l'hôtel Saint-Pol, le seigneur qui le conduisait arrêta son cheval, et l'enfant salua sa grand'mère. Elle lui rendit tristement son salut, à cet étranger à qui elle avait livré la France ; et pensant peut-être à son vrai fils, qu'elle avait renié, chassé, dépouillé, maudit, elle détourna la tête et se mit à pleurer.

« Pleure, murmura Laurent entre ses dents, tu en as fait pleurer bien d'autres.... Ah ! voici des chevaliers français à la suite du roi : des évêques,... celui
de Beauvais, le juge de Jeanne, sa place est bien là !... Ah ! messire Jacques, le
cavalier à la huque vermeille qui marche le dernier, le voyez-vous ? c'est Guy
le Bouteiller,... mais où est Éloy ? »

Une clameur dans la rue lui répondit : un jeune homme, fendant la foule,
venait de s'élancer sur Guy le Bouteiller et de le frapper au visage avec un
gantelet de fer.

« Arrêtez-le ! » criaient cent voix ; mais personne n'essayait de l'arrêter. Guy
le Bouteiller essuya son visage, d'où le sang avait jailli ; il regarda Éloy et
devint pâle : il y a des ressemblances qui font tout à coup surgir devant l'as-
sassin sa victime ressuscitée, et le traître avait cru revoir Alain Blanchart. Il se
remit en comprenant à qui il avait affaire et répondit quelques mots au cartel
de Jacques ; puis il alla reprendre sa place dans le cortège royal, où l'accueillirent des sourires ironiques.

« Que t'a-t-il dit ? demanda Jacques à son écuyer.

— Ce soir, à la dernière heure du jour, au Pré aux Clercs.

— C'est bien ! Sois tranquille, Éloy, nous serons vengés ! »

Le Pré aux Clercs n'était pas encore, comme il fut un siècle plus tard, le
champ des rencontres du grand ton, mais c'était déjà un endroit isolé et commode pour se battre. Et Éloy résolut de s'y rendre d'avance pour étudier le terrain et prévenir son maître des difficultés qui pouvaient s'y rencontrer. Mais
il était écrit qu'il n'y arriverait pas : il n'en était plus qu'à quelques pas, lorsque
quatre hommes armés, sortant de derrière une maison, se jetèrent sur lui à
l'improviste.

« Lâches ! » cria-t-il en tirant son poignard. En deux coups il se débarrassa
de deux de ses adversaires, et, échappant aux mains des deux autres que sa
vigueur faisait hésiter, il s'élança sur un seigneur richement vêtu qui venait
d'apparaître sur le lieu du guet-apens, comme pour s'assurer de la mort de la
victime.

« Ah ! je me vengerai donc moi-même ! s'écria le jeune homme. Crie merci
à ton Créateur, Guy le Bouteiller, car tu vas mourir !

— Enfant, tu crois cela ! répondit Guy en tirant son épée. C'est toi qui
apprendras ce qu'il en coûte pour m'insulter. »

Le combat s'engagea avec rage ; Éloy était fort, mais Guy ne l'était pas moins ;
il était mieux armé, et sa chemise de mailles, souple et résistante, se pliait à
tous les mouvements de son corps et lui permettait d'échapper aux étreintes de
son adversaire. Il vint un moment pourtant où, se sentant fatigué et voulant en
finir, il cria : « A moi ! » Mais ses deux hommes d'armes n'eurent pas le temps
d'arriver à son aide : Laurent et le jeune sire de la Roche-Guyon, qui débou-

chaient d'une autre rue, s'élancèrent sur eux et les mirent en fuite. Au même moment Guy le Bouteiller glissait inanimé aux pieds d'Éloy.

« Je crois que vous ne pourrez plus le tuer, messire Jacques, murmura Éloy en chancelant à son tour. Pardonnez-moi,... c'est l'occasion,... j'ai frappé pour nous deux.

— Es-tu blessé, mon pauvre enfant? demanda Laurent Toustain en soutenant Éloy dans ses bras.

— Blessé,... oui, je crois,... mais le traître est mort!

— Alors nous n'avons plus rien à faire ici et il ne faut pas que le guet nous y trouve. Aidez-moi à emporter Éloy, messire Jacques ; je sais ici près une bonne hôtellerie, *Au joyeux Archer*, où les blessés qui payent bien sont toujours bien soignés, qu'ils soient Bourguignons ou Armagnacs. »

L'hôtesse du *Joyeux Archer* était une brave femme, habituée à panser les horions de ses clients ; elle eut vite installé Éloy dans un bon lit et trouvé un baume à appliquer sur ses plaies. Le bon écuyer n'avait rien de cassé, mais la forte saignée que lui avaient faite Guy le Bouteiller et ses gens le tint au repos pendant un mois, où Jacques et Laurent ne le quittèrent pas. Puis les trois compagnons s'en allèrent rejoindre le roi.

Ils le trouvèrent toujours le même, aussi insouciant dans la bonne fortune que dans la mauvaise. A présent qu'il se trouvait un peu plus riche que par le passé, il voulait avoir une cour, et il avait fait venir à Chinon bon nombre de dames de grandes familles pour entourer la reine. Il se plaisait fort dans leur société et inventait tous les jours de nouveaux divertissements. Du reste, il se montrait affable et gracieux envers chacun, et il reçut très bien Jacques, Éloy et Laurent, qu'il complimenta sur leurs beaux faits d'armes. Il aimait volontiers les gens qu'il voyait, tout comme il ne se souciait plus d'eux dès qu'ils étaient absents ; la pauvre Jeanne était déjà oubliée. S'il avait appelé à sa cour la dame de la Roche-Guyon, c'est que Laurent Toustain, qui était à ce moment-là à la tête de ses arbalétriers, lui avait parlé d'elle ; il ne pensait de lui-même à personne. A présent la noble dame avait repris la vie qui convenait à son rang, et elle était aussi heureuse qu'elle pouvait l'être avec les dangers que courait son fils.

Elle fut bien heureuse de le revoir, et Laurette était toute fière d'être la sœur d'un chevalier brave et beau, qui brillait dans les jeux et les fêtes comme il avait brillé dans les batailles. Simone avait suivi à Chinon la dame de la Roche-Guyon ; mais elle était souvent seule maintenant et regrettait presque la dure vie du Grand-Ormeau. Ce qu'elle regrettait surtout, c'était la paix de sa jeunesse, les heureux jours passés entre son père et Laurent, c'étaient ses espérances d'une vie qui n'avait jamais été une réalité pour elle. Elle soupirait quand elle voyait les bourgeoises de Chinon passer le dimanche, dans leur belle parure, au bras de leur mari, entourées de joyeux groupes d'enfants qu'elles menaient s'ébattre dans les prairies.... Pourquoi Laurent et elle n'avaient-ils pas ce paisible bonheur ? La paix ne se ferait-elle donc jamais ? A présent qu'elle avait retrouvé Laurent, elle ne pouvait se consoler de le voir sans cesse repartir pour de nouveaux dangers.

La présence d'Éloy la tirait un peu de sa tristesse ; il était si gai, si fort, si vivant et si convaincu qu'on ne mourait pas à la guerre, qu'il réussissait à la rassurer. Elle aimait à lui faire raconter son voyage à Rouen et les prouesses de Nicolette ; elle le questionnait sur Guillaume et sur Michelle, et elle disait : « Ah ! s'ils pouvaient venir ici ! ce doit être si triste d'être Anglais ! »

Simone ne les y vit point venir ; mais elle eut de leurs nouvelles, moins gaies qu'elle n'aurait voulu. Ce fut Pierre Lenoël qui lui en apporta. Il avait essayé de retourner à Rouen et d'y vivre inconnu ; mais sa charité était de celles qui ne peuvent rester cachées ; il fut bientôt suspect aux Anglais. Après la tentative du sire de Ricarville et de Pierre Audebœuf, qui s'emparèrent du château de Rouen et y tinrent douze jours, jusqu'à ce que le gouverneur anglais fit démolir à coups de canon le donjon où ils s'étaient réfugiés avec leurs hommes, on le soupçonna de s'être entendu avec eux, et il fut expulsé de la ville. Plusieurs bourgeois d'importance eurent le même sort, entre autres le pauvre Guillaume Deshayes, qui passait pour un des chefs du parti français, parce qu'il avait été ami et parent d'Alain Blanchart. Il était parti avec de grandes lamentations : à son âge, s'en aller ainsi, quitter son pays, ses amis, son métier, c'était trop dur ! A présent, il était un peu consolé : le duc de Bretagne attirait beaucoup les Normands, qui enseignaient aux Bretons nombre d'industries utiles ; il avait placé maître Guillaume à Rennes et lui avait donné la haute main sur tous les métiers où l'on travaille la laine. Maître Guillaume Deshayes était presque un grand personnage dans le pays des Bretons, et dame Michelle n'en était pas fâchée. Elle avait chargé le vieux prêtre de dire à Simone que, si Laurent commençait à être las de faire la guerre, il pouvait venir s'établir à Rennes avec elle, qu'il y trouverait de l'emploi et qu'ils pourraient y vivre heureux : Nicolette, qui savait maintenant le secret de sa naissance, ne désirait rien tant que de connaître sa marraine Simone.

Le vieux prêtre achevait son récit lorsque Jacques et Éloy, absents depuis plusieurs jours, arrivèrent ensemble, et, rien qu'à les regarder, Simone pressentit un malheur.

« Éloy,... messire Jacques,... qu'est-il arrivé ? d'où venez-vous ?

— Nous venons de prendre Chartres par surprise, ma bonne Simone. On vous contera cela : des voitures à sel avec des hommes au lieu de sel dans les tonneaux ; on a arrêté une voiture sur le pont-levis pour empêcher de le fermer ; les hommes sont sortis des tonneaux, ont ouvert la porte.... On s'est battu dans les rues, longtemps; mais la ville est à nous.... Nous avons eu des blessés, des morts.

— Laurent! où est Laurent? Dites-moi la vérité, messire Jacques.,.. Laurent... tué?

— Non, pas tué; blessé seulement,... mais, ma pauvre Simone, il ne pourra plus porter son arbalète maintenant,... un coup de hache lui a abattu le bras gauche. »

Simone se leva.

« Menez-moi près de lui.... il faut que j'aille le soigner; j'en ai tant soigné d'autres ! Mon pauvre Laurent ! il n'aura pas besoin de son bras ; je serai là, moi, je le servirai.... »

Et bien bas, tout au fond de son cœur, la pauvre femme se disait : « Et il ne me quittera plus ! »

XXXII

LA REVANCHE

TRANSPORTONS-NOUS dans la vieille cité des ducs de Bretagne, rajeunie par l'hospitalité qu'elle accorde aux Normands. Rennes s'étend, sombre et noire, sur les rives de la Vilaine, et sa masse sévère, hérissée de clochers et de tours, forme un contraste étrange avec les faubourgs tout neufs, aux maisons blanches et gaies, où vivent les gens de métier exilés de la Normandie. C'est comme une nouvelle ville qui s'est greffée sur l'ancienne, et elle est si étendue déjà, que le connétable de Richemont, le frère du duc de Bretagne, l'a fait entourer d'une muraille fortifiée, pour la défendre en cas de besoin comme la capitale même.

Dans une des maisons du faubourg, la plus grande et la plus belle, la plus gaie aussi, car le jardinet qui la précède est rempli de fleurs soignées par une main vigilante, dame Michelle est commodément établie dans un fauteuil, près d'une grande table : elle examine une à une des pièces de linge, mettant à part celles qui sont intactes et entassant dans une grande corbeille celles qui réclament le secours de l'ouvrière. L'ouvrière, c'est une belle jeune fille, fraîche comme les roses des buissons, aux cheveux blonds comme de l'or, aux yeux couleur de pervenche, qui gazouille comme un oiseau en tirant son aiguille avec activité : ce qui ne l'empêche pas de jeter par moments un coup d'œil furtif vers la fenêtre qui donne sur la rue. Alors elle interrompt sa chanson pour faire une remarque plaisante sur les gens qui passent, ou pour appeler quelque mendiant, car maître Guillaume s'est enrichi, depuis cinq ans qu'il est en Bretagne, et il est bien juste que les pauvres profitent de sa richesse.

« Est-ce que Simone ne vient pas? dit dame Michelle; regarde donc du côté de sa maison, Nicolette. Elle m'avait bien promis de venir de bonne heure et d'amener les enfants.

— Voilà une heure que je la guette, mère, pourvu qu'il ne soit rien arrivé aux petits! Moi qui leur ai fait de si bons gâteaux ce matin!... Ah!...

— Qu'as-tu? Tu t'es piquée avec ton aiguille, étourdie!

— Non, mère, non.... C'est bien Simone; mais je n'en étais pas sûre, parce qu'il y a quelqu'un avec elle,... quelqu'un qui n'est pas venu depuis deux ans!

— Éloy? s'écrie dame Michelle, qui repousse son fauteuil et se lève pour venir voir à la fenêtre. Eh oui; c'est Éloy, avec une fière mine, en vérité! Comme il est bel homme et comme il a l'air doux! C'est plaisir de le voir se pencher pour donner la main à la petite Perrette.... Ah! voilà le petit Alain qui lui tend les bras : il veut quitter sa mère pour son oncle. Éloy le prend : ces marmots ont l'air de faire de lui tout ce qu'ils veulent. C'est un bon garçon, en vérité, Nicolette. »

Nicolette ne répond pas; elle court ouvrir la porte et introduit les enfants d'Alain Blanchart.

Simone semble rajeunie depuis qu'elle est heureuse, que Dieu lui a envoyé deux chérubins et qu'elle n'a plus à craindre pour la vie de son mari. Elle l'entoure de soins, elle l'aide dans ses travaux — il dirige les cardeurs, les fouleurs et les tisseurs de laine sous les ordres de maître Deshayes, — et elle le rend si heureux, qu'il ne songe pas à se plaindre de la perte de son bras. Parfois, quand on apprend dans la petite colonie un nouveau succès du roi de France, Laurent soupire et reste un moment soucieux; mais il reprend vite sa sérénité. Il a payé sa dette à la patrie; les succès d'aujourd'hui n'appartiennent-ils pas à ceux qui ont combattu et souffert dans les dures années où la France semblait perdue? Éloy reste sur la brèche; mais le jour n'est peut-être pas loin où il pourra redevenir un bourgeois paisible : les Anglais sont chassés peu à peu de partout, et bientôt sans doute on mettra les lances et les épées au repos pour manier la bêche et pousser la charrue.

Éloy entre avec Simone, et dame Michelle se récrie d'admiration en le regardant.

« Deux ans, mon brave Éloy, deux ans passés depuis qu'on ne t'a vu! Tu n'as pas été blessé? Nous avons assez brûlé de cierges à Notre-Dame pour qu'elle prît soin de toi! Dès demain je vais aller trouver messire Pierre Lenoël pour qu'il dise une messe d'actions de grâces pour ton heureux retour! Vas-tu enfin rester avec nous? En as-tu assez de la guerre?

— Pour le moment, oui, tante Michelle; le roi a repris beaucoup de ses bonnes villes et en a chassé les Anglais, et il aime à y mettre en leur place des serviteurs à lui, sur qui il puisse compter. Il m'a donné une belle maison dans la ville du Mans, qui est rentrée sous son obéissance, et un domaine aux environs, et il a daigné, en récompense des services de mon père, m'octroyer des lettres de noblesse.

— De noblesse! Entends-tu, Nicolette? Qui l'aurait cru? Éloy est noble!

— Eh bien, dit Nicolette, le roi n'a fait que ce qu'il devait; quand on cherche pourquoi tel ou tel seigneur est duc ou comte, on trouve que c'est à cause d'un de ses ancêtres qui est mort il y a bien longtemps et qui avait fait de grandes actions; mais qui en a fait de plus grandes qu'Alain Blanchart? »

Les yeux de la jeune fille brillaient comme deux étoiles pendant qu'elle parlait, et Éloy, tout ému, trouva qu'elle avait l'air et le regard de Jeanne Darc.

Maître Guillaume arriva bientôt avec Laurent, et les hommes se mirent à causer des affaires publiques.

« Il s'est passé bien des choses depuis deux ans que tu n'es venu, dit maître Guillaume à son neveu. Nous avons cru plusieurs fois que les Anglais allaient être chassés de la Normandie; les paysans se révoltaient, beaucoup de seigneurs se mettaient à leur tête et nous en étions tous réjouis d'avance,... mais il faut croire que le moment n'est pas encore venu, car les Anglais ont toujours repris le dessus, et alors, quels massacres, quelle dévastation! Il paraît que le pays est tout ravagé, comme si le feu y avait passé.

— Il reverdira, oncle Guillaume! il reverdira quand nous aurons chassé les Anglais. Les affaires du roi vont de mieux en mieux depuis qu'il est réconcilié avec le duc de Bourgogne. Il faut qu'il soit bon Français, le noble duc, pour avoir pardonné le meurtre de son père...; Et puis la reine Isabeau est morte, et le duc de Bedford est mort aussi..... Il paraît qu'on l'a enterré dans notre cathédrale.... Qu'il y reste! J'aime mieux l'avoir à Rouen mort que vif.

— Et messire Jacques? et sa noble mère?

— Ils sont rentrés en triomphe dans leur château : leurs vassaux en pleuraient de joie. On parle du mariage de damoiselle Laurette avec un seigneur de grand renom.

— Et notre roi, où est-il?

— Notre roi, que Dieu le garde! est en sa bonne ville de Paris, où il a fait son entrée il y a trois jours. Si vous aviez vu la joie des Parisiens! Ils criaient bien : « Vive le duc de Bourgogne! » c'est leur habitude, que le duc s'appelle Philippe ou Jean; mais ils criaient tout autant : « Vive le roi! » Ils lui ont fait des fêtes magnifiques; je ne suis pas resté pour les voir toutes, j'étais pressé de venir vous annoncer ces bonnes nouvelles. Le roi maître de sa capitale, c'est comme s'il était maître de la France! je l'ai dit partout en chemin.

— Il faut aller le dire à messire Pierre Lenoël! s'écria Nicolette. C'est l'heure où il instruit les enfants des Normands : venez vite, il sera si heureux ! »

Elle entraîna Éloy, et toute la famille les suivit. Chemin faisant, elle expliquait au jeune homme que maître Pierre Lenoël était venu s'établir à Rennes, pour servir la France jusqu'à son dernier jour avec ce qui lui restait de forces. Il n'y voyait presque plus, et ses jambes, percluses par l'humidité de la prison où l'avaient tenu les Anglais, avaient bien de la peine à le porter; mais il réunissait deux fois par semaine les enfants de la colonie normande pour leur enseigner leur religion et l'amour de leur pays. Il leur racontait l'histoire des malheurs de la France, car, disait-il, ces petits, qui n'ont point vu tout cela, finiraient peut-être par accepter la domination des étrangers, et un peuple est perdu quand il cesse de haïr ses vainqueurs. Il avait une manière de dire ces choses, « qui vous tirait les larmes des yeux », disait Nicolette.

Éloy trouva le vieux prêtre dans une grande chapelle qu'on avait construite en bois pour avoir tout de suite un lieu de réunion et de prière, en attendant la belle église qu'on voulait bâtir. Pierre Lenoël, lui, ne voulait pas qu'on la bâtît; il ne voulait rien de ce qui pouvait attacher les Normands à une autre terre que le sol natal. Il était assis dans une chaire, et les enfants se pressaient autour de lui, écoutant respectueusement ses paroles.

« N'oubliez jamais, leur disait-il, que nous sommes des étrangers sur cette terre de Bretagne. Aimons les Bretons qui nous ont accueillis comme des frères; mais rappelons-nous que nous sommes Normands et Français : nous ne devons pas avoir une heure de joie parfaite tant que nous n'aurons pas reconquis notre berceau, la maison où nos pères sont nés, la ville où ils ont grandi, et que nous n'en aurons pas chassé les envahisseurs. O mes enfants! je voudrais que chacun, sur toute l'étendue de la terre de France, sentît comme un glaive aigu lui traverser le cœur, à la pensée que les étrangers sont encore les maîtres d'une si grande partie de cette noble terre. Alors nous serions dignes de voir arriver le jour béni où Dieu aura pitié de nous; car ce jour viendra, ayez-en la ferme espérance. Dieu nous a punis pour nos péchés, il nous éprouve pour que nous comprenions mieux l'amour de la patrie; mais il nous la rendra, notre France, si nous l'aimons de tout notre cœur. N'ayez pas de querelles entre vous, mes enfants; soyez unis comme des frères : c'est contre l'étranger qu'il faut tourner vos bras. Nous avons été bien malheureux; vous serez plus heureux que nous; vous regagnerez tout ce que nous avons perdu et tous les braves qui sont morts pour la patrie se réjouiront dans le ciel et vous béniront!

— Ils se réjouissent déjà, mon père! dit Éloy en s'agenouillant devant le vieux prêtre. Notre roi Charles septième a fait sa rentrée solennelle dans sa bonne ville de Paris! »

Pierre Lenoël, tout saisi de joie, devint pâle comme s'il allait s'évanouir; il joignit les mains, et des larmes coulèrent sur ses joues ridées, pendant qu'au mouvement de ses lèvres on pouvait voir qu'il priait. Les enfants le regardaient, respectueux, en répétant tout bas : « Le roi est rentré dans Paris! » et les plus grands expliquaient aux autres ce que cela voulait dire. Toutes leurs fraîches voix s'unirent à la voix cassée du vieux prêtre, quand il entonna l'hymne de réjouissance : *Te Deum laudamus!*

Quelques instants après, pendant que les enfants se dispersaient dans les faubourgs pour y répandre la bonne nouvelle, Éloy prit à part maître Pierre Lenoël, et lui dit des paroles qui firent rayonner de joie son visage flétri.

« C'est donc un jour béni que celui-ci! dit-il. Mon fils, vous ne pouviez mieux choisir.... Maître Deshayes, dame Michelle! Éloy Blanchart, le loyal fils du martyr de Rouen, vous demande en mariage votre fille adoptive : voulez-vous la lui donner?

— Elle n'en trouvera jamais un plus digne! s'écria dame Michelle. Éloy, mon neveu, que je serai heureuse de te nommer mon fils!

— Mais,... dit maître Guillaume, la guerre n'est peut-être pas encore finie,... qui sait s'il ne voudra pas y retourner?...

— Et c'est parce que je sais qu'il voudra y retourner que je lui donne la main! dit Nicolette en tendant sa main à Éloy; et je sais bien que, s'il me la demande, c'est qu'il est sûr que je ne l'arrêterai pas!

— Vous êtes bien la fille que mon père aurait choisie! » lui répondit Éloy en serrant la main qu'elle lui donnait.

. . . .

Le lundi 10 novembre 1449, la ville de Rouen, ivre de joie de sa délivrance, s'était parée de ses beaux atours. De la porte Beauvoisine à Notre-Dame, de Notre-Dame au palais de l'archevêque, les maisons disparaissaient sous les riches tentures, les guirlandes de feuillage, les bannières flottantes; à toutes les fenêtres se pressaient des têtes joyeuses, et, le long des maisons, sur les auvents des boutiques et jusque sur les toits, pas une place ne restait vide où un curieux pouvait se nicher. Dans le reste de la ville, solitude complète : la municipalité aurait pu se dispenser de faire perdre par la milice les beaux échafauds dressés dans les carrefours où tout à l'heure des merveilles allaient être offertes à l'admiration de la foule, et les tables servies, et les fontaines qui versaient du vin, et les feux de joie préparés pour le soir. La population tout entière affluait sur le passage du cortège royal : voir un roi de France, quand depuis trente ans on n'avait vu dans la capitale de la Normandie que des cortèges anglais, quel délire! On s'embrassait dans les rues, on riait, on pleurait, on se demandait si c'était bien vrai, on avait besoin de le voir pour y croire.... Et c'était vrai! L'éloge du roi était dans toutes les bouches : sa grâce, son affabilité, sa générosité, qu'on opposait à la morgue, à la rudesse et à l'avidité des Anglais, attiraient tous les cœurs vers lui. On se redisait qu'il n'avait pas voulu emporter Rouen d'assaut; que deux fois il s'était retiré de peur de faire souffrir les habitants de sa bonne ville. Il avait fallu que les bourgeois eux-mêmes prissent les armes pour chasser les Anglais, d'abord de la ville et puis du palais et du château, où ils s'étaient retirés et où ils avaient dû bientôt capituler faute de vivres, en rendant au roi presque toutes les places qu'ils tenaient encore en Normandie. Aussi quelle joie! Tous les exilés revenaient : il n'y avait pas de famille qui n'en hébergât quelques-uns, en attendant qu'ils pussent rentrer dans leurs maisons, d'où les Anglais se hâtaient de déguerpir : chacun chez soi! On citait maître Guillaume Deshayes qui avait retrouvé sa maison vide; il y logeait maître Laurent Toustain et messire Éloy Blanchart avec leurs femmes et leurs enfants, car ils avaient une nombreuse famille, qui promettait d'être l'honneur du pays.

Pendant qu'on parlait d'eux dans la foule, les fidèles Rouennais étaient réunis dans la grande salle de la maison de la rue aux Juifs, près de la fenêtre d'où, trente ans auparavant, la famille avait regardé la procession de l'Oison bridé. Pierre Lenoël était avec eux; Laurent et Éloy l'avaient apporté comme un enfant, car il ne pouvait plus marcher; et il ne devait rien voir du brillant cortège, car ses yeux ne distinguaient plus la lumière des ténèbres. Mais Nicolette se tenait près de lui, attentive et tendre comme une fille, et elle lui décrivait le cortège à mesure qu'il avançait. Jamais Rouen n'avait rien vu de si magnifique : les seigneurs armés de toutes pièces, les chevaux caparaçonnés de velours et de satin couvert de lames d'or et d'argent; les épées porte-bannières, les hérauts d'armes avec leurs cottes armoriées; les trompettes qui sonnaient de joyeuses fanfares; le chancelier sur sa haquenée à la housse fleurdelisée, portant dans un coffret d'or les sceaux de France; le sire de Xaintrailles, chargé de l'épée royale; le roi Charles, dans son armure de parade, sur un coursier couvert jusqu'aux pieds de velours azuré semé de fleurs de lis d'or, avec une toque de velours vermeil sur la tête, car son casque d'or était porté derrière lui par ses pages. Et tous les princes, tous les seigneurs! il y en avait toujours, et le roi arrivait déjà au parvis Notre-Dame, où l'attendaient l'archevêque et son clergé, que les seigneurs de sa suite défilaient encore avec leurs hommes d'armes.

Pierre Lenoël écoutait avec recueillement les paroles de Simone; mais quand les cloches de la cathédrale furent mises en branle et que toutes les sonneries de la ville leur répondirent; quand *la Rouvel*, la vénérable cloche du beffroi, mêla sa grande voix à tous ces carillons joyeux, le vieux

prêtre fit signe de la main à la jeune femme de s'arrêter pour le laisser
mieux les entendre.

« Oh! dit-il d'une voix faible, quel beau jour! le Seigneur m'a laissé
vivre pour voir ce jour! Il y a grande réjouissance sur la terre et dans le
ciel.... Les voyez-vous là-haut, portés sur les nuages, nos braves, nos mar-
tyrs?... Je les vois! je les vois! ils se penchent vers nous, ils bénissent la
cité pour laquelle ils sont morts! Robert Alorge,... Laghen d'Arly,... Ricarville,... Audebœuf,... Alain Blanchart,... et Jeanne, la martyre, la sainte de la
patrie! Elle marche devant eux avec son étendard; elle sourit à Rouen, d'où
elle est montée au ciel!... O France, France! béni soit Dieu qui m'a permis
de voir un si beau jour! »

Le vieillard se tut. Le cortège était passé : les dernières vibrations des
cloches s'évanouissaient dans l'air. Il se fit un silence solennel : les amis du
vieux prêtre, parents et enfants, n'osaient troubler son extase. A la fin
Simone, étonnée de son immobilité, le regarda au visage. Son visage était
devenu subitement d'une blancheur de cire: ses rides semblaient s'être
effacées, et une sérénité céleste s'était répandue sur ses traits. Simone, le
cœur serré, lui prit la main; cette main était froide : Pierre Lenoël avait
rejoint les héros morts pour la patrie.

TABLE DES MATIÈRES

1712-05. — Coulommiers. Imp. Paul BRODARD. — 4-06.

Imp. DRAEGER, PARIS

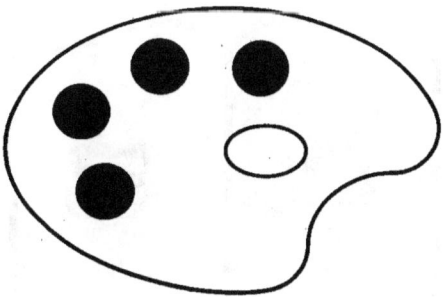

Original en couleur
NF Z 43-120-8

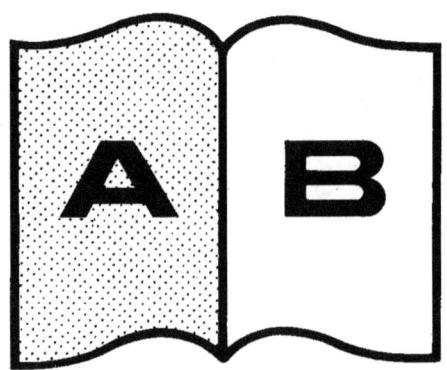

Contraste insuffisant

NF Z 43-120-14